소설

북어

北醫

2

소설

북의

北醫

2

최지영 장편소설

21세기북스

.

본 소설 속에 등장하는 의학 관련 내용은
실제와 일치하지 않거나 상당 부분 상이할 수 있으며,
상상과 허구를 더한 것임을 밝힙니다.

목차

제3부
그 누구도 아닌 나를 위해

오늘만큼은 이 여자의 마음이 진심이란 걸 박훈은 안다.
"그렇군. 벌써 쓸모가 없어진 건가……."
박훈은 손을 깍지 끼고 어두워 가는
창밖으로 시선을 던졌다.
'언젠가 이런 날이 올 것이라 예감했었지.
그러나 생각보다 빠른 것 같군.'
빌딩 숲 사이로 모래가 흩날리듯
땅거미가 뿌리를 내리기 시작했다.
회색 콘크리트들이 어둠 속으로 자세를
낮추고 불 켠 창문들이 연극 무대처럼
곳곳에서 밤의 막을 올린다.
밤이 깊어 갈수록 불빛들은 반짝거리며
대지와 허공을 하나로 묶을 것이다.
그러나 지금으로선 할 수 있는 게 많지 않다.
앞에 놓인 와인을 비우고 더 나은
내일이 오길 기대해 볼밖에.

24

동우의료원 후문은 정문과 달리 일반인들의 출입이 뜸한 곳이다. 남산 타워로 향하는 등산로 한 자락이 구불거리며 올라가다가 왼쪽으로 방향을 틀어 앉은 곳. 탐방객들을 대상으로 하는 찻집과 오래된 식당 서너 개가 어깨를 맞대고 앉아 오가는 사람들의 발길을 붙들고 저녁이면 매미 소리가 시원스럽게 귀청을 울려 도심 속에서 시골 느낌을 전해 준다. 북쪽에 자리한 탓에 여름철이면 다른 곳보다 일찍 해가 져서 선선한 바람을 쐬기에도 좋다. 후문에서 150미터쯤 올라가면 눈에 잘 띄지 않는 실내 포장마차가 있어 몰래 병원을 빠져나온 환자들이 이따금 들르기도 하는 곳이다.

포장마차 뒷마당 플라스틱 의자에 앉아 민수현은 소주잔을 만지작거린다. 병실에 누운 아버지를 생각하자 술이 목젖을 넘어가지 않았다. 그런 수현을 쳐다보는 박훈의 시선은 착잡하기만 하다. 이곳 동우의료원에 처음 들어와 하릴없이 시간을 죽일 때, 박훈은 노태수와 더불어 이곳을 자주 찾았다. 노태수 영감이 술을 좋아해 거의 매일 끌려오다시피 했지만 그의 입을 통해 의료계의 이런저런 내막을 듣는 재미가 제법 쏠쏠했다. 아마도 노태수가 실종되지 않았다면 소주 몇 짝은 족히 동을 냈을 것이다.

"여기 오니까 우리 사부님이 보고 싶어지네."

박훈이 장난스럽게 말했지만 수현은 반응하지 않았다.

"민 선생은 어쩌다가 의사가 됐지? 전형적인 시골 수재였나?"

그녀 아버지의 허름한 행색을 떠올리며 박훈이 분위기를 바꾸었다.

"아버지 때문이에요……."

수현은 금방이라도 무너져 내릴 것처럼 힘없이 대답했다.

"아버지의 병 때문에?"

"그게 아니라……. 제 아버지도 의사셨어요."

"뭐요, 민 선생 아버지도 의사였다고……?"

그는 하마터면 자신의 아버지도 의사였다고 털어놓을 뻔했다. 지독한 우연이 아닌가. 박훈은 말을 꺼낸 것을 후회하며 다음에 이을 화제를 두고 잠시 고민했다.

사실 그는 이미 마음속으로 수술 불가 결정을 내려놓은 터였다. 설령 수현의 아버지라고 해도 인간의 손을 떠나 기적이나 바라야 하는 수술을 강행할 수는 없었다. 설사 수현의 아버지가 이대로 버티다 죽는 한이 있더라도 결코 바꿀 수 없는 것, 해서는 안 되는 것이 있다. 이것을 이 여자에게 어떻게 설명할 수 있을까.

"아버진 가방 하나를 걸치고 전국 방방곡곡 의사의 손길이 닿지 않는 곳만 골라 돌아다니며 사람들을 진료했죠. 세상 사람들에겐 누구보다 존경받는 의사지만 가족들에겐 제대로 아버지 노릇 한번 해본 적이 없는 그런 아빠예요. 그래서 전 어릴 때 아빠와 손잡고 놀이 공원에 가는 친구들 보면서 많이 울었어요, 7살 때까지 난 아빠가 없는 줄 알았으니까. 그 후로도 저한테 아빠란 1년에 한두 번쯤 생각나면 가족을 찾아오는 그런 손님 같은 존재였을 거예요."

수현은 저도 모르게 울컥했다. 그러나 이미 병실 복도에서 박훈에게 한 차례 눈물을 보였던 터라 약해지지 말자며 어금니를 독하게 꽉 깨물었다.

"엄마가 돌아가시던 날에도 아빠는 다른 사람을 살리고 있었어요, 당신 아내가 죽는 줄도 모르고……. 설사 알았다 해도 이곳저곳 떠돌며 무료봉사나 하는 그런 떠돌이 의사가 할 수 있는 것은 아무것도 없었죠. 난 그런 무능한 의사가 되기 싫었던 거예요. 허울뿐인 의사가 아니라 진짜 의사가 되고 싶었어요. 작은 자선이나 베풀어서 자기 존재를 확인하는 의사가 아니라 대한민국 최고의 병원에서 당당히 실력으로 서는 그런 의사 말예요."

수현의 목소리가 가늘게 떨렸다.

"아버지는 아직 기다려야 해요. 당신의 딸이 어떤 존재인지, 아버지에겐 그걸 깨달을 수 있는 시간이 필요하다고요. 단지 그것뿐이에요. 그래서 아버질 살리고 싶은 거예요.”

지금껏 한재준에게도 털어놓지 않은, 가슴속에 혼자 꽁꽁 묻어 두었던 비밀이다. 한재준이라면 결코 이런 구질구질한 이야기에 귀를 기울이지 않았을 것이다. 그러나 이 남자 앞에서는 그런 얘기가 전혀 민망하거나 부끄럽지 않았다.

그날 수현은 박훈의 만류에도 불구하고 폭음을 했다. 수현이 잔뜩 꼬부라진 혀로 아버지를 향한 애증을 터뜨리는 동안 박훈은 북에 남겨 두고 온 송채희와 뱃속의 아이를 떠올렸다. 결국 가족이란 이런 걸까. 어떤 날 선 칼에도 끊어지지 않는, 세상에서 가장 튼튼한 줄로 연결된 것. 아무리 어둡고 축축한 곳에서도, 기억마저 무디게 만드는 세월 속에서도 꺼지지 않고 빛을 내는 처연한 존재들.

“난 알아요. 박 선생, 우리 아버지 수술 피하고 싶어 하는 거.”

포장마차를 나선 시각은 새벽 2시경이었다. 택시를 잡아 주려 했으나 수현은 좀 걷자며 터덜터덜 불 꺼진 골목을 더듬어 내려갔다.

“좀 경과를 지켜본 뒤에 결정해도 늦지 않을 텐데…….”

“우리 피차 솔직해지자고요. 난 박 선생이 왜 수술을 원하지 않는지 알고 싶지 않아요. 나한텐 그 이유가 중요하지 않으니까. 하지만 한 가지만 약속해 줘요.”

“내 힘으로 할 수 있는 일이라면.”

“우리 아버지 꼭 살려 줘요. 부탁이에요. 당신이라면 할 수 있잖아요?

할 수 있다면 피하지 말아요. 같은 세이버 수술팀원으로서가 아니라 환자의 보호자이자 한 아버지의 딸로서 드리는 간절한 부탁이에요."

"환자의 보호자라고?"

"그래요. 예전엔 잘 몰랐어요. 보호자의 입장이 어떤 건지. 이제, 아주 조금 알 것도 같아요. 단 1퍼센트의 희망이라도 있다면 그들에겐 그게 전부인 거예요."

박훈은 아무런 대답도 못하고 멀리 허공으로 고개를 돌렸다.

"난 지금껏 당신을 믿어 왔고 앞으로도 그럴 거예요."

큰길로 나선 뒤 수현은 비틀거리며 택시를 불러 세웠다.

거의 뜬눈으로 밤을 꼬박 새우다시피한 박훈은 아침 일찍 병원으로 출근했다. 우선 신관 7층으로 가서 수현의 아버지 상태부터 살폈다. 아직 잠에서 깨지 않은 그녀의 아버지는 꿈속에서도 병마와 싸우는지 눈썹 주변의 근육을 꿈틀거렸다. 만일 강행할 것이라면 수술 결정은 빠르며 빠를수록 좋다. 그리고 수술 후 몇 시간만이라도 버텨 준다면 그 수술은 성공으로 기록될 것이다. 어차피 오래 버틸 수 있는 목숨이 아니었다.

'그래, 한번 해 보는 거야.'

환자가 수현의 아버지라는 이유 때문이 아니었다. 어제 그녀가 심한 술주정 속에서도 입에서 내려놓지 않았던 말, 그것은 '가족'이란 말이었다. 수현은 '가족'이란 단어를 골백번도 더 입에 올렸고, 그 단어는 지난밤 내내 박훈의 뇌리를 망치처럼 때려 댔다.

　물론 세이버 수술팀의 실적을 생각한다면 이렇게 눈에 뻔히 보이는 위험을 감수하면서까지 수술을 감행한다는 것은 분명 무모한 모험임에 틀림없었다. 섶을 지고 불에 뛰어드는 격이다. 노태수 영감이 이 자리에 있었다면 펄펄 뛰며 반대했을 게 뻔했다. 그러나 애초 그가 세이버 수술이란 도박을 결심했던 것도 따지고 보면 자신의 가족을 위한 결정 아니었던가. 그 가족이 수현의 가족이 아니라 박훈 그의 가족이었다는 것, 다만 그 점이 달랐다.

　'채희가 옆에 있었다면 이런 내 결정에 찬성해 주었을 테지.'

　그렇게 생각하는 편이 차라리 마음 편했다. 무거웠던 짐을 내려놓은 것 같아 홀가분했다. 그리고 나서 박훈은 곧장 여왕벌의 사무실로 향했다.

　"자네가 아침부터 어쩐 일로?"

　박훈이 왜 찾아왔는지 모를 리 없는 문성주였다.

　"신관 7층 환자 말입니다. 3일의 시간을 주셨지만 그 시간이 지나면 수술은 영영 하지 못하게 됩니다. 당장 서두르지 않으면……."

　"흠, 그 일이라면 이미 끝난 얘기가 아니었나? 그리고 수술을 미루는 건 나를 위해서가 아니라 박 선생, 자네를 위한 것일 수도 있어. 혹시 잊은 건 아니겠지, 노태수 영감과 어떤 약속을 했는지, 응?"

　박훈의 표정이 차갑게 굳었다.

"실은 그 노인 환자, 민수현 선생의 아버집니다."

상대의 양미간이 지렁이처럼 꿈틀거렸다.

"그건 나도 이미 알고 있는 사실인데, 그런데 뭐?"

문성주의 대답은 안면 없는 남의 일을 대하듯 흔들림이 없었다.

"알고 있었다고요? 그런데 왜 수술을 미루는 겁니까?"

"왜 이래, 이유는 자네가 더 잘 알지 않아? 세이버 수술은 절대 실패해서는 안 되는 프로젝트야. 뭐, 민 선생에겐 정말 안 된 이야기지만, 세이버 수술을 받는다고 해도 민 선생 부친이 완쾌한다는 보장도 없고, 또 그 사실은 누구보다도 민 선생이 더 잘 알고 있을 테고……. 음, 다른 이유를 한 가지 더 대볼까? 곧 병원 감사가 있을 것 같은데 굉장히 신경이 쓰여. 예산이 방만하게 운영되는 몇몇 과들이 집중적으로 리스트에 올랐는데 우리 흉부외과도 예외가 아니야. 그건 수술을 성공시키지 못하면 세이버 수술팀의 입지가 더욱 좁아질 수 있다는 얘기지."

"제가 책임지고 환자를 살리겠습니다."

"그 자신감, 아주 멋진데? 하지만 자기 자신을 과신하는 것도 탈이고 흉이라는 걸 명심해야지, 안 그래? 자, 난 못 들은 걸로 할 테니 이쯤 그만두는 걸로 하자고. 우리 의국을 위해서도, 또 박 선생을 위해서도 그딴 고집은 결코 이번 게임의 좋은 카드가 아니야."

문성주가 팔짱을 끼며 턱으로 문을 가리켰다.

"그래도 수술을 하겠다면요?"

"누구 마음대로? 손님이 오기로 돼 있으니 이제 그만 나가주실까?"

여왕벌은 전혀 흔들림이 없었다. 예상했던 대로 문성주의 계산기는 한 치의 오차도, 여유도, 자비도 베풀지 않았다. 또다시 도둑 수술을 준비해야 할까. 아니면 문성주의 충고대로 못 이기는 척 이쯤에서 물러나야 하는 걸까. 방을 나오며 박훈은 현기증을 느꼈다. 잠을 못 잔 탓이기도 했다. 그는 우선 아지트로 가서 쪽잠이라도 한두 시간 자고 나서 다시 생각해 보려고 했다.

그러나 박훈은 다음 걸음을 옮기지 못했다. 복도 끝에서 눈물을 그렁그렁 머금고 있던 수현이 그를 쏘아보고 있었기 때문이었다. 박훈은 못 본 척 그대로 수현을 지나치려 했지만 수현이 그를 몸으로 막아섰다.

"왜 부탁하지도 않은 일에 나서요?"

엘리베이터 버튼을 누르려던 박훈의 손이 멈췄다.

"나서다니? 당신은 아버지를 살리고 싶지 않아?"

"그걸 말이라고 해요?"

"그럼 왜 문 교수에게 수술 허락을 얻어내지 않지?"

수현이 흘러내리는 눈물을 손으로 쓱 문질렀다.

"허락을 얻어도 내가 얻어요. 팀원들에게 더는 폐를 끼치고 싶지 않아요."

"당신 뜻이 그렇다면 저 구렁이와 직접 담판을 지어 보시든가."

박훈은 더 할 말이 없다는 듯 엘리베이터 버튼을 눌렀다.

엘리베이터가 내려간 뒤에도 수현은 장승처럼 그 자리에 박혀 있었다. 굳이 문성주의 지시가 아니어도 아버지는 수술할 수 있는 몸 상태가 아니라는 것을 알고 있었다. 그러나 수술을 하지 않으면 아버지의 목숨이 위태롭다. 만약 수술을 한다면? 수술에 성공할 확률은 희박했다. 수술이 성공한다면 아버진 살 수 있지만 만약 실패하는 날엔 공연히 살 수 있는 시간만 단축시킬 수도 있다.

수현은 호흡을 가다듬고 문성주의 방문을 두드렸다.

"들어와요."

먼 곳에서 들려오는 단단하고 건조한 목소리. 문을 열자 문성주는 가죽 의자 속에 거의 파묻힐 듯한 자세로 구부정하게 앉아 신문을 읽고 있었다. 수현은 문성주의 책상이 놓인 창가까지 또각또각 걸어가 주머니에서 봉투 한 장을 꺼냈다.

"너희 둘이 짰니? 차례로 밀고 들어와서 대체 뭐 하자는 거야?"

신문을 읽다 말고 문성주가 의자를 돌려 앉았다.

"보직 사임서예요. 이 시간 이후 세이버 수술팀을 떠나겠어요. 필요하면 사직서를 써 드릴 수도 있어요. 대신 아버지를 수술하게 해 주세요."

"대체 뭐하는 짓이야, 이게?"

"동우의료원 흉부외과 조교수가 아닌 환자의 보호자 민수현으로서 아버지의 치료와 수술을 정식으로 요구하겠습니다."

문성주는 보고 있던 신문을 덮고는 수현을 빤히 쳐다보았다.

"환자를 수술하고 하지 않을 권리는 병원에 있어. 보호자는 그걸 선택할 위치에 있지 않아."

"……"

"알아들었으면 그만 돌아가지. 오늘 할 일도 많을 텐데."

문성주는 일견도 하지 않고 특유의 단단하고 건조한 목소리로 대화를 끝냈다. 그러더니 다시 신문을 펼쳐 그쪽으로 시선을 옮겼다. 수현이 차가운 대리석 바닥에 조용히 무릎을 꿇었다.

"부탁입니다. 제자로서 드리는 마지막 청입니다, 교수님."

느닷없는 수현의 행동에 문성주가 착잡한 표정을 지어 보였다.

"어떤 짓이라도 벌일 기세로군, 그래?"

문성주는 웃음기 하나 없는 얼굴로 수현이 책상 위에 놓았던 사임서를 장난감처럼 계속 만지작댔다. 이윽고 그녀의 입가에 비릿한 미소가 흘렀다.

"내가 아무리 수술을 막는다고 해도 넌 어떤 수단과 방법도 가리지 않을 테지?"

"……맞습니다."

"수현아. 난 아끼는 제자가 이런 일로 의사 가운을 벗는 걸 원치 않아."

"의사 가운이 아깝다고 아버지를 놓아 드릴 수는 없어요."

문성주는 한 손으로 턱을 깊게 괴었다. 다시금 계산기가 바쁘게 돌아가는 듯했다. 그러나 이번 계산은 그리 오래 걸리지 않았다. 이

내 손에 들고 있던 수현의 사임서를 좍좍 찢더니 잔해를 쓰레기통에 처박았다.

"허락하시는 건가요?"

"허락하면 넌 내게 무얼 해 줄래?"

"수술이 성공하게 되면 뭐든지요."

"그럼 반드시 성공을 해야겠구나? 좋아. 아버지의 관상동맥 우회술은 비공개로 진행하되 수술이 성공했을 때만 언론에 공개하는 걸로 해. 집도의는 민수현, 제1조수와 제2조수는 최동찬과 강인규가 맡고. 또한 수술의 모든 책임도 민수현이 진다, 어때?"

"네?"

"그러니까 박훈 선생은 빠지는 거야, 대신 강 선생이 들어오고. 오케이?"

"강인규 선생이라면……."

강인규는 재능이 있지만 단점도 많은 인간이었다. 그는 명문 의사 가문의 막내로 쟁쟁한 형들 사이에서 늘 주눅 들어 성장한 탓에 가치관이 모나고 삐뚤어진 말썽꾸러기 수재였다. 때문에 늘 박훈의 실력을 의심했고 그간의 성공도 다 운 좋은 탓일 뿐이라면서 매번 깎아내렸다. 또 기회만 된다면 박훈과 수술 배틀을 붙어보겠다는 허풍을 입버릇처럼 달고 다녔다. 요즘 하는 일이라곤 세이버 수술팀에 쓸데없는 시비를 걸거나 해부실에 방치된 시체들에 괴기스런 장난을 쳐 대는 것이 고작이었다.

수현은 그런 인간이 아버지의 수술팀에 참여하는 것이 영 마뜩잖았다. 하지만 지금 수술팀 구성을 두고 문성주와 입씨름할 처지가 아니었다. 그보다 아버지의 수술에 세이버 수술 대신 관상동맥 우회술을 언급하는 문성주의 의도가 더욱 궁금했다.

"관, 관상동맥 우회술이라고요?"

"그래, 무슨 문제 있어?"

문성주는 수현의 질문을 가볍게 넘기며 시선을 피했다.

"자, 우리 이야긴 이제 끝난 거 같으니 그만 나가 보지 그래."

내려가는 엘리베이터에 오르며 수현은 고개를 저었다.

"이게 과연 내 본심일까? 아버지를 수술대에 올리는 것이……."

거울에 비친 수척한 얼굴을 보며 혼자 중얼거렸다. 그러다가 불현듯 복도를 걸어 나올 때까지도 짐작하지 못했던 문성주의 의도가 짚였다. 헛웃음이 나왔다.

"과연 영악한 계산이야."

문성주는 수술 실패에 대비해 이번 수술을 관상동맥 우회술로 위장, 내부 입단속을 시키려는 속셈이 뻔했다. 수술이 성공하면 네 번째 세이버 수술로 언론에 보도가 나겠지만 실패하면 통상적인 심장수술 실패로 지나가게 된다.

그러나 박훈이 빠진 상태에서 심장의 이상 부위를 정확히 찾아 잘라내고 심첨부를 복구할 수 있을까. 게다가 본래 외과의는 자기 혈육을 수술하지 않는 법이다. 제아무리 냉정한 집도의라도 가족의 몸에 메스를 대는 경우 침착함을 잃을 위험이 컸다. 그것은 수현이라고 해도 예외일 수 없었다. 딸로 하여금 아버지의 몸을 째고 가르는 수술을 하게 하다니 정말 어처구니없는 지시다. 그런데도 문성주는 박훈을 수술팀에서 제외했다. 이유는 오직 하나, 만일의 불상사에 대비해 이번 수술을 세이버 수술팀과 연결 짓지 않겠다는 계산 때문이었다.

신관 7층 환자가 수현의 아버지라는 사실을 아는 팀원은 박훈 말고도 한 사람 더 있었다. 마취의 금봉현이었다. 수현이 702호 병실에 자주 들락거리는 걸 목격한 그는 환자 신상 카드를 뒤적거린 끝에 그가 과거 한때 무의촌 의사로 이름을 날렸던 민동수라는 걸 밝혀냈다. 그러나 그는 그 사실을 누구에게도 발설하지 않았다.

"이봐요, 민 선생, 자기 가족을 직접 수술하는 외과의는 세상 어디에도 없어."

여자 화장실 앞에서 수현을 기다리던 금봉현이 불쑥 튀어나오며 말을 걸었다.

"대화에 적절한 장소는 아닌 것 같네요."

수현이 주위를 둘러보며 발뺌하듯 말했다.

"그런가? 킬킬. 그치만 말은 돌리지 말자고, 응? 아무튼 자리부터 먼저 옮기든지."

그들은 신관과 본관을 잇는 구름다리 밑 담쟁이 넝쿨 쉼터로 가서 구석 벤치를 찾아 앉았다.

"누가 또 알고 있죠?"

"민 선생, 위험한 불장난 아냐? 메스를 든 외과의에게 가장 필요한 건 냉정인데……. 하지만 딸이 아버지의 가슴을 열어젖히고 나서 과연 그게 가능이나 할 것 같아?"

"제가 집도의로 서는 것이 협상 조건이에요."

"협상은 뭐고 조건은 또 뭐요?"

"문 교수와 협상을 했죠. 나 민수현이 집도로 나서는 걸 조건으로 간신히 수술 허락을 얻은 거라고요."

금봉현이 끙, 하고 신음소리를 냈다.

"설령 환자가 수술대 위에서 사망하더라도 유가족 항의나 말썽은 있을 수 없을 것이다, 그건 집도의가 친딸이니까, 그런 건가?"

수현이 고개를 끄덕했다.

"정말 비열하구만."

"그뿐 아니에요. 박훈 선생을 수술에서 배제한 것은 세이버 수술과의 연결 고리를 아예 차단하겠단 거죠. 설령 실패하더라도 그건 민수현의 관상동맥 우회술이지 박훈 선생의 세이버 수술이 아니란 거예요."

"젠장맞을 할망구 같으니! 커억, 퉤!"

가래를 힘주어 내뱉은 금봉현은 허위허위 걸어 사라졌다. 혼자 남은 수현은 설핏 담배를 배워보고 싶단 생각이 들었다. 주사위는 이미 던져졌지만 마음은 가누기 어려울 정도로 몹시 착잡하고 답답했다.

점심시간이 되자 수현은 경보(競步)하듯이 아버지 병실로 달려갔다. 수현은 침상 앞에 앉아 아버지가 식사를 마칠 때까지 기다렸다. 병원에 실려 오던 날보다는 확실히 나아진 얼굴이었다. 힘든 수술을 받아 내려면 적어도 일주일쯤 영양 보충을 해 줘야 하지만 수술을 차일피일 미룰 상황이 아니었다. 당장 오늘 밤 아버지의 심장이 멈출 수도 있었다. 외과의로서 수현의 판단력은 지금 당장 수술을 해야 한다고 끝없이 속삭였다.

"수술 견디려면 잘 드셔야 해요."

아버지는 억지로 웃는 얼굴을 하며 고개를 끄덕였다. 그나마 다행스러웠다. 수술이 결정되었다는 얘기를 듣고도 아버지는 표정에 변화가 없었다. 어떤 식으로든 결과를 받아들일 준비가 돼 있는 것 같았다.

수현은 퇴근 무렵 팀원들을 모아 최종 콘퍼런스를 시작했다.

"환자 연령 65세, 좌심실 비대증으로 의심되며 다양한 합병증을 앓고 있음. 모레 아침 9시에 수술 개시합니다. 그리고 집도는 제가 직접 맡을 거고요. 제1조수는 최동찬 선생, 제2조수는 강인규 선생, 수술 마취의 금봉현 선생, 수술 간호사 은민세 씨가 어시스트 합니다."

"민 선생이 직접 한다고요?"

"네."

"강인규 선생이 빈자리를 대신 채우고?"

"네, 설명한 대롭니다. 그렇게 진행해주세요."

상황을 잘 모르는 최동찬이 어이없어하며 물었다.

"근데 뭡니까, 민 선생을 못 믿는 건 아니지만 박 선생을 뺀 이유가?"

"그럴 리가 있나요? 왜 줄 거죠?"

벽에 기댄 박훈과 눈짓을 주고받으며 수현이 물었다.

"킬킬킬, 민 선생이 수술 메스 잡아 보는 것도 그리 나쁘진 않잖아? 그래도 박 선생 오기 전까진 여기 에이스였어. 거기다 박 선생은 옆에서 지켜보다가 여차하면 뛰어들면 되고."

문가에서 팔짱을 끼고 듣고만 있던 금봉현이 너스레를 떨며 끼어들었다.

"그러니까 제 말은 왜 그래야 하냐는 거요. 박 선생을 뜨내기 의사라고 병원 측에서 이렇게 홀대해도 되는 건가?"

"대충 눈치껏 알아먹자구, 킬킬."

"눈치요? 도체 뭔 소리인지 원……."

"최 선생, 꼭 그 이유를 내 입으로 말해 줘야겠어요?"

수현이 뭔가 말하려 하자 금봉현이 손가락 하나를 입술에 가져갔다.

"됐어, 별로 도움 안 되는 이야기니까. 그냥 모른 척하고 수술에만 집중하는 걸로 하자, 응?"

"뭐야, 이놈의 집구석은 뭐 그렇게 비밀이 많아? 관상동맥 우회술 한두 번 해 보는 것도 아니고."

아직도 상황 파악이 안 되는지 최동찬이 투덜댔다. 하지만 팀원들은 더 이상 의문을 제기하지 않았다.

하루 반이 지나 수현의 아버지가 수술실로 실려 왔다. 수현은 그 시간이 몇 달처럼 길게만 느껴졌다. 무영등 아래 엉거주춤 섰던 수현은 박훈이 소독 솜으로 아버지의 가슴을 닦아 나가자 한 걸음 뒤로 물러나며 휘청거렸다. 이윽고 메스에 붉은 피가 묻어나며 흉골이 열렸다. 연극 세트 위에서 배우들이 각본에 따라 연기를 펼치듯 수술팀 원들은 저마다 맡은 역할에 충실하며 규칙적으로 움직였다. 개흉기가 장착되고 심장이 열리자 박훈은 손동작을 멈추고 수현을 쳐다보았다. 직접 심장 상태를 확인해 보라는 의도일 것이다. 수현은 고개를 저었다. 수술실 공기도 같이 흔들렸다. 아버지의 몸냄새를 맡기 시작한 뒤부터 수현은 금방이라도 쓰러질 것처럼 위태롭게 서 있었다.

"심실류야. 마치 좌심실에 물주머니가 매달린 것 같아. 이 상태로 멀쩡하게 생명을 유지해 온 게 기적이지. 며칠만 머뭇거렸어도 이 수술 성공할 수 없었어."

그렇다면 지금은? 지금은 아버지를 살릴 수 있다는 건가?

수현이 최동찬의 어깨너머로 다가왔다. 아버지의 심장은 아직 멈출 때가 아니라는 듯 꿈틀거리며 생명의 끈을 이어가고 있었다. 하지만 누군가 찌르기만 해도 툭 터질 물주머니처럼 그 움직임은 둔해 보였다. 그녀는 더 지켜보지 못하고 뒤로 주춤주춤 물러났다. 새로 수술에 투입된 강인규가 박훈과 수현을 번갈아 훑으며 못마땅한 눈길을 보냈다. 박훈과 민수현, 저 둘이서 환자의 생명을 두고 무슨 거래라도 하고 있는 건가.

"변성이 심해. 변성 부위와 그렇지 않은 부위의 경계도 모호하고. 심장 전체가 다 병변이라고 보아도 무방해. 마치 구멍 뚫린 연탄처럼."

박훈의 말은 수술을 그만 두자는 의미로 들렸다.

'어렵겠는데……'

박훈은 어느 때보다 긴장한 상태였다. 만약 수술대 위에서 환자가 죽기라도 하는 날엔 열 번의 약속이 허무하게 물거품이 되고 만다. 그러나 가슴을 덮는다면 아무런 일도 벌어지지 않겠지. 수술은 애초에 시작도 안 했으니까. 카운트다운이 하나 뒤로 미루어질 뿐이다.

"민 선생, 결정해요. 당신이 우리 팀의 리더니까."

박훈의 목소리가 무너지는 수현을 가까스로 일으켜 세웠다.

"수술, 계속해 주세요. 책임은 제가 져요."

수현의 목소리가 가늘게 떨렸다.

"이 수술은 실패할 수도 있어."

박훈이 맥없이 풀어진 수현의 눈동자를 똑바로 응시하며 꾸짖듯 말했다. 그는 간절하게, 그녀가 냉정하게 생각해 주길 바랐다.

"그래도……. 돌이키기엔 늦었어요."

'그래, 당신 말대로 돌이키기엔 늦었는지도 모른다.'

수현의 눈은 절규하고 있었다. 제발 도와달라고, 제발 죽어가는 아버지를 살려달라고 박훈에게 소리 없이 외치고 있었다. 박훈은 눈썹 근육을 씰룩하더니 은민세가 건네주는 수술 메스를 손바닥에 받아 쥐었다.

"수술 속개. 인공 심폐기 장착, 심장 정지액 주입!"

플레이 버튼을 누른 것처럼 멈췄던 손길들이 분주해졌다.

수현의 아버지는 고령인 탓에 심혈관의 탄성이 약하고 자칫하면 찢기거나 파손될 위험이 컸다. 게다가 만성 대동맥판 폐쇄부전까지 겹쳐 있었다. 좌심실이 비정상적으로 확장되어 약한 혈압에 혈류가 역류, 혈액이 승모판 전첨을 치는 탓에 발생하는 증상이었다.

박훈이 경계가 모호한 병변과 사투를 벌이는 동안 최동찬은 대동맥판 성형술을 동시에 진행해 나갔다. 이따금 타이밍을 놓치긴 했지만 처음 참여한 강인규도 열성적으로 수술을 따라왔다. 검붉은 검체가 연이어 딸려 나오자 수현은 더 보지 못하고 밖으로 퇴장했다.

"봉합 완료! 심장 재고동 준비."

4시간이 조금 지나서 박훈이 마지막 봉합을 완료했다.

"대동맥 클램프 해제에 들어간다. 강심제 준비."

강심제를 준비하는 금봉현의 손에 땀이 배었다. 강심제를 준비하는 것으로 보아 심장이 돌아오지 않을 확률이 높은 것이다. 금봉현의 판단도 같았다. 자신 있게 수술을 리드했던 박훈 역시 이 수술이 얼마나 무리였는지 잘 알고 있을 것이었다. 그러나 우려와 달리 체온이 따뜻하게 돌아오자 심장이 미약하게나마 뛰기 시작했다.

"심장 돌아왔습니다."

강인규가 긴장한 목소리로 소리를 질렀다.

"아직 좋아하긴 일러. 죽은 송장을 살아 있는 것처럼 꾸며 놓은 것에 불과하니까. 수술을 견뎌낼 수 있을지는 더 지켜봐야 한다는 얘기야."

금봉현이 어두운 얼굴로 먼저 퇴장했다. 그 역시 결과를 확신하지 않는 눈치다. 박훈의 생각도 같았다. 우선은 수술 중에 환자가 죽지 않았으니 그것만이라도 다행이었다. 그러나 의식이 돌아오리라 장담하긴 일렀다. 환자가 고령인 데다가 맥도 형편없이 약했다. 오늘 수술의 결과는 전적으로 하늘에 달린 것이다.

"당신은 반드시 깨어나야 해. 당신의 딸이 아닌 나를 위해서."

수술실을 나서며 박훈은 아무도 모르게 혼잣말을 뱉었다.

25

일주일에 두어 번씩 세이버 수술팀의 아지트로 불러 개인 교습하듯 윤하영을 가르친 보람은 생각보다 일찍 나타났다. 그녀가 박훈이 아닌 다른 외과의가 집도하는 수술에도 조금씩 발을 들여 놓으면서 점차 그녀를 칭찬하는 이야기가 귀에 들려오기 시작했다.

"꽤 제법이던데요."

오전 수술을 막 끝마치고 나온 민수현이 땀에 젖은 앞머리를 쓸어 올리며 말했다.

"민 선생 보기에 쓸 만하던가?"

"그럭저럭……. 하지만 내가 제법이라고 한 건 생각보다 잘했다는 것일 뿐이에요. 다른 수련의들과 비교하자면 아직 무리긴 하지만."

"그래도 민 선생 칭찬을 받다니 내 기분까지 좋아지는데."

"그래요? 그러고 보니 두 사람, 꽤 수상해요."

"수상?"

수현이 찡긋 한쪽 눈을 감았다가 뜨면서 박훈 속내를 떠보듯 말한다.

"내 별명이 얼음꽃이지만 메스만 휘두를 줄 아는 차가운 여잔 아니랍니다. 나도 육감 칠감 다 있는 여자라고요. 일주일에 두 번씩 그 비밀스런 데이트는 그렇다 치더라도, 두 사람 원내에서 늘 붙어살듯 함께 다니잖아요. 어때요, 내 짐작이 맞죠?"

하영과의 사이가 수상하다는 수현의 떡밥질에 박훈은 마땅한 대꾸를 찾지 못하는 동안 그녀가 등을 토닥토닥 두드리며 점심 식사를 청했다.

"어때요, 오늘 점심 데이트는 나랑 하는 거?"

수현의 말이 맞는지도 모른다. 그리고 고백하자면 하영에게 오버

랩되는 송채희의 이미지 탓이 컸다. 처음에는 마치 빼다 박은 듯 닮은 외모 탓이려니 생각했다. 그러나 하영은 채희의 영리함과 탐구욕까지 마치 쌍둥이인 것처럼 닮아 있었다. 하나를 알려 주면 셋을 알아 나가는 영민함, 그리고 마치 오래도록 배고팠던 걸인이 음식 탐하듯 박훈이 떨어뜨린 지식과 경험을 부스러기조차 남김없이 주워 자기 것으로 먹어 치우는 모습, 그것은 요덕 수용소에서 만난 채희가 보여 주었던 그것이었다. 다만 채희가 박훈과의 사랑을 통해 수용소를 둘러싼 전기 철망을 넘고자 했다면 하영은 신체 장애의 옹벽을 박훈이 주는 지식의 해머로 깨부수려 한다는 상황의 차이뿐이었다.

"아마 박 선생만큼 하영이한테 지식과 경험을 베푼 사람은 여태 한 명도 없었을 거예요."

구내식당 식탁에 통 소리 나도록 식판을 올려놓으며 수현이 말을 이었다.

"하지만 부질없는 노력일 수도 있죠."

"무슨 의미지?"

박훈이 수저를 멈추자 수현이 조심스레 그의 눈치를 살폈다.

"쓸데없이 괜한 희망을 심어 주는 걸 수도 있어요."

"……."

"윤하영이 일류 의사로서의 실력을 갖춘다고 쳐요. 하지만 어느 환자가 청각 장애 의사한테 진료를 받겠다고 나설까요? 장애 극복

수기에 등장하는 조연이 되겠다고 기꺼이 나서는 환자가 과연 있을 까요? 박 선생이 얼마나 하영이 옆에 있어 줄지 모르겠지만 박 선생이 심어 준 희망, 분명 곧 절망으로 변하게 될 거예요."

뜨끔했다. 수현의 말은 전혀 틀린 게 아니었다. 하영이 아무리 일류 외과의로 성장한다고 해도 어느 누가 그녀를 믿고 그녀의 메스 아래 가슴을 열어 보일 것인가. 박훈의 수업은 절망으로 끝날 부질없는 희망의 씨앗을 하영의 가슴에 뿌리는 것일지도 모른다. 그는 이미 한 차례 그런 몹쓸 장난을 한 적이 있었다. 그때 박훈은 채희의 가슴에 희망의 씨앗을 뿌렸었다. 그다음 그녀는 어떻게 되어 버렸던가.

"윤하영 그 아이, 아마 다음번 수술엔 참가하지 못할 거예요. 할머니 칠순 잔치 때문에 부산의 본가에 내려가 봐야 한댔어요. 박 선생은 벌써 들으셨겠지만……."

"아니, 못 들었는데."

"의원데요. 암튼 하영이가 휴가로 자리를 비울 동안 그 자리는 강인규 선생이 맡아줄 거예요. 지난번 이후 본인 의사도 워낙 강력하고……. 그리고 참, 강 선생을 세이버 수술팀에 정식 합류시킬 건지 말 건지는 그때 결정하도록 해요."

구내식당에서 수현의 말이 일으킨 파문은 박훈의 머릿속에 납덩이처럼 꽉 박힌 채 며칠이 지나도록 사라지지 않았다. 그저 보통의 상념이라면 소주 서너 병에 날아가 버릴 만도 했지만 이번 경우는 달랐다. 초등학생 같은 천진한 눈망울로 자신을 쳐다보는 하영의 시선은 매번 마주칠 때마다 그의 아물지 않은 상처를 건드렸다. 이제 분명한 건 더 이상 거리를 좁혀선 안 된다는 내면의 경고가 무시해서는 안 될 만큼 커졌다는 것이다.

팀 아지트에서 개인 교습이 있던 날 밤, 하영은 강습이 끝난 뒤에도 이것저것 자료를 정리하는 시늉을 하며 한참 동안 돌아갈 기미를 보이지 않았다. 딱히 용건도 없이 단둘만 있는 분위기도 그렇지만, 며칠 전 수현이 던진 말 탓에 박훈은 하영의 존재가 영 편치 않았다. 눈치를 챘는지 하영이 불안해하며 물었다.

"제가 같이 있는 게 불편하세요?"

"불편하긴 뭐……."

"오늘은 전과 많이 달라서요. 박 선생님 느낌이……."

박훈은 어색함을 감추려 컴퓨터를 켜고 북한 뉴스를 검색했다.

"민 선생이 그러던데, 하영이 너 휴가 간다고."

"네……. 전 할머니 손에서 자랐어요. 어린 저를 업어서 키워 주신 분이죠. 그래서 엄마보다 더 정이 깊어요."

"그래?"

박훈은 일부러 최소한의 관심만 표현했다. 마치 그때까지 줄 것처럼 풀어 놓았던 선물들을 도로 보자기에 싸서 감추듯이, 아주 건조하고 사무적인 목소리로.

하영은 서운함을 느꼈겠지만, 박훈은 그 나름대로 자신과의 힘겨운 싸움을 벌이고 있었다. 목에 건 펜던트가 없었다면 박훈은 벌써 그녀 앞에 무너져 내렸을지도 몰랐다.

"우리 가기 전에 음악 하나만 같이 들어요."

하영이 거의 막무가내로 제 이어폰 한쪽을 박훈의 귀에 꽂았다. 하영과 몸이 스치자 그녀의 체취가 어느 때보다 가깝게 다가왔다.

"아, 이건……."

"아세요? 이 노래?"

흐느적거리는 리듬이 마치 폐부를 송곳으로 찌르는 느낌이다.

"잘 아는 건 아니지만 전에 몇 번 들어본 적이 있어."

이어폰을 타고 들려온 곡은 러시아계 한국인 3세 가수 빅토르 최가 부른 〈혈액형〉이었다. 그는 카자흐스탄에서 태어나 대학생이던 1982년 키노(KINO)라는 록그룹을 결성, 〈혈액형〉으로 러시아 민중의 우상으로 떠올랐다. 그는 춥고 황량한 러시아 특유의 분위기를 우울하면서도 저항적인 음색으로 잘 표현하는 가수로 평가받았다. 그리고 1990년 자동차 사고로 죽은 뒤 자유를 갈망하는 러시아 젊은이들의 우상이 된 인물이다.

"신기하다! 이 노래 아는 사람 많지 않은데."

"난 하영이 네가 더 신기해. 네 나이에 이런 노랠 어떻게 알지?"

"친구랑 러시아 여행을 다녀온 적이 있어요. 그때 민박집 주인이 빅토르 최의 광팬이었죠."

공통 분모를 발견한 하영의 눈동자가 반짝 빛을 발했다.

"나와 비슷하군. 중국에 머물 때 도와준 친구가 권해서 들었어."

박훈은 대충 얼버무렸다. 물론 사실이 아니었다. 빅토르 최는 그의 아버지가 제일 좋아하던 가수였다. 틈날 때마다 목공일을 하는 게 취미였던 아버지는 늘 먼저 나서서 이웃집 문짝을 만들거나 대문을 고쳐 주곤 했다. 김일성이 하사한 러시아제 녹음기를 마당에 가져다 놓고 음악을 들으며 작업하시곤 했는데 그때 즐겨 듣던 노래가 빅토르 최의 노래였다. 박훈이 10살 되던 무렵 아버지는 집안에 있던 테이프 대부분을 소각했다. '문화 쇄신령'이 내려와 당에서 지정하지 않은 노래 테이프와 서적 등을 대대적으로 반납, 소각해야 했기 때문이었다.

"그런데 하영인 이어폰으로 노랠 들으면 그 소리가 들리나?"

"그랬으면 좋겠어요. 그냥 개미처럼 지글거리는 약간의 진동만 느껴져요. 하지만 느낄 수는 있어요. 잊으셨어요? 저보고 비트를 느껴보라고 한 것. 음악 듣는 걸 포기했었는데, 이어폰을 귀에 꽂고 자꾸 들으려고 노력하니까 꼭 들리는 거 같은 거예요. 신기하죠?"

"들리는 게 아니라 느끼는 거겠지."

"근데 선생님은 혈액형이 뭐예요?"

"왜, 무얼 거 같아?"

"글쎄요. O형 남자들이 무뚝뚝하단 말은 들었지만."

"O형 아니야, 나."

피식 웃고 나서 박훈은 컴퓨터로 돌아앉았다.

"의사가 돼서 그런 것 따윌 믿다니. 그만 가 봐."

박훈은 마지막 대화가 끝났다는 듯 입 모양을 또박또박 해 보였다. 그러나 하영은 작정한 듯 물러나지 않았다.

"선생님, 제 이름이 왜 하영인지 아세요? 여름꽃이란 뜻이래요."

하영은 수첩에 한자까지 써 보이며 자신의 이름이 갖는 의미를 설명하려 했다.

"근데 선생님은 이름은 어떤 의미예요?"

"글쎄, 이름이 그저 이름이지 않나?"

"흠, 제 생각에는요. 선생님 이름은 꼭 무정부주의자 같아요. 19세기 중반 러시아에 바쿠닌(Bakunin)이라는 무정부주의자가 살았다고 하잖아요. 박훈, 바쿠닌…… 뭔가 비슷해."

"쓸데없는 억측이야. 전혀, 난 무정부주의자니 뭐니 그런 사상 같은 거 관심 없어."

"박훈. 바쿠닌. 그러고 보니 정말 비슷하다……. 아아니, 똑같아요. 선생님에게서 풍기는 자유분방한 분위기와도 잘 어울리고요."

대화는 거기까지였다. 박훈은 더 이상 할 얘기가 없다는 듯 모니터만 응시할 뿐 아무런 대꾸도 안 했다. 하영은 그런 박훈의 등에 대고 꾸벅 고개를 숙인 뒤 조심조심 빠져나왔다. 나오면서 하영은 정작 자기가 털어놓고 싶은 말은 한마디도 하지 못했다는 걸 깨달았다. 쓸데없는 잡담만 잔뜩 늘어놓고 돌아선 자신이 한심했다.

'정말 털어놓고 싶은 말이 있었는데…….'

그러나 박훈은 끝내 그 틈을 허락하지 않았다.

26

KTX에 앉아 무심히 창에 시선을 둔 채 윤하영은 앞으로의 거취를 고민했다. 문성주의 목적 분명한 비호와 더불어 박훈의 도움이 있다지만 실상 세이버 수술팀에서 그녀의 입지는 꾸어다 놓은 보릿자루였다. 하영이 하는 일이란 간호사들과 함께 수술 준비를 해놓고 대기하거나 수술 후 뒷정리를 하는 정도였다. 언제쯤 이 팀의 당당한 정식 일원으로 존재할 수 있을까. 민폐를 끼치는 존재라면 알아서 물러나는 것이 옳은 처신 아닐까. 목적지에 가까워지도록 그녀는 무거운 마음을 내려놓지 못했다.

집안은 칠순 잔치로 떠들썩했다. 친척들이 일찌감치 모여든 탓에 32평 아파트는 이미 달아올라 있었다. 아버지 쪽 형제가 넷이나 됐고 외가 식구들도 제법 많았다. 모처럼 떠들썩한 분위기에 섞여 들자 하영의 기분은 조금 나아지는 것 같았다. 시름을 잊고 조카들과 놀아 주느라 몇 시간이 훌쩍 지나갔다. 특히 언니의 딸인 5살배기 조카 서은이는 마치 하영을 제 엄마처럼 졸졸 따라다녔다.

"몇 개월 사인데 서은이 참 많이 컸다."

"얘는, 요즘 애들이 얼마나 빠른데."

하영은 형부와 언니가 이제야 제대로 자리를 잡고 사는 것 같아 다행이라고 생각했다.

"나도 서은이처럼 예쁜 딸 낳고 싶다."

"못할 것도 없지. 왜, 내가 한 명 소개해 줄까?"

"아니, 아직은 싫어."

"그래, 거기선 어때, 확실히 자릴 잡은 거지?"

"글쎄, 배워야 할 게 너무 많아."

"힘들면 언니한테 얘기해. 너무 억지로 버티지 말고……."

하영은 사지에서 함께 살아 나온 언니가 주는 격려가 그날따라 눈물겹게 고마웠다.

'나도 언니처럼 가정을 꾸릴 수 있을까? 아이를 낳고 사랑하는 사람을 위해 음식을 만들고 학부형이 되어 학교도 오가고…….'

자신이 없었다. 어쩌면 남들 다하는 건데, 남들 다 즐기는 행복인데 하영 그녀 자신만이 예외일 것 같아 불안했다. 박훈에게 장문의 문자 메시지를 보냈다. 부산에는 무사히 도착했고 친척들을 보게 되어 기분이 즐거우며 솔직히 기차를 타고 내려올 때 심심해서 죽을 뻔했다는 사소한 내용들……. 물론 그로부터 답장은 없었다.

'아마 영영 없을지도 몰라.'

하영은 언니의 뚱한 눈총을 받으며 휴대폰을 만지작거렸다. 짧지만 이따금 답장을 줄 때도 있었으니까. 한참 뒤에야 박훈으로부터 답장이 왔다.

'모처럼 내려갔으니 마음속 짐 다 내려놓고 쉬어라.'

하영의 낯빛이 꽃이 활짝 핀 봄 동산처럼 환하게 밝아졌다. 저 혼자 신이 나서 입이 귀에 걸리도록 벙글거렸다.

"너 갑자기 왜 그래?"

언니가 이유를 물었지만 그녀는 그저 웃기만 했다. 몇 자 안 되는 문장일 뿐인데 사람을 이렇게 들뜨게 하다니, 새삼 놀라웠다.

하영이 문자를 보냈을 때 박훈은 가리봉동 리 씨의 가게에 있었다. 얼마 전 리 씨는 5평 남짓 되던 환전가게 벽을 좌우로 헐고 제법 넓은 식당을 차렸다. 환전 일은 계속 했지만 그보다는 새로 시작한 요식업에 더 많은 기대를 걸었다. 간판도 큼직하게 만들어 걸고 호객을 위한 전단지도 돌렸다. 심중의 라이벌은 건너편 골목통의 '평양옥'이었다. 박훈은 개업 날에 맞춰 민수현을 이곳에 끌고 왔고 리 씨의 첫 매상을 올려줬다. 그런데 수현은 공깃밥과 김치 외엔 젓가락도 대지 않았다. 덕분에 박훈은 풀이 죽은 주인장을 달래느라 진땀을 빼야했다.

가게 선반 위의 낡은 TV에서는 토론 프로그램이 한참이다. 중국 국가주석 시진핑이 북한으로 고위급 특사를 보낸 일을 두고 언론사 해설위원들이 이러니저러니 격한 토론을 벌이는 모양이다. 박훈은 리 씨가 잠시 화장실을 다녀오는 사이 하영에게 답장을 꾹꾹 눌러 보냈다. 저도 모르게 얼굴에 웃음꽃이 폈다. 바지춤을 추스르며 마주 앉던 리 씨가 그 모습을 보고 무슨 좋은 일 있냐며 이유를 물었다.

"훈이, 너 혹시 연애하나?"

박훈은 딴청을 피우며 대답을 하지 않았다. 북으로 끌려간 아내의 생사가 오리무중인 마당에 나이 어린 여자와 문자를 주고받는 행동은 남들에게 설명하기 뭔가 곤란한 데가 있었다. 대화의 화제를 다시 북한 정세로 돌렸다.

"조중 상황은 어떻게 보세요?"

리 씨는 TV리모컨을 들어 해설위원들의 소리를 줄였다.

"특사까지 보냈다니 새로운 중국 지도부가 좀 더 과감한 개혁 개방을 요구하겠지. 자본이 유입돼서 인민들의 삶이 조금만 더 나아진다면 지금처럼 목숨 걸고 국경을 넘는 사람들은 줄어들 텐데."

"중국이 압력을 넣을수록 내부 단속은 더 심해질 겁니다."

"원래 정권 3년이 제일 고된 법이니 더 기다려 보자고. 상황이 좀 나아질 수도 있잖아?"

"과연 나아질까요? 작업 비용만 잔뜩 올려놓을 텐데."

작업 비용이란 브로커를 통해 북한에 있는 친지를 빼내오는 비용을 이르는 말이다. 십몇 년 전만 해도 국경 수비대를 잘 구워삶으면 별 비용 들이지 않고 비교적 쉽게 도강을 할 수 있었다. 북한 곳곳으로 잠입해 가족들에게 소식을 전해 주는 '달리기'들에게 주는 비용도 미화 100달러 정도가 고작이었다. 그러나 단속이 강화되고 탈북자가 늘어나면서 비용이 상승하기 시작했다. 1만 달러는 명함도 못 내민 지 오래고, 적어도 5, 6만 달러는 주어야 가족과 접촉할 수 있었다. 인원이 한 명 늘면 비용은 갑절로 상승했다.

정치범 수용소에 수용된 가족을 빼내오는 작업은 정해진 가격이 없었다. 부르는 게 값이었다. 내륙 깊숙이 위치한 정치범 수용소와 연결하려면 수용소장에게 먹이는 돈만도 최소 10만 달러는 든다는 게 브로커들 주장이었다. 여기에 국경 넘을 때 소요되는 경비 10만 달러, 중국 공안에게 상납할 10만 달러를 더하면 비용은 30만 달러를 훌쩍 넘어섰다. 게다가 위조 여권을 만들거나 공항 출입국 관청에 들이미는 소소한 비용들까지 포함하면 가격은 천정부지로 치솟았다.

"작업 비용도 비용이지만 잘못된 정보가 너무 많아."

리 씨의 말은 박훈의 마음을 더욱 무겁게 만들었다. 얼마 전 박훈은 브로커로부터 채희의 소식을 들을 수 있었다. 수년 전 국경수비대에서 제대한 치에게 들었다는 정보로 내용은 아주 간단했다. 중국에서 잡혀 온 죄수들 중에 송채희란 여인이 있었고, 한동안 국경경비대 감옥에 있다가 다른 곳으로 이송됐다는 짤막한 이야기였다. 동명이인일 수도 있었지만 브로커가 말하는 외모가 어림잡아 채희와 비슷했다. 시기도 그때와 겹쳤다. 그러나 거기까지였다. 이후의 행방까지 수소문하려면 3만 달러를 더 내라고 했다.

"이렇게 피를 말릴 바엔 차라리 직접 들어가 찾아보는 게 낫겠습니다."

"큰일 날 소리! 농이라도 그런 말은 하는 게 아니다."

40

가게 손님이 들어오는 바람에 그들의 대화는 거기서 중단되었다.

"삼촌이랑 밖에 나갈까?"

박훈은 모처럼 창을 데리고 가게를 나섰다. 창을 볼 때마다 어쩔 수 없이 그는 채희 뱃속에 있던 아이가 떠올랐다. 만약 그때 무사히 탈출했다면 지금쯤 초등학교 1학년이 되었겠지. 하지만 지옥 같은 곳에서 그들의 아이가 살아남았을 리 만무했다. 수용소에서 특히 임신한 여자에 대한 대우는 더 끔찍하고 혹독했다. 강제로 낙태를 강요당하고, 설령 운 좋게 아이를 출산하더라도 열에 아홉은 수용소 내 돌림병이나 잔병으로 죽고 만다.

박훈은 창의 손을 꼭 붙잡고 여기저기 시장통을 돌아다녔다. 자신의 아이처럼 옷도 사 입히고 맛있는 것도 사줬다. 그러는 사이 하영에게서 2통의 문자가 더 도착했다. 그러나 박훈은 답장을 보내지 않았다. 잠시나마 하영에게 설렘을 느꼈던 자신의 철없음을 무겁게 책망하면서 휴대폰에 남아 있던 메시지들을 모두 삭제했다.

답장을 기다리던 하영은 조카를 데리고 아파트 놀이터로 내려갔다. 조카가 동네 아이들과 어울려 노는 동안 하영은 벤치에 앉아 언니 집에서 들고 나온 사진첩을 한 면 한 면씩 들춰 보았다. 엄마가 아끼던 사진첩에는 하영 자매의 어린 시절은 물론, 엄마와 아빠의 흑백 사진까지 고스란히 들어 있었다. 하영은 사진들을 훑어보며 자신의 눈썹이 나이 들수록 엄마를 닮아간다는 사실을 발견했다. 전에는 미처 생각도 못한 부분이다.

아파트 단지 안에 조성된 작은 놀이터는 시간이 멎은 것 같았다. 뜨겁게 달구어진 공기도 어느덧 선선해져 바람이 제법 시원하게 느껴졌다. 놀이터 울타리에 심어 놓은 단풍나무 잎사귀들이 붉은빛을 띠면서 바람에 찰랑거렸다. 아주 어릴 때, 하영이 언니와 놀이터 모래에 앉아 장난치며 놀고 있으면 멀리서 아빠의 목소리가 들리곤 했다. 고개를 돌려보면 어김없이 아빠는 놀이터 입구에서 두 딸을 사랑스럽게 지켜보고 있었다. 아빠는 언제나 언니를 먼저 들어 올렸고 샘이 난 하영은 언니를 밀쳐 내며 아빠의 다른 한쪽 팔에 필사적으로 매달리곤 했다.

'다시 돌아가고 싶어……'

힘없이 중얼거려 본다.

'그런데 서은이가 보이지 않네?'

문득 주변 공기가 싸해진 것을 느끼고 뒤를 돌아보았다. 악, 하영은 비명을 지르며 얼굴을 감쌌다. 이미 놀이터 안은 한바탕 난리가 벌어진 상황이었다. 맨발인 언니는 거의 혼절 직전이었다. 미끄럼틀 아래 사지를 뻗고 누워 있는 아이를 보며 발만 동동 구를 뿐 그저 울부짖기만 했다. 누워 있는 아이는 바로 서은이었다.

가슴이 철렁 내려앉았다. 얼른 달려가 서은이의 맥을 짚어 보았다. 급성 뇌진탕! 최대한 빠른 시간 안에 병원으로 옮겨야 했다. 다행히 이미 119구급대에 전화를 넣은 모양이었다. 구급차가 사이렌을 울리며 놀이터 턱을 넘어 들어왔다. 구급대원들에 의해 서은이가 구급차에 실리고 언니도 허겁지겁 뒤따라 올랐다. 그 긴박한 몇 분 사이에 펼쳐진 모든 장면이 마치 재난 영화의 그것처럼 순식간에 흘러갔다.

구급차가 출발하고 언니도 병원으로 따라 떠났다. 모여들었던 구경꾼들도 흩어졌다. 아파트 놀이터에 버려진 낡은 인형처럼 혼자 남겨진 하영은 온몸이 부들부들 떨려왔다. 몸서리칠 정도의 한기가 느껴졌다. 그러나 언니의 아파트 안으로 다시 발을 들여 놓을 용기는 도무지 나지 않았다. 망설이며 현관 앞을 맴도는 사이 휴대폰이 울렸다. 뇌진탕을 일으켰지만 빠른 응급처치 덕택에 서은이는 무사하다는 언니의 전화였다.

그러나 여전히 충격에서 벗어날 수 없었다. 조카 서은이가 뇌진탕을 일으키고 차가운 땅바닥에 실신해 있는 동안 그녀는 아무것도 모르고 있었다. 의사였지만 조카에게는 아무 도움도 되지 못했다는 자책이 밀물처럼 밀려들었다.

'등 뒤에서 조카가 죽음의 구렁텅이로 떨어지고 있는데도 나는 사진첩만 들여다보고 있었어. 그래, 난 아무짝에도 쓸모없는 의사일 뿐이야. 그게 내 진짜 모습이었어.'

다음 날 하영은 아파트 근처 모텔로 숙소를 옮겼다. 조카를 돌보지 못했다는 죄책감 때문에 차마 서은이가 있는 아파트에 함께 있을 수 없었다. 언니가 괜찮다며 몇 번씩이나 위로했지만 서울로 가는 기차에 오를 때까지도 패닉 상태를 벗어나지 못했다.

병원으로 복귀한 뒤에도 하영은 넋을 놓은 채 곧잘 실수를 저질렀다. 간호사의 입 모양을 잘못 이해한 나머지 중증 환자의 차트를 맞바꾸는 큰 사고까지 저질렀다. 자칫 환자의 생명이 위험해질 수도 있었던 아찔한 실수였다. 상대의 입 모양을 읽어 짐작해 내는 건 일상생활에서는 문제를 일으키지 않았지만, 분초를 다투는 의료 현장에선 치명적인 핸디캡이었다. 그럴수록 그녀는 더 움츠러들었고 자신을 병원에서 불필요한 존재로 몰아갔다. 마침내 하영은 의사란 도무지 노력으로 이룰 수 있는 일이 아니었다며 자신을 포기해 버리기에 이르렀다.

모두가 퇴근한 늦은 밤, 하영은 세이버 수술팀 아지트에 남아 사직서를 써내려 갔다. 하영의 마음은 버티기 힘들 정도로 무거웠다. 몹시 아프고 쓰린 포기였다.

'일신상의 이유로……'

거의 글쓰기를 마무리할 무렵 인기척이 등 뒤에서 다가왔다. 박훈이었다. 그는 사직서를 홱 낚아채 읽었다.

"진짜 여기서 끝낼 거냐?"

"주세요, 그거."

하영이 호소했다.

"이깟 글 쓸 시간 있으면 가서 카르테 한 장이라도 더 봐. 그게 네 엉터리 메스에 찔려 죽을 안타까운 생명을 하나라도 더 구하는 길이야."

"다 필요 없어요. 전, 의사 이제 관둘 거니까."

"관둔다고?"

"나 같은 귀머거리가 여기서 할 수 있는 건 아무것도 없어요."

"스스로를 불쌍하다고 여기지 마. 진짜 불쌍한 건 너 같은 나약한 의사를 믿고 덜컥 자기 심장을 맡긴 저 수많은 환자들이야."

"난 환자의 고통과 울음소리조차 듣지 못해요. 소통할 수 없다고요."

"……!"

"의사의 소명은 생명을 구하는 거잖아요. 근데 생명을 구하기는커녕 사지로 모는 의사라면 누군가를 치료한다는 거 무의미한 거잖아요."

"세상에서 가장 나쁜 의사가 뭔지 알아? 그건 실력 없는 의사가 아니야. 자신이 못해낼 거라고 믿는 나약한 의사지."

"그래서 의사 포기한다잖아요!"

"사직서 나부랭이 끼적이면서 징징댈 시간 있으면 이거부터 정리해 두는 건 어때? 그만둘 때 그만두더라도 하던 일은 마무리해야지."

박훈은 수술 일지를 책상에 탕 내려놓고 횡하니 방을 나가 버렸다.

하영은 책상에 아무렇게나 흩어진 일지들을 멍하니 내려다보았다. 방금 무슨 일이 있었냐는 듯이 방 안엔 고요만이 똬리를 틀고 있었다. 하영은 아지트 유리에 비친 제 모습을 찬찬히 뜯어 본다. 정말로 이 팀에 아직도 내가 필요한 걸까? 내가 할 일이 남아 있기라도 한 걸까? 기껏 일지나 정리하는 일일 뿐인데.

하영은 박훈이 아무렇게나 휘갈겨 쓴 세 번째 수술일지 한 장을 꺼내 형광등에 비춰 보았다. 일지들은 누군가의 정돈된 손길을 기다리기라도 하는 것처럼, 창백하게 빛나고 있었다. 하영은 흩어진 세이버 수술팀의 일지를 하나씩 펼쳐 들었다. 그리고 마음속에 각인하듯 깊은 눈으로 천천히 읽어 나갔다.

첫 수술부터 세 번째 수술까지, 그간 수술 일지를 작성하는 것은 그녀의 몫이었다. 자신의 손으로 꾹꾹 눌러 썼던 기록들을 바라보다가 종이 위에 굵은 눈물을 떨어뜨렸다. 침대에 실려와 두 발로 걸어 나간 소중한 생명들, 그 무엇과도 바꿀 수 없는 환희의 순간들. 그 시간을 조금 더 연장해도 되지 않을까?

"맞아, 여기서 용기를 내지 않는다면 난 평생 후회할 거야."

하지만 마음먹기 무섭게, 절망이 더 큰 무게로 어깨를 짓누른다. 청각장애 의사가 환자의 소중한 생명을 지켜줄 수 있을까?

"언제까지나 불행을 내 귀 탓으로 돌릴 순 없어. 난 도망치지 않아."

하영은 허공을 향해 떨리는 목소리로 중얼거렸다.

27

주차장으로 진입하면서 민수현은 눈살을 찌푸렸다. 지하 5층이나 되는 동우의료원 주차장은 아침부터 환자와 내원객들의 차들로 북적였고, 수현은 결국 지하 바닥층까지 내려가서야 겨우 일렬 주차라도 할 수 있었다. 세이버 수술이 연이어 성공하면서 병원 인지도가 높아진 데다가 5년 전 야심 차게 설립한 생명공학 연구원이 성체 줄 기세포를 배양, 폐에 전이된 암세포 제거에 성공하면서 새삼 언론의 주목을 받게 된 결과였다. 경영진이 때맞춰 내놓은 전국 최대의 노 인 전문병원 건립 계획도 한 지자체로부터 땅을 무상기증 받으며 탄 력을 받고 있었다. 그야말로 날로 승승장구하는 기세다.

엘리베이터 앞에 서서 수현은 습관처럼 시계를 보았다.

"수현아."

시계에 집중한 나머지 수현은 부르는 소리를 듣지 못했다.

"오랜만이다."

귀에 익은 음성과 함께 한 사내가 불쑥 다가왔다. 사내의 얼굴을 확인하자 수현은 눈살부터 찌푸렸다. 검은색 수트를 말쑥하게 차려 입은 한재준의 손엔 크기가 꽤 돼 보이는 장미 다발이 들려 있었다.

"당신답지 않게 왜 이래요? 난 내 의사를 분명히 표현했어요."

엘리베이터를 기다리다 못한 수현이 비상구 문을 열고 계단으로 텅 올라섰다.

"대화를 하자. 정말 오해를 풀고 싶어."

한재준이 수현을 찾아온 것은 이번이 처음은 아니었다. 전에도 병 원과 집으로 그녀를 방문했지만 그때마다 그녀의 차가운 냉대를 받 아야만 했다.

"내가 잘못했다. 잘못했으니까 그러지 말고 한 번만이라도 변명할 시간을 줘. 내게도 사정이란 게 있잖아. 사실 그때 병원에서 내 입지가……."

충계참까지 따라 올라온 한재준이 사정하며 부탁했다.

"미안해요! 나도 이렇게까지 하긴 정말 싫은데……."

"그럼 내 얘기 좀 잠깐 들어봐, 제발."

한재준은 그녀를 잡아 세우고 그녀 품에 꽃다발을 안겼다. 수현이 난감한 표정을 짓자 곧 그녀 앞에 무릎이라도 꿇을 기세였다. 그러나 수현은 그의 손을 뿌리치곤 몸을 홱 돌리더니 계단을 뛰어 올라가 버렸다. 꽃다발이 힘없이 비상계단 아래로 굴러떨어졌다. 가지런하던 꽃잎들이 너저분하게 찢기며 흩어졌다. 한재준의 얼굴이 처참하게 일그러졌다. 킬킬거리는 소리와 함께 그에게 다가오는 그림자가 있었다. 웃음인지 신음인지 기분 나쁜 소리를 흘리며 한재준의 등 뒤로 바싹 다가온 사내는 금봉현이었다. 금봉현은 바닥에 흩어진 꽃들을 하나하나 소중하게 주워 올렸다.

"이크, 행색을 보니 명품 꽃배달을 온 모양인데 번지를 잘못 찾았나? 가만있어 보자, 어떻게 할까? 임자가 없다면 나라도 재활용을 해볼까?"

금봉현은 꽃다발을 주워 마치 제 것인 양 챙겨 올라갔다. 한재준은 얼이 빠져서 그저 지켜볼 수밖에 없었다.

그 무렵 세이버 수술팀은 냄새나는 생명공학관을 벗어나 본관에

새 둥지를 틀었다. 네 번째 세이버 수술이 성공한 다음 날, 병원 경영진에서 전격적으로 세이버 수술팀에게 새 사무실을 마련해준 것이다. 그렇다고 그들이 으리으리하고 널찍한 공간을 옛다, 하고 세이버 수술팀의 아지트로 내준 것은 아니었다. 그곳은 본관 흉부외과 복도 끝에 마련된 작은 사무실로 원래 의료기기를 보관하던 창고였지만 의약품 관리가 일원화되면서 한동안 비어 있던 공간이었다. 수술실과의 동선이 5분 이하로 단축된 건 분명 좋은 일이었다. 그러나 박훈은 그다지 유쾌하지 않았다. 가까이 있다는 것은 그만큼 더 간섭을 받게 됨을 의미했다. 더구나 유일한 위안거리였던 후문에 붙은 포장마차와는 도리어 거리가 멀어지고 말았다.

"킬킬킬, 다들 모여 있구만. 시간 하나는 칼이라니까."

금봉현이 어색하게 꾸부정한 자세로 꽃다발을 품은 채 새 사무실 문을 열고 들어왔다. 오늘은 금요일 아침마다 열리는 세이버 수술팀의 정기적인 회의 시간이었다.

"어머, 선생님. 아침부터 웬 꽃이에요?"

은민세가 호들갑을 떨며 꽃을 받았다.

"아, 글쎄, 어떤 젊은 녀석이 꽃을 땅바닥에 내버리고 있더라고."

금봉현은 착잡한 얼굴로 창밖을 내다보던 수현을 흘깃 쳐다보더니 쿡쿡 웃음을 삼켰다.

"에이, 주운 거잖아. 그럼."

민세가 실망한 투로 들었던 꽃을 책상에 도로 올려놓자 옆에 있던 윤하영이 재빨리 꽃다발을 받아 들더니 밖으로 나갔다. 그리고 곧 1.5리터 플라스틱병을 반으로 잘라 물을 채운 뒤 꽃을 받쳐 가지고 돌아왔다. 하영은 박훈이 앉은 책상 위에 꽃병을 내려놓았다. 박훈의 코밑으로 장미 향기가 확 올라왔다.

"사무실이 썰렁하더니 역시 꽃이 있으니까 분위기가 확 달라지네."

금봉현이 너스레를 떠는데 느닷없이 수현이 꽃병을 낚아채서 다시 밖으로 가지고 나갔다. 옆에 붙은 화장실에서 물을 쏟아 붓는 소리가 사납게 들렸다. 모두 뜻밖에 벌어진 일이라 입을 다물고 금봉현의 눈치만 살폈다. 최동찬이 물었다.

"어떻게 된 일입니까? 민 선생 화가 많이 난 것 같은데."

"그, 그러니까 이게 어떻게 된 일이냐면……."

금봉현은 손바닥으로 제 얼굴을 철썩 때렸다.

"햐, 미치겠네. 이거, 말을 할 수도 없고 안 할 수도 없고."

조금 뜸을 들였다가 계속 말을 이었다.

"사실, 이 꽃다발 말이야. 내가 민 선생을 주려고 사왔던 건데……. 그게 사실 말야. 여차여차 해서……. 민 선생이 동생 같기도 하고……."

민세가 어이없어하며 물었다.

"아니 그럼 지금 민 선생님이 자기 꽃을 빼앗겨서 질투가 나서 저런단 거예요? 금 선생님 때문에?"

"어어. 얘기가 그렇게 되나? 그건 아니지. 그건 아냐. 에라, 모르겠다. 나 먼저 나간다. 오늘 뭐 특별히 할 얘기가 있는 것도 아니잖아.

일 있음 전화해. 어디서든 5분 안에 튀어올 테니까."

금봉현이 허둥거리며 나가자 민세가 뚱한 표정으로 말했다.

"오늘 분위기가 대체 왜 이래요?"

"그러게. 내 나가서 민 선생 데리고 올 테니까 나머지는 회의 준비하고 있어 그럼."

막 최동찬이 나가려는데 수현이 새침한 표정을 지으며 다시 들어왔다.

"미안합니다. 그럼 자, 미팅 시작하죠."

수현의 아버지는 20일 뒤에 퇴원했다. 일주일 가까이 의식이 돌아오지 않아 집중 치료실 신세를 졌지만, 7일째 되던 날 극적으로 정신을 차렸다. 수현은 퇴근 후에 매일같이 아버지를 찾아와 손을 잡고 앉아 곁을 지켰는데 병원 사람들은 그녀의 효심이 하늘에 닿은 덕이라고 했다. 그간 마음 졸인 채 내색도 못하고 경과만 지켜보던 세이버 수술팀원들은 뒤늦게 수술 성공의 샴페인을 터트렸다. 박훈은 최동찬, 금봉현과 새벽까지 후문 포장마차에서 술잔을 기울였고, 하영과 민세는 모처럼 홍대 클럽을 찾아 밤을 꼬박 새우고 노는 등 나름대로 축제를 즐겼다.

수현의 아버지가 비록 어눌한 발음이지만 대화를 나눌 정도로 몸이 회복된 건 그리고 나서 열흘쯤 더 지나서였다. 아버지의 퇴원에 맞춰 수현은 그간의 오피스텔 생활을 청산하고 병원 가까운 곳에

방 3개짜리 아파트를 얻었다. 아버지와 함께 살기 위해서였다.

"하지만 이제부터 진짜 시작일 뿐이에요."

최동찬의 거듭된 닦달에 소박한 집들이를 하던 날 수현은 팀원들에게 그렇게 말했다. 오랜 세월 동안 서로를 할퀴고 힘든 상처만을 남겼던 아버지와 딸의 관계, 그 상처가 아물기 위해서는 더 많은 시간이 필요했다. 그리고 그렇게 세이버 수술팀의 네 번째 수술은 떠들썩했던 지난 세 번의 수술과는 달리, 언론의 관심으로부터 약간 비껴간 채 조용히 마무리되었다.

"다음 수술은 언제쯤 일정이 잡힐까요?"

뒤늦은 사춘기를 겪고 다시 깨어난 하영이 물었다. 이어 최동찬이 좀이 쑤시는 표정으로 모두가 들으란 듯 말했다.

"이거 매번 변죽만 울리려니까 손이 근질거려 미치겠구만."

그즈음 세이버 수술팀은 엉뚱한 수술들에 매달리느라 여러 번 진땀을 뺐다. 네 번째 수술이 마무리되고 나서 얼마 뒤, 30대 초반의 다리를 저는 상이용사가 지방 병원에서 긴급 이송되어 왔다. 사내는 가슴에 강한 흉통이 느껴진다며 진찰실이 떠나가도록 계속 소리를 질러댔고, 심장 초음파 검사 결과 심장 위에 50원짜리 동전 크기의 새까맣고 동그란 작은 원이 나타났다. 그것은 금속성 물질인 것으로 판명되었다. 즉각 개흉을 한 뒤 상황을 판단하는 쪽으로 가닥이 잡혔다. 가슴을 열자 놀랍게도 사내의 심장에 매우 작은 크기의 탄피가 박혀 있었다. 초음파상에서 금속성 물질로 보였던 것은 바로 군사용 탄피였던 것이다. 사내는 자이툰부대 출신 예비역 하사관이었는데, 현지 작전 중 차량을 타고 이동하다가 반군의 공격을 받고 다리를 다친 적이 있다고 했다. 당시에는 다리 부상에 집중한 나머지 작은 파편이 가슴 표면에 가벼운 상처를 낸 것으로 알고 그냥 지나갔다. 실은 이때 탄피가 심장 심실벽 근처에 박히면서 심실벽 근육에 괴사가 왔고, 이것이 VSD(심실중격결손)로 이어진 것이었다. 조금만 더 늦었다면 아찔한 상황이 벌어졌을 것이다.

상이용사가 다녀가고 나서 일주일 뒤, 이번에는 머리부터 발끝까지 미라처럼 온몸을 꽁꽁 감싼 건장한 젊은이가 내원했다. 사내의 정체는 대한민국 사람이라면 누구나 열광하는 메이저리그 진출 타자 손학진. 그는 휴가를 얻어 귀국, 고향집을 들렀다가 갑자기 숨도 쉬기 힘들 만큼 심한 흉통을 느끼고 비밀리에 동우의료원을 찾은 것이었다. 당시 손학진은 소속팀과 다음 2개 시즌 재계약을 앞둔 중대한 시점에 있었다. 그렇기 때문에 부상이나 질병을 세상에 드러내서는 안 되는 상황이었다. 자칫 밖으로 알려졌다간 연봉 삭감은 물론이고 재계약이 불발될 가능성도 있었다.

병원 검사 결과 원인은 신종 스테로이드 약물 때문이었다. 아나볼릭 안드로겐 스테로이드! 이 때문에 대동맥박리가 온 것이다. 그는 메이저리그에 진출한 뒤로 장기간 스테로이드 약물을 복용해 왔고 그 부작용이 갑작스레 발병한 결과였다.

그는 치료진에게 반드시 3개월 내에 팀 훈련에 복귀할 수 있어야 한다는 조건을 내걸었다. 하지만 손학진은 고도 비만의 퍽 까다로운 케이스였다. 게다가 수술 외적 어려움까지 겹쳐 있었다. 그는 전 국민의 성원을 받는 스포츠 스타였기 때문에 만일 수술이 잘못되어 그의 금지 약물 사용 사실이 언론에 공개되고, 메이저리그에서 퇴출당한다면 그로 인한 국민적 실망은 이만저만 아닐 것이다. 그만큼 부담스러운 환자였지만 박훈을 비롯한 세이버 수술팀은 대동맥 내 스텐스 삽입술을 통해 그의 수술을 깔끔하게 마무리 지었다. 그리고 손학진은 일주일 만에 퇴원 수속을 밟을 수 있었다.

동우의료원의 세이버 수술팀이 마땅한 수술 환자를 찾지 못해 세이버 수술과는 무관한 일들로 시간을 보내는 동안 세종의료원의 한재준은 소아 장기 이식분야를 개척하는 등 엄청난 활약으로 언론의 스포트라이트를 받고 있었다. 연이은 세이버 수술 성공으로 동우가 멀리 앞서가는 듯했으나 이젠 세종이 동우를 제치고 저만치 앞서 나가는 형국이었다. 가장 조급한 사람은 문성주였다. 금봉현의 넋두리대로 심장병 환자 가운데 적당한 환자를 골라 없는 병이라도 만들어 가슴을 열어야 할 판이었다.

그러던 가운데 드디어 다섯 번째 환자가 나타났다. 하지만 이번 역시 쉬운 케이스는 아니었다. 개성의료센터 건립과 관련하여 어쩌면 동우의료원의 운명을 결정지을 수 있는 칠순의 환자, 그녀는 현직 통일부 장관의 모친이었다.

화요일 오전 11시, 민수현과 박훈은 문성주의 호출을 받고 부리나케 신관 VIP 병실로 달려갔다. 하루 입원비만도 100만 원이 훌쩍 넘는다는, 최고급 인테리어로 치장한 VIP 병실은 두꺼운 카펫이 깔린 복도부터 검은 양복을 말쑥하게 차려입은 낯선 사람들로 가득차 있었다. 이미 그곳에는 문성주와 병원장을 비롯해 이사장까지 나와 있었다. 그들 앞에는 키가 훤칠하고 어딘지 낯이 익은 중년의 사내가 서 있었다. 박훈과 수현이 병실 안으로 모습을 드러내자 문성주가 그 사내에게 고개를 깊이 숙이며 두 사람을 소개했다.

"장관님, 이 두 사람이 장관님의 어머님 집도를 책임질 겁니다. 지금까지 단 한 차례도 실패하지 않은 우리 병원의 최고 에이스들이죠."

"세이버 수술팀 이야기는 진작부터 들어 알고 있었네."

사내가 손을 내밀어 악수를 청했다. 그의 단단한 손과 악수를 나누며 박훈은 그가 누구인지 그제야 생각이 났다. 장태영 장관이었다. 군 장성 출신인 그는 전 정권의 대통령이 북한을 방문했을 때 수행진으로 따라갔다가 북한 최고위 인사 앞에서도 당당한 태도로 맞서 남한 언론의 큰 주목을 받은 바 있었다. 이후에도 남북회담 대표로 참석, 북한을 협상 테이블로 이끌어 내는 데 많은 공을 세운 인물로, 지난해 입각해 현재는 남북 관계 실무 전반을 지휘하고 있는 통일부 장관이었다. 장태영 장관은 악수로 잡았던 박훈의 손을 놓아 주지 않고 계속 꽉 부여잡으며 신신당부했다.

"내겐 세상에서 가장 소중한 분일세. 어릴 때 갖은 고생을 하시며 나를 키우셨지. 시장에서 생선 장사를 하면서 말일세. 비가 오나 눈이 오나 어머니는 하루도 쉬는 법이 없었어. 어머닐 꼭 살려 주게나. 내 생의 유일한 희망이야."

장 장관의 어머니는 오랜 세월 심실비대증을 지병으로 안고 살아왔다. 그런데 여름부터 갑자기 상황이 악화되어 당장 심장을 이식하지 않으면 목숨이 위태롭게 되었다. 다른 형제들은 어머니가 노령임을 내세워 극구 수술을 반대했지만 장태영 장관의 생각은 달랐다. 그는 전부터 지인을 통해 동우의료원 세이버 수술팀의 성과를 전해 듣고 있었다. 신문 기사를 통해 확인한 수술 실적도 기대 이상이었다. 그래서 세이버 수술에 어머니의 목숨을 걸어보고자 지푸라기라도 잡는 심정으로 내원했던 것이다.

동우의료원으로서도 이번 수술은 병원의 운명을 건 도박이었다. 개성의료센터 주축병원 선정을 막후에서 결정하는 실력자 중의 실력자가 자신의 노모를 살리기 위해 도움을 요청해 온 상황이었으니까. 자칫 실수라도 있는 날엔 주축병원 선정 과정에서 불리한 입장으로 밀려날 확률이 높았다. 반대로 수술이 성공하면 얘기가 180도 달라진다. 선정위원회 의원들에게 일일이 로비를 하는 것보다 장 장관이 결정적일 때 힘을 써 준다면 일은 한층 수월하게 풀릴 것이었다.

그러나 엉뚱한 곳에서 일이 꼬일 조짐을 보였다. 장 장관이 다음 일정으로 급히 자리를 뜬 뒤 보호자로 남은 장 장관의 부인이 문제였다. 화려한 귀금속과 사치스런 명품으로 잔뜩 치장한 그의 부인은 가는 곳마다 병원의 특별대우를 요구하며 첫날부터 의료진의 진을 쏙 빼놓았다. 24시간 병상을 지킬 전담 간호사를 요구했고 하나부터 열까지 일일이 진료 과정을 체크하고 효용성을 묻고 사소한 처치 하나까지 모두 참견하는 식이었다. 특히 다른 수술 일정이 잡힌 수현을 불러올려 세이버 수술에 관해 30분 가까이 직접 설명을 요구했던 것은 기본적인 상식을 넘어서는 행동이었다.

"나이를 보니 꽤 젊으신 분 같은데 다른 교수님들 연령대는 어떻게 되지?"

싫은 내색을 애써 숨기고 친절하게 설명을 마친 수현을 장 장관의 부인이 다시 붙잡고 늘어졌다. 수현은 갈 뜻을 비치며 시계를 확인하는 시늉을 했지만 소용없었다.

"걱정하지 않으셔도 됩니다. 다들 이 분야의 전문가들이세요."

"아휴, 그래도 기왕이면 경력 많은 분들이 좋지."

"다들 최고의 실력을 갖춘 분들인걸요. 최선을 다해 어머님을 낫게 해 드릴 테니까 너무 염려하지 마세요. 저는 수술에 늦어서 이만."

그녀의 도 넘는 행동은 이후에도 여러 사람의 눈살을 찌푸리게 했다. 그러나 병원장과 문성주가 특별히 내려놓은 지시 탓에 누구도 대놓고 항의나 불만을 표시할 수 없었다.

수술 일정은 열흘 뒤로 잡혔다. 환자의 나이가 워낙 연로한 탓에 수술을 견뎌 낼 체력이 당장은 되지 않았기 때문이다. 심장병 환자를 위해 맞춰진 특별식과 각종 영양 공급을 통해 몸의 각종 지표를 끌어 올리는 동안 의료진은 환자의 상태를 분석하고 최적화된 수술 절차를 마련해 갈 생각이었다. 하지만 이번에는 문성주로 인해 다시 일이 꼬이기 시작했다.

"이번 출장에 박 선생을 데리고 갔으면 하는데 수현이 네 생각은 어때?"

문성주가 느닷없이 수현을 호출한 건 닷새 뒤, 퇴근 무렵이었다.

"수술을 앞두고 박 선생을 움직인다고요? 교수님은 몰라도 박 선생은 안 돼요. 아시잖아요, 조금이라도 일이 잘못되면……."

수현은 문성주의 엉뚱한 속내를 헤아리느라 진땀을 빼야 했다.

오는 주말에 2012년 엑스포를 개최했던 전남 여수에서 국제 흉부외과 학회가 열리기로 돼 있었다. 동우의료원를 대표해 주제 발표가 예정되어 있었던 문성주가 학회를 사흘 앞두고 갑자기 박훈과 동행하겠다고 선언하고 나선 것이다.

문성주는 전 세계 심장 수술 종사자들의 이목이 쏠릴 이번 국제 학회를 통해 자신의 입지를 확고히 다질 심산이었다. 그래서 학회가 열리기 한 달 전부터 세이버 수술을 주제로 한 발표 자료를 만든다면서 심심찮게 수현을 귀찮게 해 오던 터였다. 세이버 수술에 미온적이던 문성주가 적극적으로 수술 결과에 관심을 두게 된 이유도 어찌 보면 다 이런 이유 때문이었다. 문성주는 노태수에 의해 실패한 세이버 수술을 자신이 새롭게 보완해 완벽하게 부활시킨 것으로 학계에 인정받고 싶어 했다. 그래서 보도 자료 하나, 발표문 한 줄까지 꼼꼼하게 직접 챙겼다. 상황이 이렇다 보니 문성주에게 세이버 수술의 메인 집도의 박훈의 동행은 필수적이었다.

"그런 일이라면 직접 당사자에게 얘기하세요. 제가 나설 일은 아닌 것 같은데요."

말은 그렇게 했지만 의국 전체의 명예가 달린 중대사를 앞두고 제 몫부터 챙기려는 문성주의 모습이 수현은 심히 못마땅했다.

"음, 너더러 대신 얘길 해달란 게 아니야. 박 선생이 잠깐 자리를 비울 테니까 혹시 모를 사태에 철저히 대비하란 거지."

"만약 박 선생이 거절한다면요?"

문성주가 특유의 능글능글한 웃음으로 응수했다.

"글쎄, 그건 두고 봐야지?"

다음 날, 박훈의 반응은 수현의 예상대로였다.

"제가 왜 거길 가야 합니까? 그런 건 계약에 없었습니다."

문성주가 세이버 수술팀 사무실까지 찾아와 동행을 요청했지만 박훈은 한마디로 거절했다. 솔직히 문성주의 들러리 역할이란 것도 마뜩잖고 더 큰 문제는 환자 때문이었다. 학회 참가로 자리를 비운 사이 만에 하나 환자에게 응급상황이라도 발생하면, 서울에서 멀리 떨어진 여수에서는 도저히 손을 쓸 수 없을 게 뻔했다. 하지만 문성주는 쉽게 물러나지 않았다.

"나도 무리란 건 알아. 박 선생으로선 불필요하게 그런 일까지 무릅쓰고 싶지 않겠지. 아무런 이득도 없고 말이야. 하지만 꼭 그렇게 부정적으로 볼 필요만은 없을 걸, 아마?"

"무슨 뜻입니까, 그게?"

문성주는 담배를 한 대 꺼내 만지작거리다가 말을 이었다.

"솔직히 말할게. 이번 학회에 박훈 선생이 참석할 이유는 또 있어. 대충은 들어 알겠지만 이번 학회는 세계 40개국 이상에서 주요 심장외과의들이 참석하는 아주 큰 행사야. 아직은 극비라 이번에 특별히 북한 보건의료계 인사들까지 초청되었다는 건 처음 듣는 이야기일 거야. 난 그 자리에서 북한 의사들과 심장 수술 교류를 위한 연례적인 회의체 같은 것을 추진할 생각이거든. 물론 형식적인 데 머물겠지만 뭐, 그래도 남북한 의사들이 모종의 협약을 맺는다면 사회적으로 큰 이슈가 될 수는 있겠지. 그래서 비공개로 그들과 접촉할 때 박훈 선생이 다리를 놓아 주었으면 해."

"북한 의사들이 온다고요?"

박훈의 눈썹이 꿈틀거리는 걸 문성주는 놓치지 않았다.

"물론이지. 이미 비공개 접촉을 하기로 약속까지 돼 있어."

북한 의사들이 온다면 그것은 박훈에겐 놓칠 수 없는 기회가 될 것이었다. 의과 대학 출신이 소수인 북한에서는 한 다리만 건너도 서로의 친분을 확인할 수 있다. 마음만 먹는다면 사라진 아버지에 대한 소식도 전해 들을 수 있는 좋은 기회였다. 또한 수용소 사정에

밝은 의사와 만난다면 송채희와 관련된 정보를 얻을 지도 모르는 일이었다. 박훈의 그런 애타는 사정을 모를 리 없는 문성주는 북한 의사 운운하며 교묘히 그를 부추기고 나선 것이다.

"그러면 장관의 모친은 어떻게 합니까?"

박훈이 상기된 얼굴로 물었다.

"그건 걱정 말아. 병원장님께 말씀드려 적당히 조치를 취해 둘 테니. 이틀쯤 시간을 비운다고 해서 뭐 별일 있겠어? 어차피 당장 수술을 할 것도 아니잖아?"

박훈은 생각할 시간이 필요하다고 답을 하고 자리에서 물러났다.

수술 책임 집도의로서 환자의 곁을 떠나는 것은 대단히 위험한 행동이었다. 게다가 수술도 수술이지만 장 장관 모친의 수술은 병원 측에 확실하게 자신의 존재감을 심어 줄 중요한 기회이기도 했다. 수술이 성공하면 언론이 떠들썩하게 달려들 것이고 도처에서 환자가 몰려들어 목표한 열 번의 수술을 조기에 채울 수 있을 것이다.

하지만 북한 의사들과의 만남도 포기할 수 없는 중요한 일임에는 틀림없었다. 운이 좋아 함께 공부했던 평양의과대학 동기들을 만나게 된다면⋯⋯. 친하게 지냈던 몇몇 동기들의 얼굴을 떠올리면서 박훈은 엉뚱한 희망에 부풀었다. 누구라도 좋으니 연줄만 닿는다면 채희 소식을 알아봐 달라고 부탁해 볼 생각이었다.

결국 자의 반 타의 반 박훈은 문성주와 함께 여수행 비행기에 올랐다. 수현 역시 발표할 자료를 챙긴다는 핑계로 일행에 끼게 되었다. 박훈과 달리 수현은 이번 출장이 썩 탐탁지 않았다. 자신의 논문 발표를 위해 수집해 온 연구 성과 일부를 문성주에게 제공해야 했기 때문이다. 게다가 발표 초안을 작성한 것도 그녀였다. 그야말로 여왕벌이 제멋대로 부리는 시녀와 다름없는 신세였다. 그러나 문성주와의 동행은 동우의료원의 흉부외과를 움켜쥘 후계자가 수현 자신임을 병원 내외에 공식 인증하는 셈이라 노골적으로 거부할 수도 없는 상황이었다. 그나마 동행자가 박훈이란 사실이 여수행의 작은 위안이라면 위안이었다.

28

학회 첫날, 박훈과 민수현을 좌우에 세운 문성주는 능숙한 솜씨로 '세이버 수술'의 증례를 발표했다. 마치 자신이 모든 수술을 진행한 것처럼 문성주의 태도는 너무도 당당했고, 좌중을 압도했다. 까다로운 질문이 튀어나오면 문성주는 좌우 양편을 번갈아 쳐다보며 답변을 넘겼다. 누가 봐도 세이버 수술의 주인공은 문성주였다. 특히 바티스타 수술과의 차별성에 대하여 많은 질문과 답변이 오갔다. 한 일본 학자가 환자들의 신뢰성에 의문을 제기했지만 내원 당시 환자들의 객관적 수치가 영상과 사진으로 공개되자 모두 탄성을 내질렀다. 그렇게 5시간이 넘는 메인 행사가 끝난 뒤에도 각국 의사들에게 화제는 단연 한국의 동우의료원이 성공한 세이버 수술이었다.

"재주는 곰이 부리고 득은 엉뚱한 놈이 본다더니, 딱 그 꼴이네."

수현은 돌아가는 상황이 못마땅해 금방이라도 머리 뚜껑이 열려 폭발할 지경이었다.

"나가요, 우리, 바닷바람이라도 쐬며 정신을 차려야겠어요."

문성주가 회의장 안에서 해외 학회 인사들과 명함을 주고받는 동안 수현과 박훈은 슬그머니 회의장을 빠져나왔다.

"박 선생은 저걸 보고도 하나도 화가 안 나나 보네. 지금까지 우리 팀이 위태위태하게 버텨 온 거, 탁 까놓고 말해서 다 자기 덕이잖아요?"

계속되는 수현의 지청구에도 박훈은 싱겁게 웃기만 했다.

"뭐라고 한마디라도 해봐요, 벙어리 흉내 그만내시고."

"세이버 수술 그거 어차피 민 선생에게도 필요한 거잖아? 그냥 좋게 생각해."

"난 당신 속을 알다가도 모르겠어요. 명예도 지위도 관심 없는 척하고. 솔직히 말해 봐요. 여기 온 목적이 뭐예요? 문 교수가 뭐라고 얘길 했기에 당신처럼 입맛 까다로운 사람이 덥석 여수까지 따라 나섰죠?"

"오늘따라 민 선생 꼭 싸움닭 같아."

"말 돌리지 말고요, 솔직히 왜 따라온 거죠?"

"그게 그렇게 알고 싶은가? 알아도 당신은 이해하지 못할 텐데."

박훈이 턱으로 호텔 로비를 가리켰다. 문성주가 북한 측 인사들과 뒤섞여 떠들썩하니 이야기를 주고받으며 회전문을 빠져나오고 있었다.

"저 사람들, 설마 북한 교수들?"

"갑시다. 우리도 배는 채워야지?"

두 사람은 서둘러 문성주 일행 뒤로 따라붙었다. 행사가 시작되기 전부터 박훈은 북한 참가자들의 면면부터 훑어 왔다. 그러나 기대가 지나치게 컸던 탓일까. 아쉽게도 아는 얼굴은 한 사람도 보이지 않았다. 급한 대로 참가자 프로필이라도 확인코자 했지만 그마저도 바쁜 일정에 구하기가 여의치 않았다. 저녁 식사 자리에서 끼어슬며시 말을 걸어 보는 방법 이외에는 별다른 도리가 없었다.

저녁 일정은 문성주가 세워 놓은 대로 순조롭게 흘러갔다. 북한에선 이번 학회에 3명의 평양의과대학 의사들을 보내왔는데, 문성주는 행사가 끝난 뒤 자연스럽게 그들에게 다가가 저녁 식사를 겸한 회동 수락을 받아냈다. 물론 평양의과대학에 최신 의료기기를 제공할 수도 있다는 미끼를 빼놓지 않았다. 만약 동우의료원과 평양의과대학이 매년 공동으로 학술대회를 개최하는 정도만이라도 협약을 이뤄낸다면 문성주로서는 사실상 얻을 것은 다 얻게 되는 셈이었다. 구두 약속이라도 좋았다. 그 자체만으로도 내일 신문의 헤드라인을 장식할 수 있었다. 그러나 전혀 원하지 않던 사태가 문성주의 발목을 붙잡고 들었다.

"잠깐만요, 긴급 전화예요!"

북한 참가자들과 섞여 택시에 오르려던 문성주와 박훈을 수현이 제지하고 나섰다. 저녁 식사 장소로 예약한 여수 시내의 한 식당으로 막 출발하려던 참이었다. 심각한 표정으로 서울과 한참 통화하던 수현이 울상을 지어보였다.

"설마, 장 장관님 어머님 건은 아니겠지?"

"그게……, 죄송합니다. 최동찬 선생 말이 10분 전에 급성 심장 발작을 일으켜 혼수상태랍니다."

"뭐?"

문성주의 표정이 똥 씹은 것처럼 떫어졌다.

"그럼 저라도 먼저 돌아가겠습니다."

누구보다도 사색이 된 건 박훈이었다. 그는 휴대폰을 꺼내 비행기 일정을 검색하기 시작했다.

"다행히 여수공항에서 서울로 뜨는 저녁 비행기가 아직 2편 남아 있군요."

문제는 시간이었다. 아무리 빨리 공항으로 이동한다고 해도 수술실까지 도착하려면 최소 서너 시간 이상이 소요될 것이다. 최동찬이 수술하는 방법도 있지만 아무리 생각해도 그건 무리였다. 더구나 환자는 절대로 실패해서는 안 되는 환자다.

"무리예요. 1시간 안에 수술하지 않으면 생명이 위태로워요."

수현이 냉정을 되찾고 박훈을 만류했다.

"그럼 다른 대안 없어? 학회에다가 실컷 세이버 수술 자랑을 해 놨는데 발표 당일 환자를 죽게 만들다니! 이거 꼴좋게 됐네."

평정심을 잃은 문성주가 불같이 화를 냈다.

"박 선생 대신 당장 수술방에 들어갈 만한 집도의는 없을까?"

"강인규 선생은 어떠세요?"

"그깟 애송이가 뭘 할 수 있다고? 사고만 치지 않으면 다행이지."

문성주가 두 번째 담배를 갑에서 꺼내 입에 물며 말했다. 그에 대한 신뢰를 이미 거둬 버린 듯한 말투였다.

"그럼 제가 방법을 찾아볼 테니 조금만 기다려 주세요."

"무슨 방법? 순간이동이라도 해 보려고?"

순간이동? 불현듯 수현의 뇌리를 스치는 얼굴이 있었다. 휴대폰에서 전화번호까지 지우지 않은 것은 천만다행이었다.

한재준은 사흘 전부터 이상하게 드라이버샷이 생각만큼 맞지 않아 짜증이 잔뜩 밀려왔다. 드라이버 헤드에 공이 닿는 손맛이 조금 어색하다 싶었지만 새로 바꾼 샤프트의 낭창한 느낌에 익숙해지면 곧 나아지리라 여겼다. 오늘만 해도 인도어 티 위에 올린 공만 5박스가 넘었다. 근데 아직도 스윙이 불편했다. 풀 스윙 대신 하프 스윙으로 고쳐서 해 볼까 생각하는 찰나 그의 휴대폰이 울렸다.

"지금 바빠요?"

수현이었다.

"여어, 오랜만이네. 여수에 가 있는 줄 아는데 웬일이야?"

"세종의 에이스급 심장외과의라면 당연히 여수에 올 줄 알았는데, 대체 서울에서 뭐하는 거예요?"

"알잖아, 노인네들 들러리 서는 학회 따위 내 취미에 안 맞는 거."

"어디예요, 지금?"

"인도어 연습장······. 용건이 뭐지? 그렇게 나를 피하더니 전화까지 다하고. 왜, 급한 용무라도 생긴 거야? 목소리로 보아하니 나에 대한 생각이 달라진 건 아닌 거 같고······."

"수술 가능해요, 당장?"

"뭐, 수술?"

이후 한재준은 잠자코 그녀가 하는 말을 듣기만 했다. 장난스레 웃던 표정이 차츰 진지하게 변해 갔다. 그는 수현의 제안에 잠시 생각해 보겠다는 대답을 하고 전화를 끊었다. 그리고 티 위에 자동으로 공을 올려놓는 스위치 페달을 지그시 밟았다. 드라이버의 그립을 단단히 쥐고 허리를 한껏 뒤로 돌려 백스윙을 하더니, 공을 정확히 조준해서 내리찍었다. 공이 헤드의 정중앙에 맞자 카앙, 하고 금속성 굉음이 날카롭게 울렸고, 그제야 그가 원하는 하늘 길을 타고 시원스레 날아갔다. 한재준은 마음속으로 외쳤다. 나이스 샷!

문성주는 전화를 끊는 수현에게 발칵 역정부터 냈다.

"이봐, 민 선생, 너 지금 장난하자는 거니?"

"지금 세이버 수술을 안심하고 맡길 수 있는 사람은 오직 한 사람, 세종의료원의 한재준 선생뿐이에요. 그 사람이라면 이 수술, 성공시킬 수 있어요."

"그러니까 세종한테 넘기자는 거 아니야?"

"달라요. 세종의료원에 공식 도움을 요청하지 말고 한재준 선생한테 개인적으로 요청하는 거예요. 물론 상대가 장태영 장관의 모친이란 건 철저히 숨겨야겠죠. 그 사실까지 알면 우리 수술실로 기꺼이 찾아올 리 만무하니까."

"그 사람, 민 선생이 아는 사이였니?"

"지금 그런 거 가릴 때가 아니잖아요? 우선 전화로 남은 세이버 수술팀을 정위치시킨 뒤 한재준 선생을 부르는 거예요. 그런 다음 박훈 선생이 화상으로 집도 지시를 내리는 거죠. 상대의 손을 빌리되 집도는 원래의 집도의인 박훈 선생이 하는……."

"갈수록 가관이군. 화상으로 수술을 지시한다? 피시방에라도 가서?"

"최선을 다해 볼 필요는 있겠죠."

짧은 순간 문성주는 고민에 빠졌다. 경쟁 병원의 의사를 사적으로 불러내 장 장관 모친의 집도를 맡긴다는 것은 도저히 수용하기 어려운 선택이었다. 그러나 이대로 방치하면 장태영 장관의 모친은 오늘 밤 내에 절명할 것이다. 그것이 무엇을 의미하는가? 수술을 목전에 두고 주치의가 학회를 핑계로 자리를 비웠다면? 오랜 염원이던 개성의료센터 초대 원장의 꿈이 순식간에 물 건너가 버리는 것을 뜻했다. 따라서 어떡하든 장관의 모친을 살려 놓고 볼 일이었다. 설령 북한 의사들과 모종의 협약을 끌어내지 못한다고 해도, 세이버 수술을 이용해 회의장을 압도한 것만으로도 이번 출장은 사실상 성공이니까.

"좋아, 어쨌든 우리 병원이니까…… 하지만 문제는 한재준이 머리에 총이라도 맞지 않은 이상, 그런 조건에 응할 리가 없다는 거지."

문성주는 골치가 아프니 알아서 하라는 듯 손을 휘휘 내젓더니 회의장 안으로 다시 들어가 버렸다. 옆에서 잠자코 지켜보던 박훈이 조심스럽게 물었다.

"그 친구가 과연 쉽게 응할까?"

"아마 할 거예요. 제가 그 사람은 좀 알죠. 전에 다른 일로 인연을 맺은 적이 있거든요. 우선 회의장으로 돌아가 호텔 세미나실을 빌려요. 별 다섯 개니까 화상 회의 시스템쯤은 갖춰져 있을 거예요. 한재준 선생은 제가 어떻게든 부러뜨려 볼게요."

박훈이 화상 시스템을 이용하기 위해 호텔 매니저를 만나러 올라간 사이 다시 수현의 전화벨이 울렸다. 이어 한재준의 목소리가 들렸다.

"민수현, 너 아까 한 말 그게 말이나 되는 요구라고 생각해?"

"그 수술, 당신이라면 성공할 수 있어요. 아니 어쩌면 당신만이 할 수 있는 수술이죠. 그러니 제발 내 부탁 들어줘요."

"만약 실패하면 어떻게 되는 거야?"

한재준의 목소리에 복잡한 계산이 묻어났다.

"당신이 집도한 사실은 비밀에 부칠게요. 그 수술은 처음부터 내가 한 게 될 테니까."

"성공하면?"

"당연히 동우의료원의 공이 되겠죠."

"어라, 내가 왜 그걸 해야 하는지 모르겠군."

"내가 특별히 부탁하는 거잖아요."

"오호라, 자기 인생에 히든카드라도 되는 환잔가? 그러지 않고서야 자존심 강한 민수현이 이렇게 다급하게 나올 리가 없잖아? 불과 얼마 전까지만 해도……."

"노코멘트! 환자 신원은 묻지 않는 걸로 하기."

"그러니까 더 궁금해. 누구야, 혹 재벌 방계쯤 되나?"

"좋을 대로 생각해요. 중요한 건 환자 목숨이니까."

"언제부터 그렇게 환자를 끔찍하게 생각했다고? 좋아, 그럼 나도 조건이 있어."

"뭔데요?"

"반지, 전에 그 반지 말이야. 아직 주인이 나타나지 않았거든. 네가 그 주인이 되어 줘."

"그건 다른 차원의 문제예요."

"싫다면 다 없던 이야기로 하자고."

"좋아요. 약속해요. 단 수술에 성공한다는 조건으로."

"물론이지."

"우리가 처음 통화하고 나서 벌써 3분이나 지났어요. 늦기 전에 당장 동우로 달려가 최동찬 선생을 찾아요. 이미 수술방 세팅을 끝내놓고 기다리고 있을 테니까. 곧 스마트폰으로 환자에 대한 기본 정보가 날아갈 거예요. 가면서 머리에 넣어요."

차창을 열었는지 복잡한 자동차 소음이 휴대폰 너머로 들려왔다.

"걱정 마. 이미 동우로 미친 듯 차를 몰아가고 있으니까. 나중에 딱지 날아오면 어떻게 처리나 해 줘. 벌금 내는 게 영 귀찮은 일이라서."

그로부터 30분 뒤, 최동찬은 청바지 차림으로 동우의료원 로비에 모습을 드러낸 한재준을 마치 넋 나간 표정으로 맞이했다. 마치 유원지에 놀러 온 듯한 한재준의 분방한 태도 때문이었다. 잔뜩 긴장해서 기다리던 강인규와 은민세도 그를 보자마자 미간부터 좁혔다. 경쟁 병원의 의사를 동우의 수술방 안까지 들이다니. 수술 준비를 하는 동안까지도 강인규는 불쾌함을 노골적으로 드러냈고, 민세 역시 목전에서 벌어지는 상황이 도저히 믿기지 않는다는 눈치였다.

그러거나 말거나 한재준은 최동찬과 강인규를 각각 제1조수, 제2조수로 옆에 세우고 조금의 망설임도 없이 환자의 몸에 메스를 들이댔다. 급하게 불려 온 하영도 눈을 멀뚱거리며 이 희대의 대열에 참가했다.

같은 시각 여수 국제호텔 소회의장 세미나실. 대형 화상 화면을 통해 동우의료원 수술방이 생중계되는 초유의 상황을 박훈 일행은 숨을 죽이며 지켜보았다. 하영이 아이패드를 손에 들고 화상으로 연결된 박훈과 수현의 얼굴이 보이도록 비춰 주었지만 한재준은 그들을 별로 신경 쓰지 않는 눈치였다. 박훈은 한재준의 수술에 일일이 참견을 하며 집도를 지휘했지만, 한재준은 박훈의 말을 따르는 듯하면서도 침착하게 자기만의 시간 속에서 환자의 심장을 살피기 시작했다.

한재준의 카리스마는 박훈과는 전혀 다른 것이었다. 박훈이 무뚝뚝하고 거친 카리스마를 발휘했다면 한재준은 침착하고 세련됐다. 동작 하나하나가 부드럽게 넘어가는 모습이 마치 조각가가 나뭇조각을 애지중지 만지고 있는 듯한 착각이 들 정도였다.

그러나 수술과정이 내내 무난했던 것만은 아니었다. 결정적으로 병변을 짚어 내는 능력이 박훈보다 현저히 떨어졌다. 심장이 열리면 박훈은 결코 망설이는 법이 없었다. 아주 짧은 순간 잘라내야 할 곳을 결정하고 곧바로 절개에 들어갔다. 그러나 심장을 들여다보는 한재준은 눈에 띄게 긴장하고 있었다. 아무리 메스를 다루는 재주가 출중한 그였지만 눈에 보이지 않는 환부를 가늠하는 일은 어려운 과제임이 분명했다.

"이봐, 박훈이라고 했지, 나 지금 당신 도움이 많이 필요한데."

한재준은 더 시간을 끌지 않고 아이패드를 들여다보며 박훈에게 도움을 요청했다. 환자의 생명 앞에서 한재준은 쓸데없는 자존심을 세우지 않았다. 하지만 문제가 그렇게 간단하지 않았다. 인터넷 회선을 통해 중계되는 저질 화질 탓에 박훈으로서도 절제 부위를 가려내기란 좀처럼 쉬운 일이 아니었다. 더구나 환자가 노령이라 심장 외벽에 생기가 전혀 없고 탄력조차 떨어졌다. 그렇기 때문에 촉진 없이 오직 눈으로, 그것도 인터넷 화상으로 심장의 변성 부위를 가려낸다는 것은 인간의 능력을 벗어나는 일이었다. 어차피 한재준의 판단에 모든 것을 맡길 수밖에 없었다.

"젠장! 가려내는 건 박훈 선생 몫이라며?"

한재준이 화상 속 수현에게 짜증을 내듯 툴툴댔다.

"여기선 잘 보이지 않아요. 툭툭 화상이 끊기고 저화질이라……."

"그럼 결국 내가 판단하라고?"

"하지만 눈을 믿어선 안 돼. 눈을 감고 손끝으로 세포를 느껴 봐. 심첨부 바로 옆 부분부터 대각선으로 조금씩 표면을 죄어 보라니까."

박훈이 계속 떠들어댔지만 이미 한재준의 귀에는 아무 말도 들어오지 않았다. 이미 그는 얼음 마법에 걸린 것처럼 꽁꽁 굳어 멈춰 있었다. 실패에 대한 두려움이 그를 단단히 옥죄었다.

그때였다. 잠자코 지켜보던 하영이 느닷없이 끼어들었다.

"이 부분이에요. 이 부분에 문제가 있는 것 같아요."

"이봐, 예쁜 아가씨! 자를 곳은 내가 결정합니다."

한재준이 손을 들어 하영을 제지했다.

"잠깐만요! 한 번만 윤 선생을 믿어 보세요. 못 믿으시겠지만 윤 선생은 귀가 들리지 않아서, 그래서 다른 사람보다 손끝의 감각이 매우 예민한 편이에요. 뭔가를 알아낸 것 같다면 기회를 한번 줘 봐요."

이번엔 곁에 있던 민세가 부탁하고 나섰다. 이에 한재준은 어찌할 거냐는 듯 화상 속 수현의 얼굴을 쳐다보며 자못 불쾌한 표정을 지어 보였다. 자신을 경쟁병원 수술방으로 불러 수술을 시키는 것은 그렇다고 치자, 그런데 이제 말단 인턴까지, 그것도 귀머거리 인턴이 수술에 참견하고 나선다니……. 그러나 아무래도 좋았다. 수현을 향한 이 지독한 집착이 어디까지 갈 수 있는지, 수술이 끝나면 확인될 것이다.

"여러모로 정말 웃기는 병원이이구만."

한재준이 손짓으로 촉진을 허락하자 하영이 다가가 조심스럽게 심장을 손가락으로 더듬어 들어갔다. 그녀가 눈을 감고 심장을 더듬는 짧은 시간, 박훈은 병원 뒤뜰에서 고양이를 어루만지던 하영의 손끝을 기억해 냈다. 그녀라면 틀림없이 해낼 수 있을 것이다. 더 이상 하영은 세이버 수술팀에서 유명무실한 존재가 아니었다. 지금 세이버 수술팀에 필요한 것은 하영의 예민한 손끝이었다.

"여기, 이 부분이 말썽을 일으키고 있어요."

살펴보던 한재준이 고개를 갸웃했다.

"내가 예상한 지점에서 5밀리미터 정도 벗어났는데? 하지만 윤 선생의 선택을 믿고 한 번 잘라 보지. 그게 수술을 맡긴 민 선생의 생각이기도 할 테니까."

심첨부 좌측에서 3센티미터쯤 낮게 기울며 올라가는 부분, 전유두근과 뒤첨판 사이 하대정맥이 지나가는 부분이었다. 솜씨 무딘 의사라면 자칫 대정맥을 건드릴 수도 있는 상태, 그러나 한재준은 말끔하게 환부를 잘라내고 쌈지봉합을 마무리했다. 체온이 36도로 회복되도록 심장이 뛰지 않아 모두가 가슴이 철렁했지만 과감히 강심제 투여를 결정하고 맥을 회복시킨 것은 이번 수술의 다음 하이라이트였다. 피를 말리는 4시간이 그렇게 지나갔고 이로써 다섯 번째 수술은 성공이었다.

29

밤이 되면 오히려 불야성을 이루는 곳, 강남. 그중에서도 테헤란로 뒷골목에 위치한 '넥스트'는 연예인급 외모를 지닌 텐프로 아가씨들로 무장한 일류 술집이었다. 30개의 룸은 모두 고가의 수입대리석과 진귀한 원석, 그리고 최고급 인테리어 가구들로 꾸며졌는데, 지하 3층에 따로 마련된 VIP 별실은 한층 더 특별했다. 20평이 넘는 VIP 별실은 지중해를 들어다 옮긴 듯 한쪽 벽면을 수족관으로 장식했고, 거실 한가운데 놓인 황금빛 대형 직사각형 테이블과 주위를 둘러싸듯 배치된 푹신한 소파는 고대 이집트 파라오의 궁실을 연상시켰다.

그날 VIP 별실을 예약한 손님들은 한참 주가를 높이고 있는 동우의료원 인사들이었다. 이사장을 비롯해 병원장과 문성주는 밤 9시가 조금 못 되어 그곳에 도착했다. 가볍게 소주나 한잔 하자며 약속했던 장태영 장관은 그로부터 10분쯤 지나 수행원 없이 평범한 캐주얼에 야구모자 차림으로 나타났다. 지하 주차장에서 곧장 연결되는 통로가 있어 출입을 외부인에 들킬 염려가 없는데도 지역구 국회위원을 노리는 만큼 자기 관리에 철두철미한 모습이었다.

"그래, 어머님은 좀 어떠십니까?"

소주 대신 30년산 밸런타인 술병의 뚜껑을 비틀어 따며 이사장이 물었다.

"헛헛. 덕분에 쾌차하셨습니다. 문 교수님이 밤낮 신경을 써 주시고 계셔서 예후가 아주 좋다고 하네요. 모두 동우 분들 덕분입니다."

문성주가 고개를 숙이며 술을 따랐다.

"별말씀을요. 어려운 수술이었는데 어머님께서 워낙 의지가 강하신 분이라 잘 이겨내신 거지요."

"이렇게 인연을 맺었으니 앞으로도 서로 도우며 잘들 해 봅시다."

장태영 장관이 건배를 제의했다. 술이 일 순배 돌았을 무렵 마담이 들어와 아가씨들을 들여보내도 되느냐고 묻고 갔다. 문성주가 손가락으로 사인을 보내는 걸 장태영 장관이 제지했다.

"애들은 조금만 있다가 부릅시다. 레이디도 계신데, 헛헛."

병원장이 화제를 바꾸었다.

"요즘 청계산방 일은 좀 어떠신지요?"

청계산방은 청계산과 집이 가까운 장태영 장관이 개인적으로 이끄는 등산모임이었다. 고교 동창들과 군 선후배들을 모아 한 달에 한 번 정기적인 산행을 하는 친목모임이었지만, 실은 본격적인 정치 입문을 노리는 장태영 장관의 외곽 사조직으로 활동, 자리를 굳혀 나가던 터였다.

"사실 가볍게 등산이나 다니려고 꾸린 건데 사람이 느니까 운영이 쉽지가 않네요. 사무실도 하나 필요하고, 거 뭐냐, 회원 관리며 허허헛……."

잠자코 있던 이사장이 거들었다.

"허허, 그런 고충이 있으셨군요. 하긴 공직에 계신 분이라 섣불리 움직이기가 쉽지 않겠죠. 괜찮으시다면 저희 쪽 빈 사무실 하나 내드릴 수 있습니다만……."

"마땅한 사무실이 있습니까?"

"양재동에 조그마한 연구동을 하나 가지고 있습니다. 말 나온 김에 내일 당장 그곳에 공간을 마련해 놓으라고 지시하겠습니다. 부담 갖지 마시고 언제라도 장관님 집이다 생각하고 들러서 쉬다 가십시오. 청계산 하고도 가까우니 마침 잘됐네요."

"허허 이거 어머님에, 사무실에, 자꾸 신세만 지는군요."

"별말씀을, 서로 돕고 살아야지요."

속이 뻔히 들여다보이는 대화가 일정한 시간, 일정한 질서를 갖추며 오고갔다. 일견 무의미해 보였지만 서로의 심중에는 각자 그리고 싶은 그림의 조각들을 부지런히 맞춰 가고 있었다. 술자리에 제법 긴장감이 감돈다. 이쪽에서 미끼를 던졌으니 저쪽에서 답을 주어야 할 순간이었다. 사무실 한 개쯤 제공하는 것은 핑계에 불과할 것이다. 상대가 답을 준다면 다시 또 그것에 상응하는 보답이 이어질 것이니까. 이런 부류들이 넥스트라는 초호화 오락장에서 주고받는 게임이란 늘 그런 것이었다.

"참, 개성의료센터 건은 어떻게 진행이 되고 있습니까?"

이제는 병원장이 나설 차례였다.

"심의위원회 결성이 끝나면 곧 발표가 나겠지요. 아마 두어 달이면 결과가 나오지 않겠습니까?"

"심의위원회란 건 어떻게 구성이 됩니까?"

"형평성을 기하기 위해 선정 신청을 하지 않은 병원 관계자들 가운데서 5인을 선정하고 또 대학교수 5명, 기타 민간 자문위원 5인을 선발해 참여시킬 생각입니다. 하지만 너무 신경 쓸 필요는 없습니다. 어차피 형식적인 것 아닙니까? 최종 결정은 정부가 하는 거니까요."

몸이 달아오른 병원장이 본격적으로 얘기를 꺼냈다.

"사실 저희 동우에선 이미 10년 전부터 개성에 병원을 세우는 프로젝트를 진행해 왔습니다. 개성공단에 진출해 있는 남북한 근로자들을 위한 전문병원 성격이었지요. 그래서 가장 준비가 확실하고 잘된 곳이 저희 의료원 아닐까 생각합니다만."

"글쎄요. 저도 동우가 선정되었으면 좋긴 한데 세종 쪽에서도 로비가 대단하긴 합니다. 그곳 이사장이 보건복지부와 끈이 닿아 있는 모양이던데……."

기회를 엿보던 문성주가 끼어들었다.

"그래도 대북사업 주무부처는 통일부가 아닙니까, 장관님?"

"그거야 그렇지요. 그렇긴 해도 병원 건립 실무는 보건복지부 소관이어서, 선정이 결정되고 나면 보건복지부와 긴밀한 협조가 필수적일 겁니다. 괜찮다면 그쪽 사람 하나 소개해 드리지요. 제 후배 하나가 보건의료정책실에서 국장으로 있습니다."

병원장이 손을 공손히 모으고 대답했다.

"그렇게 다리를 놓아 주신다면야 무얼 더 바라겠습니까? 자, 그럼 이제 할 얘기들도 얼추 끝난 것 같은데 본격적으로 마셔야지요. 애들이 마음에 들 겁니다."

문성주가 벨을 누르고 얼마 안 돼 마담이 드레스를 깔끔하게 갖춰 입은 스물두어 살 안팎의 아가씨 대여섯을 소몰이하듯 몰고 들어왔다. 꽃이 만개한 듯 방 전체가 순식간에 환해졌다. 여자를 밝힌다는 뒷소문답게 장태영은 선택을 기다리며 늘어선 여자들을 힐끗거리며 입이 찢어져라 좋아했다.

"이거, 문 교수님도 동석했는데 이리해도 되는지 모르겠습니다."

"하하, 저를 여자로 봐주셨습니까, 장관님? 그렇다면 너무 영광인데요."

"당연하지요. 소싯적 꽤 미인이셨겠습니다."

"감사합니다. 장관님 파트너는 여자인 제가 골라서 앉혀도 되겠지요? 본래 여자는 여자가 더 잘 알아본다 하잖습니까?"

문성주는 장태영 장관의 눈길이 한참 머물렀던 아가씨들을 기억해 장 장관의 좌우 옆자리로 한 명씩 앉혔다. 그리고 이어 억지 체면을 차리느라 되지도 않는 점잖을 빼는 병원장과 이사장 옆에도 아가씨들을 선사했다.

"자, 모든 일이 술술 잘 풀리길 기원하며 같이 한잔 더 합시다."

장태영 장관이 건배를 제의할 때였다. 갑자기 휴대폰 벨이 울렸고 발신처를 확인한 장 장관이 들었던 잔을 팅 소리나도록 내려놓았다. 문성주가 마담에게 귓속말로 악사를 들이라고 속삭이는 사이 장 장관은 경직된 얼굴로 자리에서 일어나 벗어둔 점퍼에 팔을 넣으며 서둘렀다.

"아니, 갑자기 왜 그러십니까?"

병원장이 엉거주춤 같이 일어나며 물었다.

"청와대에서 긴급 호출입니다. 나머지 분들은 더 놀다 가십시오."

장 장관은 따라 나오지 말라고 당부하더니 그대로 문을 열고 나가버렸다. 다음 날에나 알게 된 사실이지만, 연평도 부근에서 북한 경비정이 월선, 아군과 대치하면서 대통령이 긴급안보회의를 소집했던 긴박한 상황이었다. 아무튼 장 장관이 갑자기 자리를 떴지만 소기의 목적을 달성한 이사장의 표정은 매우 밝았다. 사무실을 핑계로 통일부 장관과 연결고리를 만들어 놓았으니 동우는 세종보다 먼저 고지를 선점한 것이나 다름없었다. 동우의료원이 개성의료센터 주축병원으로 대세몰이를 하는 동안 장 장관의 등산모임도 이들의 재정적 지원을 받아 무럭무럭 성장해갈 것이다.

"참, 세이버 수술 말이야."

이사장이 파트너 아가씨의 양 허벅지 사이로 깊숙이 손을 꽂아넣은 채 병원장과 문성주를 가까이 불러 앉혔다.

"벌써 다섯 번이나 성공했어. 정말 대단하지 않나?"

세이버 수술 얘기가 나오자 문성주는 눈에 띄게 긴장했다.

"지난번 학회에서도 발표했지만, 기존 노태수의 이론을 획기적으로 바꾼 게 들어맞은 것 같습니다. 심첨부를 살리는 게 포인트였지요. 노태수는 그걸 놓쳤던 거고."

문성주는 눈 하나 까딱하지 않고 남의 공적을 제 것처럼 늘어놓았다.

"팀이 워낙 좋아요. 훌륭한 팀워크를 만든 문 교수 수고가 많았어요."

병원장이 적절하게 거들었다.

"팀워크라……."

그러나 두 사람은 이사장의 의중을 잘못 읽고 있었다. 칠순 중반의 이사장은 밸런타인 2잔을 거푸 삼킨 뒤 안주 접시로 손을 뻗었다.

"이제 그걸 깨야 할 때가 된 것 같지 않소?"

"깨라고요?"

머리 회전 빠른 문성주는 올 것이 왔다고 생각했다.

"그래, 다섯 번이면 족해. 오늘 장 장관까지 손에 넣었으니 사실상 승부 추는 우리 쪽으로 기운 거지. 노태수 영감탱이가 나타나기 전에 적당히 마무리들 짓게."

"무슨 말씀이신지?"

"노태수한테 약속했던 그 생돈을 몽땅 다 퍼 줄 생각들은 아니겠지?"

이사장은 영악했다. 세이버 수술을 다섯 차례나 성공해 동우의료원의 입지가 단단해진 지금, 애초 세이버 수술을 두고 노태수와 약속했던 돈을 주지 않기 위한 모종의 출구 전략을 마련하라는 지시였다.

"그렇게 하겠습니다."

이사장의 의중을 정확히 읽어낸 문성주는 두말 않고 복종했다. 노태수의 주머니를 채워 줄 돈이 있다면 이제 그 자금으로 정부 요처에 약을 치는 게 더 유효하다는 이사장의 판단이 옳다고 생각했다. 이미 여수에서 열렸던 국제학회가 끝난 뒤 언론은 일제히 세이버 수술팀을 지휘한 문성주를 조명하고 있었다. 그 결과 병원 내의 입지도 한결 탄탄해졌고 개성의료센터 주축병원 건도 지금대로만 풀린다면 걱정할 것이 없었다. 개인적으로 장태영 장관과 끈끈한 인맥을 만들어 놓았으니 그 역시 소기의 성과라면 성과였다. 문진 가방을 들고 2번이나 장 장관 집을 비밀리에 찾아가는 수고를 아끼지 않은 이유도 다 앞날의 영전을 염두에 둔 나름의 포석이었다.

30

다음 날 오전, 문성주는 출근하자마자 박훈을 호출했지만 연락이 닿지 않았다.

그 시각, 박훈은 목욕탕에 앉아 긴장을 풀고 있었다. 이따금 들르는 병원 근처 사우나였다. 낮 시간이라 사람은 많지 않았다. 전날 응급실 당직을 대신 서고 아지트 소파에서 몇 시간 그대로 곯아떨어졌다가 밖으로 나온 길이었다. 세이버 수술이 연이어 성공했지만 병원 내 그의 위치는 여전히 애매했다. 그는 계약직 의사 신분을 유지한 채 응급 수술이 있을 때마다 외부에서 지원 오는 형식으로 수술을 하는, 다시 말해 손님 신세나 마찬가지였다. 당연히 월급 같은 게 있을 리 없었고, 매 수술이 끝날 때마다 얼마씩 실비 수당을 받는 게 전부였다.

목욕탕 천장에 시선을 놓아둔 채 박훈은 목에 걸린 펜던트를 의미 없이 매만졌다. 천장의 물방울들은 마치 과거의 시간을 매달아 놓은 것만 같았다. 그중 하나를 손으로 터뜨리면 다시 과거로 돌아갈 수 있을까. 까마득한 시간의 저편에서 송채희의 목소리가 들려왔다. 제 부모의 장기를 몸에 품은 채 사지에서 살아 돌아온 여인, 그 여인은 시간 날 때마다 위생소 아래 개울로 내려가 돌을 줍곤 했다. 하지만 돌을 방으로 가지고 들어온 적은 없었다. 돌을 주운 뒤 한참을 만지며 생각에 잠겼다가 돌아올 땐 어김없이 주운 돌을 버리고 왔던 그녀였다.

딱 한 번 채희가 주운 돌을 들고 나타난 적이 있었다. 투박하게 생긴 흑요석이었다. 그날 채희는 그것을 박훈의 손바닥 위에 올려놓고 선물이라며 수줍은 듯 배시시 웃고는 제 방으로 들어갔다. 차갑게 얼어붙었던 박훈의 심장에 뜨겁게 피가 흐르기 시작한 건 그 무렵부터였을 것이다. 박훈은 주머니칼을 이용해 나무를 깎아 해바라기를 만들고 18장의 꽃잎을 조각했다. 흑요석을 둥글고 매끄럽게 갈아 해바라기 조각 중앙에 박아 넣은 뒤 삼 가닥을 여러 겹 꼬아 목줄을 만들었다. 그러고 나서 가만히 방으로 들어가 잠든 채희의 목에 걸어 주었다. 잠든 채희와 해바라기 목걸이는 마치 한 짝처럼 잘 어울렸다.

"해바라기……."

박훈은 그렇게 중얼거려 본다. 겨우내 사람들이 죽어 나가면 구덩이를 파서 묻곤 했던 위생소 뒤편 언덕길, 봄이면 그 언덕에는 누가 심었는지 모를 해바라기들이 피어났다. 뜨거운 태양을 묵묵히 견디며 해바라기들은 여름 내내 노란 꽃을 피워 냈다. 아무리 가뭄이 들어도 시드는 법이 없었다. 채희는 특히 해바라기를 좋아해서 팔을 벌리고 꽃대 사이에 서 있고는 했는데, 그 자신이 해바라기라도 된 듯 해사해 보였다. 그녀가 꽃대 사이로 몸을 감추면 나는 부지런히 눈으로 그녀를 좇곤 했었지. 행여 누가 볼까 자꾸 뒤를 돌아보면서……. 채희, 박훈은 꿈결처럼 그녀를 불러 봤다.

그간 수천만 원의 돈을 썼지만 풍문처럼 딱 2번, 채희의 소식을 전해 들은 게 전부다. 경비대에 머물 당시의 증언 이외에도 평양에서 채희를 봤다는 사람이 나타나기도 했다. 경비대 시점에서 2년쯤 흐른 뒤의 이야기였다. 남쪽행을 준비하며 중국에 머물고 있는 탈북자에게서 나왔다는 두 번째 증언은 첫 번째 것보다 훨씬 구체적이었다. 30대의 그 남성은 평양 근교의 한 병원 간호부에서 일했다고 한다. 그때 송채희라는 여자가 실습생으로 병원에 머물며 환자들을 진료했는데 주사를 잘 놓아 환자들에게 인기가 많았다고 했다. 그러나 이번에도 역시 이름이 같다는 것만 확인했을 뿐 과연 그 여인이 채희인지는 전혀 알아낼 도리가 없었다. 30대 탈북자가 증언한 대로 평양의 병원으로 수차례 비밀 편지를 넣어 봤지만 아직 그 어떤 답장도 받지 못했다.

사우나 식당에서 미역국 백반으로 늦은 아침을 때운 박훈은 간만에 머리카락을 단정하게 잘랐다. 거울을 통해 충혈된 두 눈을 들여다보며 집으로 갈지 아니면 병원으로 돌아갈지 결정하지 못하고 한동안 망설였다. 일단 결정을 미뤄 놓고 사우나를 나서는데 휴대폰이 드르륵 주머니를 흔든다.

"여보세요. 삼촌, 삼촌, 큰일 났어!"

전화를 받자마자 창의 목소리가 와락 쏟아졌다.

"왜, 무슨 일이야?"

박훈은 놀란 나머지 잠이 확 달아났다.

"빨리 와, 큰아버지가……."

엉엉 우는 소리가 처량하게 들려왔다. 잠깐 기다려 보라는 창의 말이 채 끝나기도 전에 이미 박훈은 지나가는 택시를 잡아 세우고 있었다. 길이 막히지 않은 탓에 택시는 20여 분 만에 그를 가리봉동 골목에 내려놓았다. 박훈은 거스름돈도 챙기지 못한 채 곧바로 리 씨의 식당 가게로 뛰어들었다. 워낙 다급한 창의 목소리 탓에 그는 리 씨가 죽거나 사고를 당한 거라고 여겼는데 다행히 리 씨는 멀쩡했다. 다만 술 냄새를 폴폴 풍기며 인사불성으로 바닥에 널브러져 있을 뿐이었다. 특별한 외상이 따로 없는 것으로 보아 결국 술이 말썽이었다. 박훈은 놀라 우는 창부터 안심시켰다.

"괜찮아. 술을 좀 과하게 드신 거니까 아무 일 없을 거다."

박훈은 리 씨가 정신을 차릴 때까지 곁을 지켰다. 리 씨는 저녁 8시 조금 못 미쳐서야 겨우 눈을 떴다. 그러나 그는 정신을 차리자마자 땅을 치며 대성통곡하기 시작했다.

"무슨 일입니까?"

박훈은 리 씨가 힘없이 가리키는 카운터 책상 서랍을 열어 보았다. 안에는 전보가 한 통 들어 있었는데 중국에서 온 것이었다. 탈북을 시도하던 리 씨의 아내와 여동생이 국경 경비대원들에게 잡혀 결국 다시 북으로 송환되었다는 안타까운 내용이었다.

"죽었을 거야. 그 망할 놈들이 죽였을 거야."

"그럴 리가요. 좀 더 기다려 봅시다. 늘 형님이 나한테 버릇처럼 하던 말이잖습니까?"

모두 어차피 견뎌야 할 일이었다. 북에 가족을 두고 사선을 넘어 온 사람들, 그들이 평생 혹처럼 지고 가야 하는 상처다. 신분이 좋든 나쁘든, 돈이 많든 적든 누구도 예외일 수는 없었다.

리 씨의 가게를 나선 박훈은 지하철에 몸을 싣고 안산으로 향했다.

사실 오늘도 야간 당직이 예정돼 있었다. 응급실 당직자 한 명이 부모상을 당하면서 일주일 동안 박훈이 그 자리를 메워야 했기 때문이었다. 시계를 보니 안산에 들렀다가 병원으로 돌아오려면 시간이 빠듯했다. 그래도 안산의 그곳은 가봐야 했다. 허탕인 줄 알면서도 꼭 가봐야 했다. 노태수는 여전히 그에게 포기할 수 없는 그림자였다. 또 동우의료원과 세이버 수술을 두고 맺었다는 거액의 계약서도 노태수가 갖고 있었다. 그런데 사라진 지 6개월이나 흘렀지만 그의 행방은 여전히 묘연했다. 사방으로 수소문하고 신문에 사람 찾는 광고도 내 보았다. 허나 그를 보았다는 사람은 여태 한 명도 나타나지 않았다.

노태수 의원 역시 방문할 때마다 굳게 철문으로 닫혀 있을 뿐이었다. 건물주를 직접 만난 적이 있었다. 건물주 역시 애타게 찾고 있기는 마찬가지였다. 월세는 노태수가 사라진 달부터 입금이 끊겼다고 했다. 보증금에서 매달 월세를 제하고 있지만 오래 기다리기 어렵다는 말을 들은 게 보름 전이다. 그래서 함께 열쇠로 따고 안에 들어가 보았지만 그곳에도 아무런 단서가 없기는 마찬가지였다. 혹여 필리핀 간호사라도 만나 보면 뭔가 수가 있을까 싶었다. 그래서 방문할 때마다 매번 의원 출입구에 메모를 붙여 놓고 그녀의 연락을 기다리는 중이었다.

계단을 내려와 밖으로 나오자 날은 이미 까마득하게 저물어 있었다. 허공으로 하나둘씩 불을 밝히는 창들을 바라보다가 박훈은 움찔하며 도로의 연석 옆으로 몸을 숙여야 했다. 구부정한 어깨를 지닌 사내, 걸을 때마다 뭔가를 중얼거리며 히죽거리던 낯익은 얼굴이 불쑥 그 앞에 모습을 드러냈기 때문이다. 그는 뜻밖에도 금봉현이었다. 그가 이곳에 나타날 이유는 없어 보였다. 박훈은 예리한 단서를 발견한 형사처럼 금봉현을 살폈다. 다행히도 상대는 이쪽을 보지 못한 모양인지 비틀거리며 박훈이 나왔던 건물을 올려다보는 중이었다. 박훈은 그에게 가까이 다가갔다. 술 냄새가 진동했다.

"노 선배, 미안허이. 내가 잘못했소. 겁쟁이를 죽여 주쇼."

금봉현이 히죽히죽 웃으며 혼자 중얼거렸다.

"당신은 아무 잘못이 없습니다. 내가 살인을 방조했소. 그때 난 너무도 비겁한 놈이었으니까. 그깟 의리는 개나 줘 버리라고 해, 킬킬킬."

도대체 뭔 말인지 알아들을 수 없는 헛소리였다. 시간이 이른데도 그는 벌써 고주망태였다. 박훈이 가까이 다가온 것조차 깨닫지 못했다. 박훈은 말 걸기를 잠시 미루고 금봉현이 하는 양을 좀 더지켜보기로 했다. 그의 술주정 속에 뭔가 노태수와 얽히고설킨 진한 과거 인연가닥이 숨어 있는 듯했다.

이윽고 금봉현은 비틀거리며 뒷골목으로 걸음을 옮겨 갔다. 일전에도 몇 번 본 적이 있는 사창가 골목 입구였다. 몇 해 전엔가 참여 정부 시절, 새로 부임한 여자 경찰청장이 서울의 사창가를 싹 쓸어버리겠다며 야심차게 선언한 덕분에 터전에서 쫓겨난 창녀들은 지방 중소도시로 흩어졌다. 언론에서는 그 현상을 풍선효과라고 했다. 아무튼 안산의 이 뒷골목도 새롭게 성장한 신흥 사창가 가운데 한 곳이었다. 안산이라는 지리적 특성 때문인지 이곳은 일을 하는 여자들도, 여자를 사러 오는 손님도 외국인이 대부분이었다. 여자라도 사려나. 뜻밖에도 금봉현이 지금 그 골목 안으로 허위허위 들어가고 있었다.

"미안해요, 내가 노 선배한테 빚이 많지. 근데 어딜 가서 나타나질 않는 거야. 흥, 괴팍한 노인네. 그러니까 친구가 없지, 킬킬킬."

중얼중얼 걷던 금봉현이 느닷없이 지갑을 꺼냈다. 길 양옆으로 홍등을 붉게 밝힌 유리방 안에서 화장을 짙게 한 여자들이 하나둘 몰려나왔다.

"돈이면 다냐? 여기 돈 있다. 돈 가져라! 돈, 썩을 돈!"

금봉현이 지갑에 든 지폐를 한 움큼 꺼내 뿌리기 시작했다. 길에 버려지는 광고 전단지처럼 수십 장의 지폐가 바닥으로 떨어져 내리고, 지켜보던 여자들이 깔깔거리며 달려 나와 장난스럽게 지폐를 챙겼다.

"이봐요, 금 선생. 여기서 뭐 하는 짓이요?"

지켜보다 못한 박훈이 황급히 달려가 금봉현을 만류했다. 질질 끌다시피 하여 택시에 태웠다. 택시를 타고 돌아오는 와중에도 금봉현은 노태수를 입에 올리며 넋두리를 계속했다. 그리고 박훈은 그 넋두리 속에서 19년 전 동우의료원에서 일어났던 어마어마한 사건의 전말을 듣게 되었다.

시간은 노태수가 병원에서 파직됐던 19년 전으로 거슬러 올라간다. 당시 신참 인턴이었던 금봉현은 마취과장의 지시로 세이버 수술 전날 밤, 아직 성능이 증명되지 않은 신약과 기존에 사용하던 마취약을 바꿔 놓았다. 라이벌 노태수를 제거할 필요가 있던 문성주와 제약회사로부터 리베이트를 받고 신약을 시험해야 했던 마취과장이 서로 배가 맞아 벌인 무시무시한 공모였다. 그때만 해도 금봉현은 자신의 행동이 어떤 결과를 가져올지 전혀 알지 못했다. 수술이 성공하고도 결국 환자가 목숨을 잃고 만 까닭이 자신이 심부름했던 마취약 때문이었음을 어렴풋하게 깨달은 것은 그로부터 상당한 시간이 흐른 뒤였다.

"난 의사로서 자격이 없는 놈이야."

이후 금봉현은 술에 취하기만 하면 과거 자신이 저지른 잘못을 자책했다. 그는 당시 인턴으로 아무것도 몰랐고 또 설사 알았다 해도 상사가 내리는 명령을 거역하지 못했을 터였다. 하지만 그것은 그에게 변명이 되지 못했다. 긴 세월 동안 스스로 환멸과 자책의 고통을 겪었고 그 처벌을 달게 받았다. 그가 병원에 발붙이지 못하고 아웃사이더가 된 이유에는 이토록 깊고 처절한 배경이 있었다.

"금 선생은 죄가 없습니다. 결코 금 선생 잘못이 아니예요. 이제 그만하면 됐어요."

박훈이 술에 취해 허벅지에 널브러진 금봉현의 등을 쓰다듬으며 위로했다. 또한 새삼 문성주에 대해 분노를 느꼈다. 문성주의 추악한 욕망이 저지른 악행에 구역질이 올라왔다. 그때 금봉현이 혀가 잔뜩 꼬부라진 술주정을 했다.

"시끄러워, 누가 누굴 용서한다고 그래? 그런 건방진 소릴랑은 집어치우라고."

순간 차가운 물벼락을 맞은 것처럼 박훈은 정신이 번쩍 들었다. 금봉현의 말이 그의 폐부를 날카롭게 찌르고 들어왔다. 맞는 말이었다. 수용소에서 그가 저지른 죄과를 생각하면 금봉현의 그것은 새 발의 피에도 못 미치는 것이었다. 아니, 문성주조차 비난할 자격이 못 되는 그였다. 박훈은 자신의 얼굴을 두 손으로 내리 쓰다듬었다. 이번엔 그가 술에 취해야 할 차례였다.

31

새로 산 원두를 분쇄기에 넣으며 민수현은 모처럼 온몸의 나른한 이완을 경험했다. 수술을 끝내고 사무실로 돌아와 커피 한 잔을 마시며 쉴 수 있는 이 시간은 바쁜 와중에 느낄 수 있는 소소한 행복이었다. 쉬는 날 종로의 원두 전문 매장에 나가 한 달 마실 원두를 직접 골라 오는 것도 하나의 기쁨이었다. 또 아버지와의 관계도 원만히 회복되어 갔고 세이버 수술 성과 역시 애초 기대를 넘어서는 것이었기에 지금처럼만 계속 일이 풀려 준다면 수현으로선 더 바랄 나위 없는 나날이 될 것 같았다.

물론 성공이 가져오는 달콤한 열매들은 죄 문성주의 차지가 되고 있지만, 이제 그런 것에 마음이 흔들리지 않았다. 대신 현장에서 수술 과정과 결과를 꼼꼼히 챙기고 있으니까. 열 번의 수술이 끝나는 날, 세이버 수술은 비로소 형식을 갖춘 한 편의 책으로 빛을 보게 될 것이었다. 수현이 이미 출판사와 계약을 맺어 놓고 세이버 수술의 전 과정을 기록해 나가고 있다는 것을 아는 사람은 아무도 없었다. 지치고 힘에 부칠 때마다 그녀는 그 마지막 날 자신에게 쏟아질 화려한 스포트라이트를 떠올렸다. 상상만 해도 힘이 절로 솟았다.

그러나 오늘은 커피 한 잔을 즐기는 이 소중한 시간을 방해받게 될 것 같다. 계단 저 아래 쪽으로부터 요란하게 울리는 발소리, 그리고 틈을 주지 않고 이어지는 노크 소리, 수현의 몸은 조건반사적으로 상대의 정체를 짐작해 냈다. 네, 라는 대답이 채 끝나기도 전에 문성주가 마치 자기 방에 출입하듯 문을 밀고 들어왔다. 수현이 자리에서 벌떡 몸을 일으킴과 거의 동시에 문성주는 책장 앞에 놓인 간이 의자에 허우대를 내려놓았다.

"커피 향이 참 좋네. 난 그래서 종종 이 방이 그리워지곤 해."

"어쩐 일이세요? 이곳엘 직접 오시고……."

그녀가 이 방에 나타난 건 거의 10개월여 만이다.

"너는 세이버 수술팀을 어떻게 생각하니?"

문성주는 다리를 꼬며 담배를 꺼내 불을 붙였다.

"어떻게 생각하다뇨?"

수현은 커피가 든 종이컵을 건네며 문성주의 맞은편에 앉았다.

"오늘은 눈치가 좀 늦네. 세이버 수술 말이야. 언제까지 뜨내기한테 맡겨 놓을 거냔 말이야. 병원의 위신도 있는데."

"우린 아직 박 선생을 대신할 만한 실력이 되지 않아요. 저도 그렇고 강인규 선생도 그렇고. 잘 아시면서 그런 말씀을……."

"그렇다고 저들을 너무 믿어선 안 돼."

"네? 그게 무슨 말씀이신지……."

"병원장님 질책이 있었어. 우리 세이버 수술팀이 너무 방만하게 운영된다는 지적인데, 아마도 누군가 얘기를 흘린 거겠지. 박훈 그 녀석, 당직 스케줄을 어기고 응급실에 나타나지 않은 것만도 벌써 두 번째야. 금봉현이야 뭐 늘 환자들 앞에서도 술 냄새를 폴폴 풍기며 돌아다니고. 거기다 최동찬은 퇴근 시간 전인데도 몇 번씩이나 자리를 비웠다며?"

이제 쓸모가 없다는 건가. 수현은 이 늙은 여자가 무슨 꿍꿍이가 있어 트집을 잡는 것이라 직감했다. 예상치 못한 건 아니지만 너무 빨랐다.

"팀이 필요 없어진 모양이군요. 근데 좀 이른 것 같지 않아요?"

"이르긴 뭘?"

"아직 우리 병원으로 결정 난 건 아무것도 없잖아요. 더 유지를 하며 지켜보는 게 좋을 것 같은데요?"

수현은 이리저리 에두르지 않고 곧장 본론으로 치고 들어갔다.

"꼭 해체까지 하잔 건 아니야……. 경각심을 갖자는 거지. 우리 병원 입장에선 수현이 네가 그 팀의 리더잖아? 팀원들 관리 좀 제대로 하란 소리지."

엄밀히 따져서 병원은 박훈에게 응급실 당직을 강요할 수 있는 입장이 못 되었다. 금봉현이 알코올 중독자라는 건 어제오늘의 일이 아니니 새삼 거론할 문제도 아니었고, 또 최동찬은 한 번쯤 정신과 상담이 필요해 보였다. 그의 아내 때문이었다. 그 탓에 수술 중에 실수도 잦고 환자들로부터 민원이 올라온 적도 있었다. 하지만 이 문제는 그의 가정이 안정되어야만 풀릴 문제였다.

"일부러 여기까지 내려오셨으니, 일단 제가 팀원들과 면담해 보겠습니다. 하지만 팀을 깰 생각은 말아 주세요. 환자가 있는 한 수술은 계속되어야 하잖아요."

"엑셀런트! 당연하지. 민 선생 말대로 아직 결정된 건 아무것도 없으니까."

문성주는 특유의 웃음을 흘리며 자리를 떴다.

문성주가 수현의 사무실을 다녀가고 사흘 뒤 뜻하지 않은 세이버 수술 일정이 잡혔다. 환자 보호자와 면담하던 수현은 저도 모르게 신음소리를 냈다. 환자의 전 행선지가 세종의료원이었기 때문이었다. 더구나 환자의 보호자는 국내 3대 메이저 일간 신문인 대한일보 사주의 아들이었다. 30대 중반인 그들 부부는 인공수정으로 어렵게 가진 자식이라며 아이의 건강을 되찾아 달라고 애원했다. 그들은 심장 이식 이외에는 아이를 살릴 방법이 없다는 세종 의료진의 판단에 심장 공여자를 구하기 위해 백방으로 노력했으나 여의치가 않자 궁여지책으로 이제 심장 수술법에 모든 희망을 걸고 동우의료원을 찾아온 것이다.

"대한일보 사주 아들이라면 관심이 가긴 하는데……."

차트를 살피던 문성주는 이빨 빠진 이리처럼 입맛만 다셨다.

"자칫하면 세종의 수작에 말려들 수도 있어요."

"흠, 꽤 조심스럽군. 그래, 좋아. 실패가 있어서는 안 되겠지. 정밀하게 판단을 해본 뒤 안 되겠으면 보호자에게 섭섭하지 않게 잘 애기해."

수현의 의견도 문성주와 크게 다르지 않았다. 초등학교 1학년인 대한일보 사주의 아들 은수는 어릴 때부터 울혈성 심부전을 앓아 왔다. 울혈성 심부전의 원인은 워낙 복잡 다양해서 아직 정확한 발병 원인이 밝혀지지 않고 있는데, 일반적으로 신체가 필요로 하는 혈액 공급이 원활하게 이뤄지지 않아 발병하는 것으로 알려져 있다. 대부분 환자는 초기에 좌심실 부전을 먼저 갖게 되고 이것이 우심실의 부담을 증가시켜 우심실 부전을 나타내는데, 은수의 경우는 다행히 아직 우심실이 영향을 받지 않고 있었다. 그러나 확장된 좌심실이 너무 클 뿐만 아니라 담장에 매달린 애호박처럼 축 늘어져 있어서 언제라도 아이의 생명을 위협할 수 있는 응급 상황인 것은 확실했다. 그래서 꼭 메스를 대야 한다면 심실 절제술과 승모판 성형술을 병행해야 했는데, 아이의 경우 심장의 크기가 작고 수술도 까다로워 그 성공 확률이 매우 희박했다.

더구나 환자의 최초 경유지가 세종의료원이라는 것도 수현의 마음에 걸렸다. 한재준조차 손을 들고 포기한 환자란 사실, 그 자체가 이번 수술의 높은 난이도를 증명하는 것이었다.

수현은 은수가 입원한 중환자실로 올라갔다. 복도에서 기다리던 은수의 젊은 부모가 수현을 발견하고 주저하며 다가왔다. 수현은 시선을 외면하며 창밖을 살피는 척했다. 어려운 결정을 내리거나 그 같은 결정을 통보할 때 보호자의 눈을 똑바로 바라보지 못하는 건 그녀의 오랜 버릇이었다. 창밖으로 남산 정상으로 이어진 등산로와 울긋불긋한 단풍이 눈에 들어왔다. 이 아이의 부모는 더 이상 아이의 손을 잡고 마음껏 외출할 수 없겠지. 운명이란 누구에게나 공평하지 않아서 재력과 권력을 쥐고 태어났으면서도 자식 복은 어쩔 수 없는 것이라는 생각이 들었다.

"살려 주세요, 제발. 우리 아이를 살려 주세요."

갑자기 아이 엄마가 무릎을 꿇고 그녀에게 빌기 시작했다.

"일어나세요. 여기서 이러시면 안 돼요."

수현은 아이 엄마를 일으켜 세웠다.

"전 선생님 눈빛만 봐도 알아요. 무슨 얘기를 하려는지. 수술이 어렵다는 얘기는 제발 하지 말아 주세요. 제발, 그 얘기만은 듣고 싶지 않아요. 우리 아이를 살릴 수 있다고 얘기해 줘요. 할 수 있잖아요? 아직 아이 심장도 열어보지 않았잖아요?"

이런 것이 과연 부모의 마음일까.

"죄송한 말씀이지만 수술로도 가망이 있다고 할 순 없습니다. 지금 최선의 방법은 심장 공여자를 찾아보거나 아니면 최악의 경우 아이가 최대한 고통스럽지 않게……."

"어떤 결과든 책임을 지겠습니다. 아무 노력도 하지 않고 우리 은수를 보낼 수는 없으니까요. 은수의 심장이 멈추는 한이 있더라도 저흰 선생님들을 믿겠습니다. 그러니 제발……."

아이 아빠까지 나서서 수현의 손을 잡고 놓으려고 하지 않았다.

"그럼 조금 더 기다리면서 공여자를 찾아보는 게……."

"선생님도 잘 아시지 않습니까? 이대로는 열흘도 어렵다는 거."

이미 세종에서 들을 만한 정보는 다 들었을 것이다. 아이의 심장 크기에 맞는 적당한 심장을 찾는다는 게 얼마나 어려운 일인지, 부모가 누구보다 더 잘 알고 있을 것이다.

휴, 수현은 잇새로 한숨을 뿜었다.

"그러시면 하루만 더 기다려 주세요. 은수의 상태를 보다 정밀하게 판단해서 내일 오전에 다시 연락을 드리겠습니다."

연신 감사하다고 고개를 숙이는 은수의 부모에게 공손히 목례한 뒤 수현은 긴 복도를 미로 찾기 하듯 걸어가 세이버 수술팀 아지트 문을 두드렸다. 박훈 혼자 책상에 두 다리를 뻗고 인터넷을 뒤적이고 있었다. 컴퓨터 화면 위로 나무병사처럼 딱딱하게 행진하는 북한 병사들이 지나갔다.

"최 선생, 금 선생과 다 같이 상의할 게 있는데……."

버릇처럼 방 안을 눈으로 훑고 나서 수현이 말을 꺼냈다.

"이번에도 난처한 환자가 나타나셨나 보군."

눈빛만 봐도 안다는 듯 박훈이 대답했다.

"수술이 쉽지 않을 것 같아요."

수현은 옆구리에 끼고 온 차트를 박훈에게 건넸다.

"세종에서 우리 병원으로 떠넘긴 환자예요. 갓 소아를 면한 터라 심장이 작고 절개 부위도 분명치 않죠. 어쩌면 좌심실 전체를 들어

내야 할지도 몰라요. 사실상 수술 불가예요. 심실 절제술과 승모판 성형술을 병행해야 하기도 하고."

초음파 사진을 면밀히 살피며 박훈이 입을 뗐다.

"심장이 비대해졌다고 해서 전부 다 정상 세포가 아니라고 판단해선 안 돼. 핵심 부위를 잘라내면 병변으로 기울었던 세포들이 기적적으로 회복된 예가 있으니까. 문제는 어느 부위를 잘라내야 하는지의 여부인데, 이런 경우 그건 전적으로 운에 맡겨야지."

"실패할 수도 있다는 얘기군요."

"실패할 수밖에 없는 수술이지."

그래서 어쩌자는 건지 박훈의 화법은 안갯속을 걷는 것처럼 답답했다.

"역시 이 수술은 무리예요. 그렇게 보고 올릴게요."

"물론 전부 실패만 하지는 않았어. 딱 한 번에 불과했지만 아주 훌륭하게 회복시킨 적이 있었지. 수술 후 1년 동안 심장 초음파로 관찰한 결과 좌심실의 심박출량 계수가 수술 전 15퍼센트에서 40퍼센트까지 개선되었고, 좌심실 확장기말 직경도 수술 전 76밀리미터에서 60밀리미터로 줄어들었어. 좌심실 절제술과 승모판 성형술을 동시에 시행하면 심장의 부하를 감소시킨다는 연구 결과도 있고……."

그럼 한번 해 보자는 얘기인가.

"당신은 실패가 두렵지 않아요? 이번 수술에 실패하면 다시는 우리 병원 수술실에 들어오지 못할 수도 있어요. 실패하면 대문짝만하게 신문 기사가 나겠죠. '동우의료원 무리한 세이버 수술 시행으로 어린이 사망'! 당신은 아직 언론의 생리를 몰라요."

"갑자기 안 하던 신문 이야기는 왜 하고 그래?"

"환자가 대한일보 사주의 외동 손자거든요."

"그래, 성공하면 그 반대가 되겠군. 조금 더 판단할 시간을 가져 봅시다. 참, 아이가 몇 살이라고 했지?"

"7살……"

박훈이 혼잣말을 중얼거렸다.

"살아 있다면 딱 그 나이쯤 되었겠군."

"뭐가요?"

"아, 아무것도 아니오. 암튼 수술 외에 방법이 없다면 가만두고 볼 순 없는 거 아닐까?"

이 사내의 속내는 정말 알 수가 없다. 이런 상태에서 수술을 하겠다는 반응을 보이다니. 혹시 내가 모르는 무슨 사연이라도 있는 걸까.

"그래요. 하루만 더 기다리며 재검토를 해 보죠."

박훈의 의견에 그러자며 고개를 끄덕이고 방을 나오면서, 수현은 자신이 아직도 박훈에 대해 별로 아는 게 없다는 걸 알았다.

사실 박훈이 동우의료원 흉부외과에 나타난 뒤부터 온갖 소문들이 꼬리에 꼬리를 물었다. 소문 중에는 그가 북한 정치범 수용소에서 인체 실험을 자행한 죽음의 천사였다는 듣기 거북한 악담도 있었고, 또 북한에 아내와 자식이 살아 있으며 그들을 남한으로 데려오기 위해 병원 측과 거액의 도박 계약을 했다는 이야기도 돌았다. 하지만 어느 것도 증명할 수 있는 것이 없었고 또 대개의 소문이 그렇듯이 한두 달이 지나자 곧 잠잠해졌다.

수현이 떠나고 난 뒤 박훈은 책상에서 몸을 일으켜 아지트를 나섰다. 아이를 직접 살펴보기 위함이었다. 사실 은수와는 구면이었다. 어제 저녁, 응급실 야간 근무를 하다가 저녁 늦게 실려 온 은수와 처음 만났다. 구급차에서 내려질 때만 해도 통증에 얼굴을 찡그리던 은수는 침대가 응급실로 들어올 때 환하게 웃으며 박훈을 쳐다보았다. 마치 이제는 살았다고 안도하는 것 같았다. 아주 짧은 순간이었지만 박훈의 망막 위로 송채희와 뱃속의 아이 모습이 스치고 지나갔다. 아이가 세상에 나왔다면 딱 저 정도 나이가 되었으리라.

하지만 중환자실에서 새근거리며 자고 있는 은수의 상태는 몹시 절망적이었다. 생존 확률은 20퍼센트 이하, 위험을 무릅쓰고 수술을 강행한다 해도 리스크가 너무 컸다. 수현이 난처한 얼굴로 나타나기 이전부터 박훈의 마음속에서는 이미 은수의 수술 여부를 두고 내면의 서로 다른 두 목소리가 치열한 싸움을 벌이고 있었다. 하나는 사랑하는 아내를 지옥에서 구하고자 한다면 실패 가능성이 농후한, 테이블 데스(Table Death; 수술대 위에서 환자가 사망하는 것)가 눈에 뻔히 보이는 수술은 피하는 것이 정답이라고 외치는 목소리, 다른 하나는 소독약 냄새 가득 한 응급실로 실려 들어오면서도 아무 두려움 없이 해바라기 같은 웃음을 지어 보이던 한 소년의 생명을 살려야 한다는 의사 본연의 목소리였다.

다음 날 점심도 걸러 가며 토론을 벌인 끝에 세이버 수술팀원들은 수술을 시도하는 쪽으로 전체 의견을 모았다. 언제나 그렇듯 최동찬은 수술이 마지막 최선이라면 죽어가는 환자를 그냥 방치할 수는 없다는 입장이었고, 수현은 반대 입장을 분명히 했다.

"최 선생은 메스를 질색하던 걸로 알았는데, 언제부터 그 신념을 바꾸신 거예요?"

수현이 농반진반 최동찬을 놀렸다.

"다른 칼잡이들은 못 믿어도 박 선생 칼만큼은 내가 철썩같이 믿거든. 박 선생이라면 내 기꺼이 배교자가 되지. 근데 박 선생 의견은 뭐요? 찬성이야, 반대야?"

"글쎄요."

박훈은 다소 모호한 입장을 보였지만 차츰 다른 팀원들 의견이 최동찬 쪽으로 기울기 시작하자 그쪽에 합세했다.

"결국 반대는 나뿐이군요. 좋아요, 나도 찬성하는 걸로 하죠."

마지막으로 수현까지 수술에 동의하면서 지리한 토론은 끝이 났고, 수현은 곧장 수술 허락을 얻기 위해 문성주의 방을 찾았다. 허락은 의외로 쉽게 떨어졌다. 어제까지 태도로 보아 반대 입장에 서리라 짐작되었던 문성주는 병원장의 전화를 받고 나더니 수술 계획에 순순히 고개를 끄덕였다. 그러면서 수술팀의 실무적 결정이 정히 그렇다면 윗선에서는 존중하는 것 외엔 수가 없지 않느냐며 한 발 빼는 모양새 역시 빼놓지 않았다.

그날 일과 후 3시간이 넘게 진행된 최종 콘퍼런스를 통해 팀원들은 각자의 역할을 분명히 했다. 수술이 일단 시작되면 모든 것은 톱니바퀴처럼 맞물려 나가야 했다. 누구 하나라도 톱니를 이탈하여 컨베이어 벨트 밖으로 내동댕이쳐지게 된다면 그 순간 동시에 환자의 목숨도 함께 끝장나 버릴 것은 명약관화(明若觀火)한 일이었다. 기존의 세이버 수술팀원들 이외에 소아심장 이식 수술에 경험이 많은 황인혁 교수가 특별히 수술을 참관하고 힘을 보태기로 한 건 희소식이었다. 재벌 언론 사주의 손자라는 소식을 듣고 병원장이 병실을 방문하여 특별 대우를 지시했던 것도 이 수술에 쏠린 병원 안팎의 시선을 느낄 수 있게 해 주는 대목이었다.

이틀 뒤 마침내 은수는 무영등 아래에 누웠다.

"메스!"

아이의 작은 흉곽 위로 박훈은 어느 때보다 조심스레 메스를 쥐고 가슴을 그어 나갔다. 어젯밤 침대에 들기 전까지 박훈은 아이의 흉부 초음파 사진을 방에 걸어 놓고 수십 번도 더 가상 수술을 연습했다. 째야 할 곳과 봉합해야 할 곳, 수술로 인해 아이의 몸이 어떻게 반응하게 될 것인지를 여러 각도에서 예상하고 대비했다. 상대적으로 어린아이의 수술 경험이 적었던 그였기에 더 신경이 쓰였다.

"개흉기 장착!"

은수의 가슴을 개방하자 어린아이 주먹만한 심장이 살려 달라는 듯 팔딱팔딱 뛰며 박훈에게 말을 걸어 왔다. 그는 병변 부위를 면밀히 살펴 나갔다.

"아, 이건 예상을 훨씬 뛰어넘어. 좌심실 하단부 전체가 변성 범위야. 여길 모두 잘라내면 이 아이는 죽게 돼. 역시 심장 이식 이외엔 답이 없었어."

박훈의 말에 다들 등골이 오싹해지는 두려움을 느꼈다. 참관실에서 소아과 황인혁 교수도 고개를 끄덕이며 같은 의견이라는 사인을 보내왔다.

"그냥 덮을까요?"

조심스레 수현이 물었다. 팀의 리더는 그녀였지만 수술실에서 만큼은 집도의인 박훈에게 결정권을 맡겼다.

"그냥 덮으면 이 아인 일주일 안에 죽게 되겠지. 수술하면 살 가망이야 생기겠지만 자칫 잘못하면 오늘을 넘기기 힘들 테고. 민 선생이 보기엔 어떤 게 현명해 보여?"

수현이 머뭇거리자 최동찬이 끼어들었다.

"아이의 심장이 저렇게 팔딱팔딱 뛰는데 다시 덮자고? 이런 무책임한 사람들."

"최 선생은 언제나 감정부터 앞서니, 참."

신중하게 지켜보던 박훈이 밀고 나가겠다는 듯 다시 메스를 위로 들었다.

그 모습을 보는 수현의 입속이 바싹 타들어 갔다. 드디어 실패를 맛보게 되는 것일까. 일단 수술이 시작되자 팀원은 각자 저마다의 영역에서 최선을 다했고 수술은 분주하게 종반을 향해 치닫고 있었다. 그런데 박훈이 수술의 가장 중요한 부분을 미루고 있었다. 부분 심실 절제술이 완벽하게 끝나고 승모판 성형술도 마무리되어 가는 시점이었지만, 정작 병변을 잘라내야 할 박훈의 손은 벌써 5분 가까이 멈춰 있었다.

"변성 부위가 존재하지 않아……."

"없다고요?"

박훈의 탄식에 수현이 재차 물었다.

"그래, 어린아이 심장은 세월에 찌든 어른들과 다르지. 변성이 생겼어도 그 부위가 미약해서 정상 세포와 비교했을 때 눈으로 판별이 불가능해. 우리가 그동안 세이버 수술에 성공할 수 있었던 건 정확히 변성 부위를 잘라냈기 때문이었고 그래서 부작용도 적었던 거야. 만일 판별이 힘들다고 변성 부위를 넓게 잘라내면 낼수록 이 아이는 평생 부작용과 싸우게 될 위험이 높아."

"다른 방법이 없나요?"

박훈이 턱으로 윤하영을 가리켰다.

"변성 부위는 윤하영 선생이 판단하도록 맡겨야겠어."

마스크에 반쯤 가려진 하영의 얼굴이 하얗게 질렸다.

"저도 보이지가 않아요. 이 아이는, 도무지 모르겠어요."

"윤 선생, 지금 이 수술실에서 환자의 병변을 가장 정확히 짚어낼 수 있는 사람은 윤 선생뿐이다. 단 한 번 실패도 없이 흉부외과의가 되기를 꿈꾼 건 아니겠지? 만약 실패해야 한다면 지금이 바로 그때 다. 최선을 다해 봐."

"아이의 생명이 달린 일이에요. 성공이냐, 실패가 아니라……."

"그딴 감상적 이야기는 수술방 밖에 나가서 해. 진정으로 아이의 생명을 생각한다면 지금은 승부사의 냉정한 직감에 의지하는 것 뿐 이야."

수술방 안 사람들의 시선이 모두 하영에게 모였다.

'지금 윤하영은 박훈의 말을 이해하고 있다.'

적어도 수현은 그렇게 느꼈다. 한참을 망설이던 하영이 조심스레 아이의 심장으로 작은 손을 밀어 넣었다. 심장과 몸이 연결되자 하 영은 묵상하듯 두 눈을 감았다. 심장의 좌우 벽면을 양손으로 감싼 뒤 조심스럽게 오른쪽 엄지와 인지, 중지를 이용해 마사지하듯 심장 을 쓸어내렸다. 하영의 움직임은 마치 종교의식을 치르는 사제처럼 엄숙하고 진중했다.

"지금 저 사람들 뭐 하는 거지?"

참관실의 황인혁 교수는 주변을 두리번거리며 현재 벌어지고 있 는 상황에 대해 물었다. 옆자리에 앉아 있던 전공의가 설명했다.

"촉진을 하는 것 같습니다. 지난번 수술 때도 윤하영 선생이 저렇게 촉진을 해서 변성 부위를 판별한 적이 있었거든요."

"눈이 아닌 손으로 변성 부위를 알아내겠다고? 손에 눈알이라도 달렸남?"

이해가 안 된다는 듯 고개를 저으면서도 황인혁 교수는 자못 흥미를 느낀 듯 수술 참관 모니터에서 시선을 떼지 못했다.

수술방 안에선 하영을 제외한 모두가 동작을 멈춘 상태였다. 작은 움직임이라도 하영에게 방해가 될 수 있다. 무엇이 이들을 하나로 묶고 있는 것일까. 마치 팀원 전원이 강강술래를 하듯 손을 잡고 거대한 원을 그리고 있는 것처럼 보였다. 그리고 손과 손을 타고 전해진 뜨거운 기운이 최종적으로 하영의 손에 집중돼 있다. 윤하영 한 사람이 아니라 무영등 아래 늘어선 모든 이들이 자그마한 아이의 심장을 향해 간절히 생명의 메시지를 보내고 있는 것이다. 아이야, 제발 너의 아픈 부위를 보여 주어라. 보여 주어라.

"이 부분, 여기예요!"

하영이 심장에 묻은 손을 그대로 멈춘 채 조그맣게 입 모양을 움직였다. 그녀가 인지로 지그시 누르고 있는 지점, 눈에 잘 띄지 않는 좌심실의 옆구리 부분이다. 육안으로는 구분할 수 없는 바로 저 지점이 아이의 생명을 위협하고 있었던 것이다. 병변 부위가 결정 되자 박훈은 한 치의 망설임도 없이 그 부분을 절개하고 검체를 떼어 냈다. 붉은색을 띠던 검체는 접시에 담기자마자 빠르게 검붉은 색으로 변하며 머금었던 피를 토해 놓았다.

"정신 차리고, 봉합사 준비."

놀란 뒤 얼른 정신을 차린 은민세가 봉합사를 건넬 때쯤에야 비로소 저마다 안도의 한숨을 내쉬기 시작했다. 드디어 수술이 끝나는가. 그리고 과연 하영의 판단은 이번에도 옳았을까. 그래서 아이의 생명은 돌아올 것인가.

"봉합이 마무리 단계다. 금 선생, 심장 재고동 준비해요."

아이의 몸에 따스한 피가 흐르기 시작했고, 심전도가 뛰기 시작했다.

"맥이 돌아왔어요. 심장이 다시 뛰어요!"

제일 먼저 민세가 제자리에서 펄쩍펄쩍 뛰며 호들갑을 떨었다. 여섯 번째 세이버 수술은 그렇게 마무리되었다.

32

다음 날, 흉부외과 의국은 어제의 수술 무용담으로 잔뜩 들떠 있었다. 아니, 동우의료원 전체가 헬륨가스라도 잔뜩 마신 것처럼 붕붕 공중에 떠다녔다. 조간신문 3곳이 어제 수술을 메인 기사로 다루었고 텔레비전 아침 방송에서도 전문가들을 초빙, 어제의 수술 내용을 소개했다. 그 가운데 대한일보는 면 하나 전체를 할애해서 동우의료원의 세이버 수술팀을 특집 기사로 내보냈는데, 특히 수술의 숨은 영웅인 윤하영을 자세히 취재해 눈길을 끌었다. '손끝 감각만으로 병변을 정확히 짚어 내는 청각 장애인 의사 윤하영'이라는 제하의 별도 인터뷰 기사도 많은 관심과 주목을 받았고, 또 신문에 실린 그녀의 사진이 젊은 네티즌층의 호기심을 끌면서 한때 포털사이트 검색어 순위 상위권에 오르내리기도 했다.

하영의 활약에 내심 제일 기뻤던 것은 박훈이었다. 그러나 그는 겉으로 큰 내색을 하지 않았다. 축하를 건네는 병원 직원들에게 일일이 활짝 웃으며 답례하는 하영을 멀리서 지켜볼 뿐이었다.

하영은 아침에 박훈과 마주치자 그에게 뭔가 할 말이 있단 눈치를 보였다. 그러나 박훈이 재빨리 자리를 뜨는 바람에 차마 기회를 잡지 못했다. 그날은 하영의 스물일곱 번째 생일이었다. 그래서 저녁 식사를 함께하자 청할 작정이었는데……. 같이 저녁을 먹자는 한마디 말을 위해 하영은 어제저녁, 거울 앞에서 입 모양을 움직이며 한참을 연습했다. 하영이 심장의 변성 부위를 정확히 짚어낼 수 있었던 것은 따지고 보면 박훈의 덕이었다. 그가 하영의 능력을 믿고 촉진을 맡겼기에 가능한 일이었다. 그래서 하영은 생일날 저녁 식사자리를 빌려 고맙다는 마음을 정식으로 전하고 싶었다. 그 무엇보다도 잃어버릴 뻔한 자신감을 되찾게 해 줘서 정말로 고맙다는 뜻도 함께.

오후 내내 세이버 수술팀 아지트 안팎과 본관 부근을 맴돌았지만 박훈과 전혀 만날 수 없었다. 하영은 마침내 본관 현관에서 그의 퇴근을 기다리기로 마음먹었다. 퇴근 시간이 들쭉날쭉한 탓에 확신은 안 섰지만 운이 좋으면 마주칠 수도 있다고 생각했다. 그리 오래지 않아 박훈이 모습을 드러냈다. 청바지에 야전 점퍼, 흰 운동화 차림의 모습, 하영에게는 언제나 매력적인 그의 모습이다. 하영은 약간의 거리를 두고 박훈의 뒤를 따라갔다. 병원 내에는 보는 눈들이 많아 정문 밖으로 나가면 그때 다가갈 작정이었다. 정문을 빠져나온 박훈은 익숙한 걸음걸이로 버스 정류장 방향으로 걸어갔다. 정류장 간이 충전소에서 복권을 구입하느라 잠시 시간을 허비했다. 전에도 두어 번 보았던 익숙한 모습이었다. 구입한 복권을 뒷주머니에 2번 접어 쑤셔 넣더니 박훈은 손을 번쩍 들어 택시를 세웠다.

"아, 안 되는데……."

놀란 하영이 종종걸음으로 달려갔다. 다행히 택시는 박훈을 태우지 않고 그대로 지나쳐 갔다.

"저기."

다섯 발짝쯤 등 뒤로 다가섰을 때다. 갓 세차를 했는지 반짝거릴 정도로 광이 나는 노란색 컨버터블이 스르르 박훈의 발치에 와서 멈췄다. 처음 보는 외제차였다. 하영은 주춤주춤 버스카드 충전소 뒤로 몸을 숨겼다.

"타세요! 특별한 약속 없으면 식사나 하게요."

운전석에서 선글라스로 한껏 멋을 낸 여자가 싱긋 웃었다. 그 여자는 민수현, 아니 민 선생이었다. 하영은 곧 주저앉을 듯 휘청거리며 가까스로 서 있었다. 잠시 머뭇거리던 박훈이 자동차에 오르는 모습을 끝으로 하영은 눈을 돌렸다. 바보 같은 눈물이 펑펑 쏟아졌다.

수현의 컨버터블은 남산터널 안으로 들어섰다. 버튼을 누르자 뒷좌석에서 하드톱이 스르르 올라와 그들 머리 위를 덮었다.

"민 선생이 갑자기 웬일이야? 그 차림새는 또 뭐고?"

"참 일찍도 물어보시네. 저녁 약속이 있었는데 취소됐어요. 그냥 집에 들어가기 싫어서 어디 대타가 없을까 찾는데 마침 박 선생이 눈에 띄었지 뭐예요."

"결국 난 대타였다 이 말인가? 이거 팍 김새는데."

"너무 실망하지 말아요. 세이버 수술 성공 자축도 할 겸, 잘됐죠 뭐. 좋은 쪽으로 생각합시다."

"자축할 거면 다른 사람들도 죄다 부를 일이지. 우리 둘이 엉뚱한 소문이라도 나면 그땐 어쩌시려고?"

"소문 같은 걸 두려워하실 분은 아니시지 않나? 더군다나 집에 와이프랑 자식이 있는 것도 아니고……. 그냥 자연스러워져 봐요."

"자연스러워지고 싶으면 비슷한 사람을 골라, 나 말고."

자동차는 한남대교를 건너 강남의 한 호텔 주차장에 멈췄다. 스카이라운지가 전망 좋기로 이름난 곳이었다. 엘리베이터 거울에 비친 박훈의 옆모습을 훔쳐보면서 수현은 아까 그가 한 말이 맞을 수도 있다고 생각했다. 그래, 환경이 문제야. 이 호텔 스카이라운지를 한재준과 수도 없이 오르내렸지만 이런 불편한 이물감 따위는 없었다.

"노태수 선생에게선 아직 아무런 연락도 없고요?"

보르도 와인에 블루치즈를 주문하고 나서 수현은 휴대폰을 껐다.

"아직은."

"해서는 안 될 말이지만 가끔 엉뚱한 생각이 들 때가 있어요. 병원 측에서 노태수 선생을 어떻게 하지 않았을까, 그런 추측 말이죠."

"그게 무슨 뜻이지?"

"왜 있잖아요. 노 선생이 병원과 모종의 계약이라도 했다면, 그래서 영업적으로 무언가 불리해진 병원 측에서 미리 손을 썼을 수도 있잖아요."

"탐정 소설 같은 허황된 소리야. 잘못되면 병원 이미지가 한방에 날아갈 텐데."

"아무튼 이상하잖아요. 첫 수술을 해 놓고 증발이라니."

와인 때문일까, 수현의 얼굴이 살짝 발그레해지더니 점점 말이 많아지기 시작했다.

"워낙 술을 좋아했던 양반이라 난 그게 살짝 걸려."

"맞아요. 그날도 술에 잔뜩 취하셨으니까. 하지만 교통사고가 있었다면 벌써 밝혀졌겠죠. 우리가 병원 응급실이란 응급실은 다 뒤졌잖아요. 근데 이대로 그분이 돌아오지 않으면 박 선생은 어떻게 되는 거죠?"

수현은 자신의 추측이 맞는지 박훈의 입을 통해 듣고 싶었다.

"되긴 뭐가 어떻게 된다는 거요?"

"이제 좀 솔직해질 수도 있잖아요. 난 박 선생이 아무런 대가도 없이 세이버 수술에 매달리고 있다고는 생각하지 않아요."

"아하, 결국 오늘 대화의 목적이 그거였어?"

"오해는 말아요. 꼭 전해 주고 싶은 얘기가 따로 있긴 한데, 그것도 오늘 식사의 중요한 이유는 되지 못해요. 난 동료로서 이렇게 박 선생과 마주 앉은 이 시간이 소중해요."

"그래, 민 선생이 내게 전하고 싶은 이야기는 뭔데?"

스트레이트로 와인을 비운 뒤에야 수현은 하던 말을 이어갔다.

"좋아요, 언젠간 박 선생도 알게 될 이야기니까 솔직히 다 털어놓을게요. 세이버 수술, 우리 병원에선 더는 관심이 없어요. 이미 어느 정도 목적이 달성되었다고 보나 봐요. 그래서 조만간 우리 팀을 해체할지도 몰라요. 아니면 무슨 꼬투리를 잡아 멤버를 대거 교체하거나……. 혹시라도 맹목적인 이상을 가지고 있다면 현실을 바로 봐야 한다고 알려 주고 싶었어요. 그게 박 선생을 이 자리로 이끈 이유예요."

오늘만큼은 이 여자의 마음이 진심이란 걸 박훈은 안다.

"그렇군. 벌써 쓸모가 없어진 건가……."

박훈은 손을 깍지 끼고 어두워 가는 창밖으로 시선을 던졌다.

'언젠가 이런 날이 올 것이라 예감했었지. 그러나 생각보다 빠른 것 같군.'

빌딩 숲 사이로 모래가 흩날리듯 땅거미가 뿌리를 내리기 시작했다. 회색 콘크리트들이 어둠 속으로 자세를 낮추고 불 켠 창문들이 연극 무대처럼 곳곳에서 밤의 막을 올린다. 밤이 깊어 갈수록 불빛들은 반짝거리며 대지와 허공을 하나로 묶을 것이다. 그러나 지금으로선 할 수 있는 게 많지 않다. 앞에 놓인 와인을 비우고 더 나은 내일이 오길 기대해 볼밖에.

"자, 기왕 시간을 냈으니 우리 맘껏 취해 봅시다."

박훈은 제 앞의 잔을 비우고는 씁쓸하게 웃어 보였다.

33

아침 뉴스 시간, 기상 캐스터들은 첫 서리가 내렸다고 호들갑을 떨었다. 그래서일까. 병원 정문으로 들어서며 박훈은 약간 추위를 느꼈다. 병원 직원들이 출근하기 전의 동우의료원은 이른 아침의 사찰처럼 적막한 기운이 감돌았다. 유리로 한껏 멋들어지게 지어 놓은 신관 건물과 달리, 흰 페인트를 잔뜩 뒤집어쓴 본관은 보기에 따라 아랍의 모스크를 연상시키기도 했는데 그래서인지 건물 옥상에 올려놓은 커다란 정수탑이 햇빛을 받을 때면 어떤 신성함마저 느껴졌다.

제일 먼저 세이버 수술팀의 아지트로 출근하는 박훈은 인터넷으로 북한 관련 정보를 훑는 것이 일과의 시작이었다. 언제나 그렇듯 북한 관련 뉴스는 진위를 전혀 확인할 수 없는 비관적인 정보와 낙관적인 정보들이 뒤섞여 무성한 억측을 낳았다. 오늘 자 첫머리 뉴스는 정권 초기 약간 삐걱거리기는 했지만 새 정부가 자리를 잡아 가면서 남북 관계가 눈에 띄게 회복 조짐을 보인다는 해설 기사였다. 최근 멈췄던 금강산 관광이 재개됐고 제2차 개성공단 건립 계획이 발표되는 등 확실히 해빙 무드가 조성되고 있다면서, 일부에선 지난 김대중, 노무현 정권에 이어 곧 제3차 남북정상회담이 있지 않겠느냐는 섣부른 관측까지 조심스레 내놓는다는 소식을 전했다. 하지만 그러거나 말거나 다른 쪽에서는 여전히 탈북 난민들이 발생하고 있고, 잊을만 하면 북한에서 간간히 로켓을 쏘아 올리는 등 상반되는 국면이 전개되는 것도 엄연한 현실이다.

민수현의 누설을 통해 병원의 속내를 짐작하게 된 뒤부터 박훈은 전략을 일부 수정하지 않을 수 없었다. 노태수의 약속대로 박훈이 병원으로부터 약속한 금액을 받아 내려면 열 번의 세이버 수술을 기한 내에 모두 성공해야 했지만, 만일 병원 측에서 이런저런 핑계를 대면서 수술 착수 자체를 막으며 질질 끈다면 어쩔 도리가 없었다. 게다가 계약 당사자 노태수마저 증발한 마당이니 모든 것은 박훈에게 불리하게 돌아갈 공산이 컸다. 도박 같은 계약을 철회하고 차제에 동우의료원의 정식 흉부외과 전문의로 직장 생활을 시작하는 선택도 있었다. 그러자면 송채희를 북에서 빼내 올 거금을 마련하는데 수년의 시간이 더 걸리게 된다.

하지만 희망이 아주 사라진 것은 아니다. 개성의료센터가 바로 그 답이었다. 이 때문에 최근 들어 박훈은 문성주와의 관계를 어떻게 설정해야 할지 딜레마에 빠져 있었다. 근래 돌아가는 분위기로 미루어 보건대 개성의료센터 주축병원의 역할은 동우의료원에서 맡아서 진행할 가능성이 커졌다. 그렇게 된다면 동우의료원에서는 적어도 수십 명의 의사들이 파견 임무를 띠게 될 것이고, 그래서 박훈이 그들에 섞여 다시 북한 땅을 밟을 수 있다면 채희를 찾는 일에도 한결 탄력이 붙을 것이다.

이런저런 생각을 하는데 시계가 9시를 가리켰다. 동시에 똑똑 노크 소리.

"들어가도 돼요?"

뜻밖에 윤하영이 아지트에 얼굴을 내밀었다.

"아침부터 웬일이야?"

"선생님이야말로 웬일이세요? 거의 매일 자리를 비우시더니……."

박훈은 긴장하며 저도 모르게 앉았던 자리에서 일어나기까지 했다. 그도 그럴 것이 평소의 하영이라고는 믿기지 않는 화사한 차림새를 하고 나타났기 때문이다. 정성 들여 화장한 얼굴이며 결혼식 하객 약속이라도 있는 듯한 단정한 옷차림까지. 거기다가 평소답지 않게 해사한 웃음을 지으며 커피포트 작동 버튼을 누르고 소파로 돌아와 앉는 동작 하나하나가 사뿐하고 날렵해 보였다. 마치 막 들에서 따와 갓 씻은 딸기처럼 풋내가 나는, 발그레하고 생기가 넘치는 모습이었다.

"떠나는 마당에 선생님과 커피 한잔 하고 가려고요. 다행히 계셨네요."

떠난다는 단어에 힘이 들어가 있었다.

"떠나다니? 갑자기 그게 무슨 소리야?"

떠난다는 통지를 듣는 박훈의 심장이 거칠게 고동치기 시작했다.

"이제 와 말씀 드려 죄송합니다. 오늘을 끝으로 병원을 그만두고 미국으로 떠나기로 했어요."

"뭐야, 병원을 아주 떠난다고?"

"결심한 건 꽤 됐어요. 사직서는 지난주에야 제출했네요. 어제 최종적으로 수리됐다는 통보를 받았고요. 일단 저녁 7시 KTX로 고향집에 내려갔다가 다음 달쯤 미국으로 건너갈 거예요. 가기 전에 부모님 묘소에도 들러야 하고."

하영이 주머니에서 표를 꺼내 장난스럽게 흔들었다. 사실 하영의 사직은 이미 박훈만 빼고 다들 알고 있던 뉴스였다. 그 혼자 일부러 무심하게 굴던 탓에 하영의 낌새를 놓쳐 버린 것이다. 어쩌면 무심한 그의 태도가 하영의 떠날 결심을 확실하게 앞당긴 것인지도 몰랐다.

"미안해, 전혀 몰랐어."

"괜찮아요. 이제 아시면 됐죠 뭐"

"식사 한번 같이 못했잖아, 우리."

"그러고 보니 그러네요, 우리."

하영은 얼마 전 일이 생각났다. 하영의 생일날 박훈과 저녁 식사를 하고 싶어 그의 퇴근을 기다리던 일, 그러다가 버스 정류장에서 불현듯 나타난 수현에게 그를 빼앗겨 버린 일, 저도 모르게 쓴웃음이 났다.

"그런데 사직서라니 이유가 뭐야? 윤하영은 이제 막 주목받기 시작했잖아. 아무리 봐도 지금은 떠날 타이밍이 아닌데, 또 왜 하필 미국이지? 혹시 문 교수가 내치기라도 한 거야?"

"제가 도망치는 걸로 보이세요? 아뇨, 전 지금 도망가는 게 아녜요. 그래 봤자 언제까지나 내 불행을 귀 탓으로 돌리게 될 뿐일 테죠."

그러면서 가방에서 논문 한 권을 꺼내 건넸다.

"이걸 좀 봐요. 저한테 새로운 희망이 생겼어요."

박훈이 영어로 쓰인 논문 표지를 천천히 들여다보았다.

"이 논문은 선천적 청각 장애인을 대상으로 한 하버드 의대 이비인후과 팀의 '와우(청각보조기구) 이식 수술' 증례예요. 청신경이 거의 죽다시피 한 환자도 소리를 찾은 기적 같은 사례가 있대요. 미국으로 건너간 뒤 청각을 찾고 돌아와 더 많은 환자의 심장소리를 듣겠어요. 누구에게도 의지하지 않고 내 손으로 집도하는 최고의 심장 전문의가……."

또박또박 힘을 주며 천천히 설명하는 그녀를 박훈이 끊었다.

"잠깐! 그럼 그 수술을 받겠다는 얘기야?"

"물론 장담할 수 없는 수술이 되겠죠. 하지만 제게 일어날 1퍼센트의 기적으로 누군가에게 또 다른 기적을 선사해 줄 수 있다면, 수백 번이라도 도전할래요. 하지만 그건 중요한 게 아니고……."

그녀의 말꼬리가 갑자기 수그러들었다.

"미국으로 가기 전에 선생님께 꼭 하고 싶은 얘기가 있었어요. 이 말을 하지 않고 가면 후회할 것 같아서……."

"할 말? 비행기 타기 전에 병원 한 번 더 들르지 않고?"

"그러지 않는 편이 나을 것 같아요. 그러면 제가 못 떠날 것 같아서요."

박훈은 하영의 다음 말을 기다렸다. 일일이 수첩에 써가며 말을 전하는 그녀의 눈가가 촉촉이 젖어들었다.

"마지막으로 드릴 말씀은요……. 전 선생님을 사랑해요."

"……!"

"지금껏 한 번도 흔들린 적이 없었어요."

하영은 처음이자 마지막이 될지도 모를 고백을 했다. 고백을 마치자 어찌할 바를 모른 채 굳은 듯 한참을 그대로 있었다. 얼음처럼 굳어 버린 것은 고백받은 박훈도 마찬가지였다.

"왜 하필 나지? 이 병원에서 내가 어떤 존재인지 모를 리 없잖아?"

박훈의 어이없는 반문. 하영은 어색한 웃음을 지었다. 그러고는 느릿느릿 정성스럽게 자신의 마음을 적어 그에게 보여 주었다.

"그건 설명할 수 없는 거예요. 세상에는 설명할 수 있는 게 있고, 없는 게 있잖아요. 선생님을 향한 제 마음은 후자예요."

설명할 수 없는 것……. 사랑이란 그런 걸까. 아지트의 문이 여닫히는 소리가 났다. 박훈이 정신을 차렸을 때는 이미 하영이 그곳을 떠난 다음이었다. 그는 급히 문을 열고 나가 그녀의 뒷모습을 쫓았다. 복도 양 끝을 눈으로 더듬었지만 엷은 향수 냄새만 공기에 희미하게 떠다닐 뿐 그녀의 모습은 어디에서도 찾을 수 없었다.

'한 번도 흔들린 적이 없다고?'

하영이 없는 수술팀을 생각하자 박훈은 금세 가슴이 먹먹해졌다.

하영이 고백을 남기고 바람처럼 병원에서 사라지고 난 뒤 박훈은 멍한 채 하루를 보냈다. 좀체 일이 손에 잡히지 않았다. 마음이 안정되지 않고 자꾸만 허공에 뜬 기분이 들었다. 언젠가 그녀가 떠날 것이라고는 예상했다. 그러나 막상 우려하던 일이 현실로 닥치자 그 빈자리를 감당할 자신이 없을 것 같은 생각이 들었다. 사람들을 모아 조촐한 이별의 자리라도 만들어 주고 싶었지만 그냥 지금처럼 그녀가 손을 내미는 방식 그대로를 받아들여야만 했다. 그렇게 하는 편이 흔들리는 마음을 다잡을 수 있는 유일한 방법이었다.

그날은 아침부터 조짐이 이상한 하루였다. 하영이 이별을 선언하더니 마치 약속이나 한 듯 이번에는 최동찬에게서 문제가 터졌다.

점심때였다. 갑자기 금봉현이 숨을 헐레벌떡 몰아쉬며 아지트로 뛰어들어 왔다. 느긋한 걸음걸이 덕에 두꺼비란 별명을 새로 얻은 그답지 않은 소란이었다.

"박 선생, 큰일 났어. 우리 팀이 깨지게 생겼어."

자리에 앉자마자 금봉현은 묵은 숨부터 컥 토했다.

"오전에 말야. 중요한 암환자 수술이 있었다더군. 최 선생이 집도를 맡기로 했는데 나타나지 않았나 봐. 의국에서 직원이 집으로 찾아간 모양인데 술에 잔뜩 취해서 사표를 쓰면 될 거 아니냐고 오히려 고함을 질러서 쫓아내 버렸대. 병원장한테까지 보고가 들어가서 수습이 불가능해."

"그게 사실인가요?"

박훈은 벗어 두었던 점퍼에 팔을 끼워 넣으며 물었다.

"사실이야. 지난주부터 어쩨 조짐이 이상하더라니……."

지난주의 사건이란 환자들이 밖에서 줄을 서서 대기하는데도 최동찬이 진료실 안에서 큰 소리로 누군가와 욕을 하며 통화를 하느라 30분이나 진료를 지연시켜, 마침내 기다리다 못한 환자 하나가 홈페이지에다가 글을 올려 항의한 사건이었다.

"문성주 교수까지 나서서 최동찬을 잘라 버리라고 언성을 높였다더군. 수술 성공한 지 며칠이나 지났다고 이 말썽이야."

박훈은 금봉현의 낡은 구형 소나타에 동승하고는 함께 최동찬의 아파트로 달려갔다. 가는 동안 박훈의 속은 바짝 타들어 갔다. 근래 들어 무뎌지긴 했지만 그렇다고 성공 보수로 받을 10억 원에 대한 미련을 완전히 버린 것은 아니었다. 병원 측의 음모가 감지된 마당에 수술팀의 마스코트 역할을 하던 하영이 갑자기 사표를 제출하고 최동찬까지 말썽 끝에 해고된다면 굳이 병원 측의 와해 공작이 없더라도 세이버 수술팀은 제풀에 주저앉을 게 불 보듯 뻔했다.

그즈음 최동찬과 아내의 관계는 거의 막판으로 치닫고 있었다. 일주일 전 최동찬은 홧김에 아내의 뺨을 때렸고 가정 폭력 신고를 받은 지구대 순경이 출동하는 큰 소란까지 벌였다. 그 다음 날 아내는 보복이라도 하듯 한마디 상의도 없이 딸을 데리고 미국으로 떠났다. 법적으로 딸에 대한 친권은 아내가 갖고 있지만 최동찬에게는 율희를 주기적으로 만날 수 있다는 조건이 있었다. 하루아침에 아내와 딸이 떠나자 염증과 공허함을 이기지 못한 최동찬은 급기야 일에 대한 의욕을 놓아버리더니 폐인처럼 집에 틀어박혀 연일 술을 마셔댔다.

"최 선생, 당장 이 문 열어!"

사정을 모르는 바 아니지만 박훈은 화가 났다. 어쨌든 최동찬의 무책임한 행동은 잘못된 것이었다. 현관문을 부서져라 두들겨 댔다.

"이 자식! 환자를 수술대에 올려 놓고 방구석에서 잠이 오냐?"

문이 열리자 박훈은 다짜고짜 최동찬의 멱살부터 잡았다. 깜짝 놀란 금봉현이 뜯어 말렸지만 그의 작은 체구로는 두 사내의 거친 몸싸움을 멈추기에 역부족이었다.

"그래, 쳐라! 차라리 죽고 싶은 심정이니까 잘 됐어."

몸을 축 늘어뜨린 채 박훈의 손에 매달린 최동찬의 입에서 술 냄새가 확 풍겨 왔다.

"이봐, 뭐 하는 짓들이야!"

금봉현이 헥헥거리며 겨우 두 사람을 떼어 놓자, 최동찬은 엉망으로 흐트러진 채 거실 바닥에 아무렇게나 드러누웠다. 그러고는 컥컥 구역질을 해대며 마루 위에 토사물을 잔뜩 쏟아 냈다. 금봉현이 고개를 좌우로 흔들며 그만 가자는 신호를 보냈다. 더는 대화를 지속할 수 없는 상황이었다. 박훈은 더러워진 마루를 닦아 내고 정신을 잃은 최동찬을 침대에 눕혀 놓은 뒤 아파트를 빠져나왔다. 그리고 의국에 들러 최동찬 선생이 지독한 감기로 2, 3일 결근할 것 같다고 근태 처리하는 것으로 마무리했다. 아무래도 세이버 수술팀의 가동은 당분간 쉬어야 할 것 같았다.

하지만 세이버 수술팀에 닥친 시련은 그게 끝이 아니었다. 앞의 두 사건이 철저히 개인적 까닭에서 비롯된 것이었다면 저녁이 가까워져 벌어진 일은 분명 병원 측의 개입이 의심되는 사건이었다.

문성주가 부원장실로 호출을 했을 때만 해도 금봉현은 최동찬 문제로 상의할 게 있는 모양이라고 생각했다. 그러나 문성주는 느닷없이 우림 바이오로직스 건으로 금봉현을 압박해 들어왔다. 우림 바이오로직스는 작년부터 병원을 상대로 지독하게 로비 공작을 벌여 오고 있는 대기업 계열의 신생 제약회사였다.

"흠, 지난달부터 병원 내부적으로 감사가 진행된 모양이야. 크고 작은 사례들이 수십 건 적발됐는데 유감스럽게도 금 선생 이름이 거기에 포함돼 있어요."

"후, 그러시겠지요. 이번엔 또 무슨 일입니까? 제가 간호사 히프라도 주물렀답니까?"

인위적인 공작의 냄새가 폴폴 풍기는지라 금봉현은 시답잖게 말을 받았다.

"금 선생은 평소 나한테 무슨 유감이라도 있는 모양이지? 말하는 태도가 영 삐딱하네. 나야말로 금 선생을 변호해 주고 싶어서 이런다는 걸 잊지 말아요."

"본론부터 말씀해 주시죠, 부원장님."

"응급실 마취의 한 명이 우림 바이오로직스로부터 돈을 받아 인사 위원회에 회부된 건 알고 있겠지? 소명 과정에서 금 선생이 깊이 관련돼 있다고 실토했어."

그 이야기를 듣자마자 금봉현은 우림 바이오로직스 영업부 조 실장의 느글거리던 상판이 뇌리를 스치고 지나갔다. 물론 리베이트 따위를 받은 일은 없다. 하지만 조 실장 녀석이 한 잔만 사겠다고 고집을 부리며 굳이 잡아끄는 바람에 병원 근처 호프집에서 맥주를 함께 마신 기억은 있었다. 녀석은 자신들이 내놓은 신약을 세이버 수술팀에서 시험해 주길 간절히 희망했다. 그때 금봉현이 대놓고 무안을 주면서 냉정히 거절했는데, 생각해 보니 그게 화근이 된 모양이었다. 그 일로 앙심을 품은 조 실장이 이제 금봉현까지 걸고 넘어가려는 상황이었다.

"신약에 대한 좋은 정보를 준다고 해서 한 차례 같이 술을 마신 기억이 있습니다만 그뿐이었습죠. 난 어떤 이득에도 관여하지 않았습니다."

"그거야 조사를 해 보면 밝혀지겠지. 근데 금 선생은 그런 작자와 술을 마신 것부터가 잘못된 처신 아니야? 내가 손을 쓰긴 하겠지만 그래도 정직 2개월은 각오해야 할 거야."

"킬킬킬, 그럼 세이버 수술도 어려워질 텐데요?"

"웃기는군. 이 병원엔 마취의가 금 선생밖에 없는 줄 아는가 보네?"

어라, 뭐지? 병원에선 세이버 수술팀 따위는 더 이상 필요 없다는 건가.

"부원장님께서는 19년 전이나 지금이나 전혀 변한 게 없군요. 하긴 나이를 먹는다고 없던 인품이 땡감 떨어지듯 툭하고 생기는 건 아니겠지만."

"금 선생!"

"맘대로 하세요. 정직을 주든 감봉을 먹이든. 이 병원에서 언제 날 챙겨 줬다고 새삼 생각해 주는 척 구는 겁니까? 이만 가 보겠습니다요, 킬킬킬."

금봉현은 보기 싫은 면상을 남겨 두고 그대로 부원장실을 나가 버렸다.

그 시각, 박훈은 리 씨와 신라면 2개를 넣고 끓인 국물을 안주 삼아 소주잔을 기울이고 있었다. 술이라도 마시면 여러모로 우울하고 착잡해진 기분이 좀 나아질까 싶었지만 알코올이 몸속에 들어갈수록 머릿속은 더욱 또렷해지고 마음은 무쇠 추를 단 것처럼 무거워져만 갔다. 리 씨의 입을 통해 듣게 된 탈북을 둘러싼 상황 역시 절망적이기는 마찬가지였다. 게다가 채희에 관한 소식을 부탁하며 돈 푼깨나 쥐어 주었던 브로커들로부터도 아무런 소식이 없었다.

　"쓸데없는 데 돈을 날리는 거야."

　브로커를 신뢰하지 않는 리 씨의 태도는 여전했다. 하긴, 북한의 가족 소식을 알아봐 준다는 브로커들 열에 아홉은 사기꾼이란 걸 박훈도 모르는 바 아니었다. 하지만 그걸 알면서도 포기할 수 없는 그였다.

　"일한 지 한 7개월쯤 됐나? 돈은 얼마나 모았고?"

　"모으긴요. 들어오는 족족 나갔죠 뭐……."

　"그쪽 병원도 별 볼 일 없긴 매한가지구만. 명색이 수술실 의산데 제대로 대우 좀 해 주지."

　"사실 메스 잡을 자격이 되나요? 일찌감치 지옥에나 떨어졌어야 할 쓰레기 같은 놈인데."

　"그놈의 자학은 여전하군. 그 망할 옛날 일은 이제 머리에서 좀 지워 버려. 수용소라는 게 말이다. 말이 수용소지 그게 지옥이 아니고 뭐겠네? 그곳에선 어떤 인간이라도 돈다, 그럴 수밖에 없어. 네 잘못만은 아니니 너무 죄책감 갖지 말어."

"그래도 전 용서받을 수 없는 놈입니다."

"고집도 참, 그래 봤자 너만 힘들다. 근데 전에 얘기했던 그 뭐였더라, 옵션 그거는 어떻게 됐어? 왜, 성공하면 받기로 한 거……."

"일이 좀 꼬였지만 아직까지는 현재 진행형입니다."

"기왕 맘먹고 들어간 거, 사사로운 감정에 얽매이지 말고 그 목표만 쳐다봐. 저거 아니면 나는 여기서 혀 깨물고 죽는다, 그렇게 마음 독하게 먹고."

술잔을 넘기다가 박훈은 무심코 시계를 보았다.

"이만, 가 봐야겠습니다."

박훈은 잊은 게 있는 사람처럼 벌떡 자리에서 일어났다.

"모처럼 들러 놓고 왜 일어나?"

리 씨도 엉거주춤 자리에서 일어나더니, 빈 소주병의 숫자를 어림잡아 세어 본다.

"야, 우리 이제 겨우 3병 마셨어. 좀 더 마시자, 야."

"급히 가볼 데가 생각나서요. 조만간 다시 들르죠."

문을 열고 가게를 나서는 박훈을 보고 창이 절뚝거리며 따라 나왔다.

"삼촌 어디 가는데?"

"약속을 깜빡하고 있었다."

"이거 삼촌 줄게."

박훈은 창이 내미는 꼬깃꼬깃한 종이비행기를 주머니에 집어넣으며 급히 가게 골목을 나섰다.

택시 기사에게 박훈은 서울역으로 최대한 빨리 달려 달라고 부탁했다. 저녁 7시 기차를 탄다던 하영의 목소리가 귓가에 되살아났다. 아침에는 무심코 흘려들었던 말이다. 최동찬의 일로 정신이 없기도 했지만 하영을 이대로 보내는 건 아니다 싶었다.

사당역을 지나면서 차가 꽉 막혔고 박훈은 발을 동동 굴렀다. 다행히 체증은 이수교 부근에서 거짓말처럼 풀렸고 출발 시각 10분을 남기고 서울역에 도착했다. 잔돈을 챙겨 받을 새도 없이 서둘러 역사 계단을 뛰어 올라갔다. 개찰구가 잘 보이는 식당가 난간에 기대서서 눈을 크게 뜨고 내려다봤다. 꽃다발이라도 하나 준비할 걸 그랬나. 박훈은 오가는 많은 사람 사이를 부지런히 눈으로 더듬으며 안절부절못했다. 출발을 알리는 안내 방송이 역사 안을 울리고 개찰이 시작됐지만 그때까지도 하영의 모습은 끝내 찾을 수가 없다.

그러나, 있다. 하영이다. 저쯤에서 여행가방을 질질 끌며 에스컬레이터로 올라오는 하영을 박훈은 숨을 죽이고 지켜본다. 하영의 동작이 이상하다. 개찰시간이 거의 끝나 가는데도 서둘러 곧장 개찰구로 가지 않고 연신 뒤를 돌아보며 누군가를 찾고 있다. 마치 배웅 나올 누군가를 간절히 기다리는 것처럼 분주한 인파 사이에서 그대로 걸음을 멈춰 서 있었다.

'저 여자, 지금 나를 찾고 있는 거야!'

그렇다면 아침에 일부러 시간을 내게 흘렸단 말인가. 지금 당장 뛰어가 하영을 붙잡아야 하나. 지금 잡지 않으면 영영 저 여자를 만나지 못하겠지. 그러나 그는 선뜻 내려가지 못하고 망설였다. 팀의 동료로서 배웅하는 거라 여겼기에 서울역까지 달려올 마음을 쉽게 먹을 수 있었다. 하지만 그건 자신에게 한 뻔한 거짓말이었다. 그리고 그는 그것을 너무도 잘 알기에 하영 앞에 나설 수가 없었다.

출발 시각 1분을 남기고 하영은 아쉬운 표정으로 개찰구를 빠져 나갔다. 하영의 모습이 개찰구 저편으로 사라질 때까지 박훈은 못이 박힌 듯 그 자리에서 꼼짝 않고 지켜봤다. 개찰구의 소란스러움이 잦아들고도 한참을 더 그러고 있었다. 무심코 뒷주머니에 손을 넣었다. 손가락 끝에 아까 창이 건네준 종이비행기가 닿았다. 종이비행기를 꺼내 개찰구 쪽을 향해 힘껏 날렸다. 비행기는 마치 봄볕에 놀러 나온 나비처럼 사뿐사뿐 하영이 모습을 감춘 개찰구 너머로 사라져 갔다.

제4부
깊은 저녁의 이야기들

"그럼 모두 인정하는 거야, 이렇게 쉽게?
아무 변명도 이유도 말하지 않고?
진짜 죽고 싶어 하는구나.
정말 비겁해. 아, 맞아, 넌 그때도 비겁했어.
단둥 그 허허벌판에 나를 버리고 도망쳤지.
좋아, 그걸 원하면 이번에도 기꺼이 놔 줄게."
박훈의 관자놀이를 겨눈 총구가 미동으로 동요했다.
방아쇠 위에 놓인 채희의 검지에 힘이 들어갔다.
그도, 그녀도 그 순간 눈을 감았다.
"타앙!"

34

생선 파는 시장처럼 언제나 시끌벅적한 동우의료원 응급실.

이곳에서 박훈은 벌써 며칠째 1, 2년 차 레지던트들과 뒤섞여 정신없이 하루하루를 보내고 있었다. 일에 푹 파묻혀 있다가 틈이 생기면 병원 후문 실내 포장마차에 들러 술 한 병으로 시름을 달래고 다시 아지트로 돌아와 쪽잠을 청하는 생활의 반복이었다. 유일한 술동무는 금봉현이었다. 그는 제약회사 리베이트 로비 사건으로 징계 위원회에 출석해 공개적으로 면박당하는 것을 피하는 대신 시말서를 쓰고 다행히 정직은 면했다. 최동찬은 아예 병가를 내고 아파트에서 두문불출이었다.

불과 한두 달 사이 세이버 수술팀에 대한 세간의 관심은 다른 사건들의 뒷전으로 밀려났다. 사실상 세이버 수술팀은 해체 상태와 다름없었다. 민수현 혼자 힘으로는 상황을 극복하기에 역부족이었다. 세이버 수술이 필요한 환자도 없거니와 설사 나타난다 해도 병원 입장에서 그리 달가워 하지 않을 것을 잘 알고 있었다. 개성의료센터 건과 관련하여 세이버 수술팀의 역할은 이미 끝난 것이라 보는 게 맞았다. 반면 세이버 수술팀 덕에 영전의 디딤돌을 마련한 문성주는 왕진 가방을 들고 장태영 장관의 사저를 끊임없이 들락거리며 확실히 눈도장을 찍고 있었다.

"자네가 있어야 할 곳이 바로 응급실 같은데. 어때? 할 만해?"

오늘도 초저녁부터 퍼마신 박훈과 금봉현은 밤이 이슥해서야 어깨동무를 한 채 병원 후문 근처에 모습을 드러냈다. 박훈이 아지트에 들러 한 잔 더 하자고 부추긴 탓이다.

"술값이라도 벌려면 응급이라도 뛰어야지요."

"그렇지. 의사란 모름지기 술과 친하게 벗해야 해. 술이 없으면 어떻게 한 치 앞도 내다볼 수 없는 하루하루를 헤쳐 나가겠느냐 이 말이지, 안 그래?"

"동감입니다!"

그즈음 박훈은 자신을 덮치고 있는 상실감이 어디에서 기인한 것인지 답을 찾고 있었다. 홀연히 미국으로 떠나버린 윤하영 때문일까. 그에게 어렵사리 고백하던 하영의 모습이 아주 가끔 떠올랐다. 개찰구 너머 사라지던 슬픈 뒷모습도 함께 기억났다. 혹시 자신도 모르는 새 하영을 사랑했던 걸까. 박훈은 이내 고개를 저었다.

'아니야, 내가 사랑하는 여자는 채희뿐이야. 다른 사람이 될 수 없어.'

얼마 걷지도 않았는데 알코올 탓에 두 다리에 힘이 풀려 그만 화단 앞 벤치에 털썩 주저앉았다. 옛날 노태수와 함께 술을 퍼마시고 지금처럼 비틀거리며 병원에 되돌아오던 때가 그리웠다. 후문으로 이어진 오솔길 어귀에서 노태수가 금방이라도 술 냄새를 풀풀 풍기며 성큼성큼 걸어올 것만 같았다.

"이젠 자네도 슬슬 거취를 걱정해 봐야지."

더운 술김을 내뿜던 금봉현도 결국 바로 옆 벤치에 뻗으며 말했다.

"무슨 말씀입니까?"

"킬킬킬. 몰라서 물어? 자네 솜씨면 이제 어디 가서든 밥벌이 할 텐데, 왜 응급실에 붙어서 여기 동우를 못 떠나는 거야? 내가 모르는 사연이 뭐 따로 있는 건 아니지?"

박훈이 노태수를 통해 병원과 벌이고 있는 도박을 팀 내에서 아는 사람은 민수현 외엔 없었다. 때문에 금봉현과 같은 의문을 갖는 사람이 적지 않았다. 세이버 수술 집도의를 원하는 병원이 대한민국 천지 사방에 깔렸는데도 이곳 응급실에서 시간만 까먹는다니……. 이해되지 않는 건 너무 당연했다.

"여긴 미련을 버려야 할 때가 됐다는 얘기야. 물론 자네랑 같이 있는 게 싫어서가 아니라, 그 솜씨가 아까워서 하는 말일세. 그러니 너무 기분 나쁘게 듣진 말고."

박훈이라고 그런 사정을 모를 리 없었다. 최근 한 달 사이 상황은 180도 바뀌어 있었다. 그래도 박훈은 희망의 끈을 놓지 않았다. 지난번 대한일보 사주의 자식처럼 거절할 수 없는 환자는 언제든 내원할 수 있는 상황이었고, 병원에선 성공적으로 진행 중인 프로젝트를 멈출 명분이 약했다. 고작해야 얼마 전처럼 팀원들의 정신 상태를 운운하며 딴지를 걸어오는 수준일 것이다.

"세이버 수술을 더 하고 싶어서 그렇죠, 뭐. 그게 엉덩이를 붙이고 있는 이유입니다."

"하긴, 난 여기 병원 높은 분들 속내를 도대체 모르겠어. 언제는 세이버 수술팀이 병원을 되살릴 희망이라며 그리 호들갑을 떨더니만, 요즘은 주워온 아이 보듯 하니 원……. 아무튼 수술을 더 진행하고 싶으면 민 선생을 만나 진지하게 상의 한번 해 보지 그래? 안 그래도 조만간 민수현 선생한테 흉부외과 실권이 이양될 테니까 말이야. 이제 문성주 그 쉰내 나는 할망탱이는 그만 잊어 버리자고."

"아무래도 그래야 할 것 같습니다."

일전에 스카이라운지에서 박훈에게 병원 경영진의 온도 변화를 귀띔해 준 뒤로 수현은 수술팀 아지트에 좀체 모습을 드러내지 않았다. 처신이 애매해졌기 때문이었다.

어느 정도 세이버 수술팀과 거리를 두어야 하는데 그녀로선 그 문제가 말처럼 쉽지 않았다. 그간 수술 때마다 고비를 넘기며 미운 정

136

고운 정 팀원들과 나눠온 의리 때문만은 아니었다. 수현은 세이버 수술을 처음부터 끝까지 자신의 몫으로 만들고 싶었고, 그러기 위해서는 시간이 더 필요했다. 연구를 위해 축적된 데이터도 아직은 불안정했다.

그렇다고 적극 팀의 존속을 주장할 처지도 되지 못했다. 예상대로 문성주가 개성의료센터로 영전되어 가면 수현에겐 이보다 더한 호기가 없을 것이다. 이런 상황에서 굳이 문성주와 병원 측의 심기를 건드릴 이유는 없었다. 병원 경영진과 수술팀 사이에 옴짝달싹 끼어 버린 느낌은 그다지 유쾌하지 않았다.

"민수현, 네가 완충 역할을 잘해야 하는 거야."

문성주는 그렇게 말하며 수현의 등을 두드려 주었지만 웃기는 소리였다.

아무튼 수현은 여전히 세이버 수술팀의 존속 쪽으로 마음이 더 기울고 있었다. 은밀히 계획하고 있는 출판을 위해서라도 남은 네 번의 수술은 반드시 보장되어야 했다. 거액의 돈이 병원 계좌에서 빠져나가는 말든 그건 관심 둘 바가 아니었다.

일단 팀의 정비가 시급했다. 언제 어떻게 세이버 수술이 필요한 환자가 등장할지 모를 일이었다. 하영의 빈자리는 큰 문제가 아니라 하더라도 최동찬의 공백은 어떻게 해서든 빨리 채워야 했다. 또 술에 취해 비틀거리며 후문을 들락거리는 박훈과 금봉현도 적절히 제어해야만 했다. 모두 이대로 놔두었다간 어쩌면 그녀 쪽이 먼저 지쳐 버릴 수도 있었다.

요즘 수현은 새로운 버릇이 생겼다. 아버지를 살리기 위해 하나로 똘똘 뭉쳤던 세이버 수술팀의 팀워크와 그들의 일사불란함이 문득문득 떠오르곤 했다. 하지만 이젠 그 기억이 즐겁지 않았다. 오히려 머리에 스칠 때마다 미간엔 진한 주름이 잡혔다. 그때로 팀을 되돌리기엔 그녀가 할 일이 너무도 많았기 때문이다.

그즈음 남북 관계는 한층 화해 분위기로 접어들고 있었다. 몇 해 전부터 말만 무성히 오가던 개성의료센터 건립 프로젝트도 구체적인 부지 선정 등 사실상 착공 준비 단계에 들어갔다. 그리고 지난해 남한 측 의사들이 대거 방북한 데 이어 이번에는 북한 대표단이 개성의료센터 주축병원 선정을 위한 최종 프레젠테이션에 참여하기 위해 남한을 방문했다. 이 뉴스는 지난주 내내 언론을 뜨겁게 달궜고 국내 병원 간의 막판 경쟁도 한층 치열해졌다.

북한 대표단의 총책임자는 노동당 서열 제5위인 림진수였다. 그는 70세의 고령임에도 김정은의 특별 배려로 주치의까지 대동하고 벤츠 승용차 편으로 판문점을 넘어왔다.

"이건 아주 이례적인 일이야, 그렇지 않니?"

북한 대표단의 방한 소식이 알려지자 문성주의 얼굴엔 연일 화색이 돌았다. 재작년부터 끙끙거리며 머릿속에 그려 오던 개성의료센터가 거의 손아귀 안에 쥐어지기 직전이니 후끈 달아오를 만도 했다. 하루에도 수십 번씩 수현을 사무실로 불러대며 닦달을 했다. 추가 자료를 준비해라, 다른 병원의 동태를 살펴라, 정신을 못 차리도록 들들 볶았다.

정부는 주축병원 선정 후보로 추려진 3개의 병원, 즉 동우의료원과 세종의료원, 경인대학병원에 대해 공식 프레젠테이션을 준비하도록 공문을 내려보냈다. 동우의료원에선 이미 지난해부터 치밀하게 준비해온 개성의료센터 운영비전에다가 새롭게 북한에 세계적인 심장병 전문연구센터를 설립하겠다는 야심 찬 계획을 더해 프레젠테이션 자료를 최종적으로 손질했다. 심장병 전문연구센터 건립과 관련한 아이디어는 문성주가 냈다. 자료를 작성하느라 수현 역시 일주일에 두어 시간 자는 강행군을 계속했다. 프레젠테이션 자료는 정부 당국자의 손을 거쳐 북한 대표단에게도 사전 검토 차 미리 전달되었다.

'그래, 마지막 발악일 뿐이야.'

그날도 프레젠테이션 관련 지시를 한 바구니 받고 부원장실을 나온 수현은 닫힌 문을 향해 주먹떡을 먹였다. 하지만 아이러니하게도 이는 수현의 앞길에도 서광을 비추는 사건임에 틀림없었다. 개성의료센터 센터장으로 문성주를 밀어내고 나면 이곳의 실권은 자연스럽게 흉부외과 2인자인 수현의 손에 넘어올 터였다. 이에 생각이 미치자 기분이 한결 좋아졌다. 수현은 엘리베이터를 타고 아래로 내려가는 잠시 동안 이곳 신관 14층의 호화스러운 사무실이 자신의 공간이 되는 달콤한 꿈을 꾸었다.

35

방한 첫날, 신라호텔 스위트룸에 여장을 푼 북한 대표단장 림진수는 창밖을 바라보며 깊은 생각에 잠겨 있었다. 어떤 실수도 용납되지 않을 역사적인 방문이었다. 북남 합작병원 설립이라는 당의 중차대한 과업을 떠안고 남쪽으로 내려왔지만 준비과정에서 심신을 혹사한 나머지 몸이 무거웠다. 재작년부터 건강이 좋지 않아 틈틈이 병원 신세를 졌던 그였다. 하지만 합영투자위원회의 위원장 직책과 공화국의 의료정책 전반을 관장하는 국가 보건성 보건상(장관)을 겸하고 있는 신분으로서 이번 남한 방문은 피할 수 없는 선택이었다.

"남쪽이 변해도 너무 변했어."

담배를 만지작거리며 혼잣말을 중얼거렸다. 커다란 통유리로 내다보이는 서울은 끝과 끝이 보이지 않을 정도로 넓었다. 거리를 가득 메운 사람들과 개미떼처럼 밀려가는 자동차의 물결, 몇 시간 전 평양에서 보았던 풍경과는 너무도 대조적이었다. 10살 무렵, 그는 조선해방전쟁 당시 부모의 손에 이끌려 북으로 넘어가다가 서울 근교를 지난 일이 있었다. 그런데 그때와 지금의 서울은 도저히 같은 도시라고 볼 수 없을 정도로 확연히 변한 모습이었다. 상전벽해(桑田碧海)란 옛말이 딱 들어맞는다고 생각했다.

"단장 동지, 부르셨습니까?"

노크와 함께 잿빛 투피스 정장 차림의 여자가 들어왔다.

"담배는 당분간 금지하셔야 합니다."

여자는 들어오자마자 잔소리를 늘어놓았다. 그녀는 평양 대성산 종합병원 소속 의사로 림진수의 주치의였다. 3년 전부터 심장병을 앓고 있던 림진수는 혹시 모를 심장 발작에 대비해 주치의와 간호사를 대동하고 내려온 것이다. 이는 제1위원장의 특별 배려가 있어 가능한 일이었다.

"허허, 남쪽에 오면 좀 덜할까 했더니만 송 선생 핀잔은 변함이 없소."

림진수는 만지작거리던 담배를 손에서 내려놓았다. 여자는 탁자로 다가와 담배를 냉큼 들어 올려 자신의 정장 윗주머니 안에 집어넣었다.

"남조선은 담배를 태우실 만한 곳이 그닥 많지 않다니까 단장 동지께는 차라리 다행한 일이지요. 여기는 국민건강증진법인지 뭔지가 있어서 웬만한 곳은 모두 금연구역이라 들었습니다."

"기런 면에서 보면 우리 같은 흡연자들한텐 공화국이 천국이구만 기래."

림진수가 사람 좋게 웃으며 농담을 던졌지만, 여자는 굳은 표정을 풀지 않고 말을 이었다.

"단장 동지께서 당의 중차대한 과업을 완수하시도록 건강히 돌보는 것도 제 책임입니다. 그러니 너무 서운해하지 마시지요."

"허허허. 그래, 송 선생 동무 말이 백번 맞아."

"남측에 보내온 자료는 검토해 보셨습니까?"

"아, 안 그래도 그 일로 불렀지. 자, 이걸 가지고 가라우. 가서 송 선생이 먼저 살펴보고 저녁쯤 의견을 주면 좋갔어. 남쪽 사람들 말이야, 미제 놈들이 다 된 모양이야. 온통 꼬부랑 글씨투성이라 당최 알아먹을 수가 있어야지."

림진수가 책상에 올려놓은 두툼한 서류 뭉치를 가리켰다.

"그럼 검토를 해 보고 의견을 올리도록 하겠습니다."

"그래, 늦어도 저녁 6시까진 내 방으로 다시 건너오라우. 우리 쪽에서도 준비할 건 준비하고 또 평양에 보고해서 의견을 조율하려면 시간도 그만큼 필요하니까."

"알겠습니다. 단장 동지."

여자는 처음과 달리 깍듯이 허리를 숙인 뒤 물러났다.

"내레 거들어 줄까?"

문밖에 섰던 군복 차림의 남자가 여자에게 물었다. 굵은 두 줄 위에 별 네 개가 큼지막하게 박힌 붉은 견장이 딱 벌어진 어깨에 자랑스럽게 걸려 있었다. 꾹 눌러쓴 모자 때문인지 표정을 도무지 알 수 없는 사내다.

"일 없습니다, 대좌 동지, 바로 옆방인 걸요."

남자는 문만 열어 주고 그대로 복도에 남았다.

"휴, 정말 많기도 하다!"

서류철 뭉치를 탁자에 던지듯 내려놓은 여자는 야무진 자세로 의자에 앉았다.

"제가 좀 도와드릴까요?"

노트북으로 일지를 작성하던 간호사가 그녀에게 물었다.

"아니, 나 혼자 볼 테니 간호사 동무는 하던 일이나 계속해요."

하얀 A4 용지에 정갈하게 인쇄된 프레젠테이션 제출물은 도합 3부였다. 주축병원 후보가 된 남한의 병원에서 제출한 것들이었다. 내용은 거의 비슷비슷했다. 워낙 장기간을 끌고 온 프로젝트이다 보니 경쟁 병원 간에 정보가 서로 흘러들어 상대의 것을 베끼다시피 한 부분이 많았다. 그런데 다른 두 병원이 100장 안팎인 것에 비해 동우의료원의 제출물은 거의 배나 될 정도로 두툼했다. 특히 눈길을 끈 것은 동우의료원이 제시한 '심장병 전문 연구센터 건립 계획'이었다. '심장병 전문 연구센터 건립 계획' 안은 동우의료원이 최근 성공시킨 여섯 차례의 세이버 수술에 대한 자세한 소개와 함께 개성의료센터 인근에 세계인을 위한 글로벌 심장연구센터를 짓겠다는 야심찬 내용을 품고 있었다.

"박훈⋯⋯?"

여자는 내려놓으려던 제출물을 다시 들었다. 그녀의 관심을 잡아당긴 것은 연구소 건립 계획이 아니었다. 초고난이도의 세이버 수술을 여섯 번 연속해 성공시켰다는 동우의료원 소속 어느 심장 전문의의 이름이었다. 그녀는 어딘가 그에 대한 소개가 더 있지 않을까 제출물의 두툼한 페이지를 한 장 한 장 넘기며 찬찬히 살펴보았다. 여자의 심장이 쿵쾅쿵쾅 뛰기 시작했다.

'찾았다.'

그 심장 전문의에 대한 추가 소개는 맨 뒷장 즈음 보충 설명 형태로 구성된 챕터에 들어 있었다. 평양의과대학 졸업, 그리고 탈북 후 남쪽 국적을 획득한 새터민 출신 의료인.

"이름만 같은 동명이인일 뿐이겠지."

여자의 목소리가 떨렸다.

"뭐가 말입네까?"

간호사가 눈을 크게 뜨고 물었다.

"아, 아무것도 아니예요."

여자는 표정이 들킬까 봐 화장실로 들어가 문을 닫았다.

'설마 그이는 아니겠지?'

심장이 격하게 요동쳤다. 도무지 진정이 되지 않았다. 여자는 어찌하지 못한 채 멍하니 서 있다가 시선이 세면대 위에 걸린 거울에 가 닿았다. 안면이 발갛게 상기된 여자가 거울 속에서 그녀를 마주 보더니 물었다.

"아니면 정말 그이일까?"

기억은 어쩔 수 없이 7년 전으로 달려갔다. 그녀에겐 죽을 고비를 몇 차례나 넘기며 함께 사선을 넘던 남자가 있었다. 그녀의 뱃속엔 5개월 된 아이가 자라고 있었고, 남자는 아이에게 만두를 먹이고 싶다며 아랫마을로 만두를 사러 나갔다. 그게 마지막이었다. 집을 포위한 채 달려들던 중국 공안들과 울부짖으며 달려 내려오던 그 사내. 이후 그의 소식을 듣지 못했다. 살아있기보다는 죽었을 확률이 더 높은 남자다.

아니, 그는 죽었다. 훗날 그녀는 자신이 공화국으로 되잡혀 오던 엇비슷한 시기에 체포된 탈북자 명단을 접할 기회가 있었다. 명단에서 박훈이란 이름이 섞여 있는 것을 틀림없이 확인했다. 그 사내는 체포 과정에서 공화국으로의 송환을 거부했고 재차 탈출을 시도하다 결국 수비대의 총을 맞아 절명했다고 했다. 그래서 당연히, 이번에 남쪽 프레젠테이션 자료철에 기록된 이름은 동명이인일 뿐일 거라고 생각했다. 아주 기막힌 우연이긴 하지만.

36

송채희의 움직임은 아침부터 매우 분주했다. 오늘 하루 일정만 무사히 견디면 이번 방문 과업의 고비는 넘는 셈이다. 림진수와 대표단은 오전과 오후에 걸쳐 최종 3차 프레젠테이션을 경청한 뒤 곧바로 판문점을 경유, 북한으로 복귀하도록 예정되어 있었다. 하지만 림진수의 상태는 결코 안심할 수 있는 상황이 아니었다. 그는 새벽 일찍부터 흉통을 호소하며 채희를 긴장하게 만들었다. 5분 정도 심장 마사지를 하고 통증 완화 약물을 주사한 덕택에 용태는 다소 호전되었지만 평양으로 돌아가자마자 서둘러 정밀검사를 실시하고 개흉 수술까지 각오할 수도 있는 위중한 상황이었다.

다행히 회의장으로 들어설 때까지 림진수는 그간 얼굴을 익힌 남측 인사들과 농담을 건넬 정도로 여유를 보였다. 그러나 프레젠테이션이 진행될수록 힘들어하는 기색이 역력했다. 남측 행사 관계자들은 이를 전혀 눈치채지 못했다. 회의장 내 조명이 다소 어두운 탓이었다.

세종의료원의 발표가 끝나가는 시점부터 림진수의 호흡은 눈에 띄게 거칠어졌다. 그가 안간힘을 다해 버티고 있다는 걸 직감했지만 그렇다고 강단 위에서 한창인 프레젠테이션을 중단할 수도 없었다. 난감한 상황이 초조하게 계속됐다. 분명 림진수 단장이 발표장을 나서는 순간, 대기하던 수백 개의 카메라 플래시들이 가만히 있지 않을 것이었고, 그때쯤이면 땀에 흠뻑 젖은 불편한 안색이 들통·날 판이었다.

2시간이 지났지만 아직 동우의료원의 발표가 남아 있었다. 아이비 블라우스에 감색 정장을 타이트하게 맞춰 입은 민수현이 동우의료원의 프레젠테이션 발표자로 천천히 강단에 올랐다. 림진수가 쿨럭 기침을 토했다. 그 움직임에 순간 채희를 비롯한 수행진이 움찔 긴장했지만 림진수는 손사래를 쳐보이며 버틸만하다는 사인을 보냈다. 그러는 동안 강단에 오른 수현은 준비한 인사말과 함께 이미 프레젠테이션의 첫머리를 시작하고 있었다.

회의장 왼편 구역의 동우의료원 객석에 앉은 문성주는 내내 불만 가득한 얼굴이었다. 애초 계획은 3차 프레젠테이션까지 문성주가 맡기로 했었다. 그런데 그날 아침 느닷없이 이사장으로부터 긴급 지시가 떨어졌고 발표자는 수현으로 교체되었다.

"마지막 프레젠테이션인데 아무래도 젊고 활기찬 이미지를 심어 주는 게 낫지 않겠어?"

이사장을 대신해 병원장이 진땀 빼며 전달한 교체의 이유였다.

'이게 무슨 미스코리아 대회인 줄 아는 모양이군. 엉큼한 늙은이들 같으니⋯⋯.'

급작한 교체 통보에 서둘러 의상을 마련하네, 화장을 하네 하며 부산 떠는 수현의 모습도 꼴 같지 않았다. 일부러 보란 듯이 더 설쳐 대는 것 같았다. 그러나 본능적으로 계산이 빠른 문성주였다. 주축병원으로 선정되는 최종 결과를 얻어내는 것만이 그녀가 노리는 목표였다. 그것을 위해서라면 사람들 앞에서 머리에 꽃 꽂고 춤추는 역할 따위는 얼마든지 양보할 수 있었다.

수현의 프레젠테이션은 누가 보더라도 매끄러웠다. 교체 등판을 미리 준비하기라도 한 듯 수현의 발표는 조금의 머뭇거림이나 실수가 없었다. 대형 스크린에 조영된 내용을 차근차근 설명해 나갔고 부연이 필요하다 싶으면 자료에 등재하지 않은 구체적 수치까지 언급했다. 발표를 경청하는 림진수의 용태는 이전보다 훨씬 나아 보였다. 가끔 미소와 함께 고개를 끄덕였고 중간중간 박수를 치기도 했다. 왼편 구역에 떨어져 앉은 동우의료원 관계자들은 흘끗흘끗 림진수의 반응을 훔쳐보면서 귓속말을 수군거렸다. 수현의 발표 가운데 림진수가 웃음을 보이면 그들은 좋아라 하는 모습이었다.

채희는 바짝 긴장하며 그들을 살폈다. 동우의료원 관계자들 면면을 하나하나 살피는 채희의 꽉 쥔 두 주먹에서 땀이 배어났다. 채희가 그렇게 긴장했던 까닭은 림진수의 용태 때문이 아니었다.

사실 채희는 지난 밤잠을 설쳤다. 물론 채희의 새벽잠을 깨운 것은 림진수 곁을 번갈아 가며 지키던 간호사의 급한 호출 탓이었지만, 이미 몇 번을 깨다 들다 하며 잠자리를 뒤척이던 차였다. 남측 프레젠테이션 제출물에 인쇄되어 있던 이름 때문이었다. 어젯밤 침대에 일찍 들어 잠을 청했지만 '박훈' 그 이름이 자꾸 눈앞에 떠올라 도저히 눈이 감기지 않았다. 그저 이번에도 동명이인일 뿐이라고 몇 번을 되뇌며 스스로를 진정시키다가 선잠이 들었고 무의식은 그녀를 엉뚱한 곳으로 인도했다.

마침내 채희는 박훈을 만나고야 말았다. 그리고 매번 그러했듯이 그들이 만난 곳은 마지막으로 그들이 헤어졌던 중국 단둥 외곽의 벌판이었다. 그와 그녀는 널따란 밀밭을 사이에 두고 서로 마주 보고 있었다. 너울거리는 밀대들이 서로의 얼굴을 가렸다 보여 줬다 하며 흔들렸다. 채희는 밀밭을 가로질러 박훈에게 다가가려 걸음을 내딛었다. 춤추는 밀대들이 마치 그녀 앞으로 방해하듯 그녀를 가로막으며 그녀의 시선에서 그의 모습을 감췄다. 그녀는 내달렸다. 있는 힘을 다해 달음질쳤다. 그럴수록 박훈의 모습은 밀대 밭에서 숨바꼭질하듯 그녀의 시선에서 명멸했다. 또 숨이 턱에 차도록 달음질로 달려가 보아도 그와 그녀와의 거리는 여전히 좁혀지지 않았다. 내달리는 그녀 눈에서 눈물이 그렁그렁 차오르기 시작했다. 그녀의 달음질은 더욱 빨라졌다. 그러나 그녀가 속도를 내면 낼수록 얼굴에 와 닿는 밀대 줄기가 따귀를 때리듯 그녀의 뺨을 세차게 후려쳤다. 까칠한 밀대 줄기들이 채희의 뺨에 생채기를 냈고 핏방울이 슬그머니 배어 나왔다. 하지만 박훈와의 거리는 처음과 다름없었다. 아니 달려갈수록 너울대는 밀대 줄기 사이로 그의 모습이 더욱 희미해졌다.

그때, 그녀의 어깨를 거칠게 잡아채는 손이 느껴졌다. 놀라 돌아보니 중국 공안이었다. 그는 알 수 없는 중국어를 시끄럽게 지껄이더니 사람들을 불러 모으려는 듯 동료 공안들을 향해 외쳤다. 그녀는 달아나야 했다. 그는 그녀 어깨를 꽉 잡아 붙든 중국 공안의 손을 뿌리치려 했다. 하지만 공안의 아귀힘은 그녀의 몸부림에도 꿈쩍하지 않았다. 그녀는 안간힘을 쓰며 악다구니를 썼다.

"놔, 이 손 놓으란 말야!"

"의사 동지! 의사 동지!"

눈을 번쩍 떴다. 꿈이었다. 채희의 어깨를 잡아 흔든 손은 간호사였다.

"몹쓸 악몽이라도 꾸신 겝네까?"

"몇 시예요?"

탁자 위 시계는 이제 막 4시를 가리키고 있었다.

"단장 동지 용태가 심상찮습네다. 의사 동지께서 꼭 살펴보셔야 할 것 같습네다."

채희는 침대에서 벌떡 일어나 가운을 대충 추슬러 입었다. 서둘러 문을 열고 나서려다가 잠시 멈췄다. 소지품에서 진정제 자이낙스 2알을 꺼내 물과 함께 들이켰다.

오전 회의장에 들어서면서부터 그녀는 또다시 안절부절못했다. 진정제를 챙겨 내려오지 않은 것을 후회했다. 혹시라도 진짜 '박훈'과 마주하게 될지도 모른다는 불안감과 들뜸, 두 가지 상반된 감정이 지저분하게 뒤섞여 내내 그녀를 지치게 했다. 그 반대의 경우도 두렵기는 마찬가지였다. 동우의료원의 '박훈'이 그녀가 그토록 사랑했던 남자가 아니라면, 그로 인해 몰려올 실망과 상실감 역시 감당할 자신이 없었다.

수현의 발표가 끝날 무렵까지 채희는 동우의료원 객석에서 낯익은 얼굴을 아직 찾아내지 못했다. 도열하듯 착석한 관계자들의 면면에서 박훈이라고 착각을 일으킬만한 이는 없었다. 허망하던 기대가 예상했던 실망으로 바뀌었다. 오금에 주었던 힘이 죄 빠져나가는 느낌이었다.

이윽고 동우의료원의 프레젠테이션이 끝났다. 북한 대표단과 남쪽 참관자들은 다 같이 일어서서 우레 같은 박수를 보냈다. 수현의 발표는 다소 길긴 했지만 완벽했고 인상적이었다. 수차례 성공을 거둔 세이버 수술의 증례를 들어가며 동우의료진의 높은 경쟁력을 어필한 부분이 주효했다. 북한 대표단장 림진수의 표정에서 이미 마음의 결정을 내렸음이 읽혀졌다. 그는 손바닥이 부서져라 박수를 쳤고 진정으로 감명받은 얼굴이었다. 얼굴이 붉게 상기되었으며 입가가 파르르 떨리기 시작했다. 그리고 다음 순간 마침내 우려하던 일이 벌어졌다. 박수를 치던 림진수가 갑자기 쿵, 바닥으로 쓰러진 것이다.

일순간 장내가 얼어붙었다. 실신한 림진수에게 맨 먼저 달려든 사람은 북한 대표단 호위 책임자인 장성우 대좌였다. 그의 호위진이 쓰러진 단장의 주위를 장막을 치듯 에워쌌다. 정작 주치의인 채희는 당장 눈앞에서 벌어진 상황에 어찌할 바를 몰랐다. 그녀를 패닉에서 깨운 건 장성우의 매서운 호통이었다.

"뭐 하고 있소? 날래 정신 차리기요, 송 동무!"

"아, 네. 죄송합니다."

그제야 채희가 쓰러진 림진수 곁으로 달려왔다. 상의를 벗기고 넥타이를 풀었다. 이어 셔츠의 윗단추를 풀어 단장의 가슴에 귀를 대 청진했다. 장성우 대좌가 다급하게 물었다.

"어떻소?"

"심장 쇼크 같습니다. 단장 동지를 어서 방으로 모셔요."

그러는 사이 남한 측 관계자들이 웅성거리며 주위에 모여들었다. 수현도 그중 한 명이었다. 여차하면 동우의료원으로 후송할 요량으로 휴대폰을 꺼내 들었다. 그러나 북한 대표단은 남한 병원의 도움을 요청할 생각이 전혀 없어 보였다. 북한 호위진이 막는 탓에 쓰러진 림진수 곁으로 가까이 접근하는 건 꿈도 꾸지 못했다. 호위 책임자로 보이는 덩치 좋은 사내가 바닥에 쓰러진 림진수를 번쩍 들어 등에 업었다. 객실로 올라가는 엘리베이터를 타는 모습이 눈에 꽉 차도록 들어왔다.

'프레젠테이션이 문제가 아니야. 너무도 큰 변수가 발생했어.'

엘리베이터 문이 닫히는 것을 보면서 수현은 속으로 되뇌었다. 만일 림진수가 이곳 서울에서 절명하게 되면 최악의 경우 개성의료센터 건립 프로젝트 자체가 물 건너갈 수도 있었다. 앞으로의 상황이 어떻게 전개될지는 그 누구도 알 수 없는 일이었다.

"의식은 돌아왔지만 남은 시간이 별로 없습니다."

채희가 거의 울상이 돼서 장성우를 쳐다보았다. 강심제를 투여하고 가슴팍에 시퍼렇게 멍이 들도록 심장 마사지를 실시한 뒤에야 림진수는 게슴츠레 눈을 떴다. 안 그래도 지병인 고혈압과 심혈관 질환 때문에 주치의까지 대동했던 것인데 무리한 스케줄과 예상치 못한 흥분상태가 혈압을 갑자기 치솟게 만든 것이었다.

"혈압이 이러다가 버티지 못할 것 같아요. 아무래도 이쪽 사람들의 도움을 요청하는 게……."

"안 될 소리요. 남쪽 병원에 신세 질 수는 없다."

장성우가 단호하게 잘랐다.

"왜죠? 이러다 림 동지가 돌아가셔도 된단 말인가요?"

"내 말 오해하지 말기요, 송 동무. 우리는 지금 남쪽 아이들과 일종의 줄다리기를 하고 있는 중이오. 그게 무슨 뜻인 줄 아오?"

"솔직히 모르겠습니다."

"좋소, 내레 자세히 일러주리다. 개성에 북남 의료합작단지가 만들어지려면 아직 가야 할 길은 멀고 넘어야 할 산도 많소. 그때마다 우리는 공화국의 노선과 이익을 관철해야만 하오. 다시 말해서 북남 의료합작단지 건설이 개성 땅을 남쪽 아이들한테 떼어 주는 모양새가 아니라 우리 식대로의 사회주의 건설 일환으로 추진되어야만 한다, 이 말이오. 그러자면 공화국의 존엄이 손상될 일이 있어서는 불필코 아니 되갔지, 이제 요해하오?"

"아뇨, 이해 못하겠어요. 그러니까 저렇게 단장 동지를 죽도록 내버려 두는 편이 공화국의 존엄을 지키는 것이란 건가요?"

"물론 림 동지를 죽도록 놓아두어서는 아니 되오. 림 동지의 생명을 구하는 건 송 동무에게 당이 내린 과업이지 않소."

채희를 대하는 장성우의 목소리는 의도적이라고 할 만큼 몹시 건조했다. 평소 보여주던 그의 모습과는 많이 달랐다. 채희는 그가 마치 다른 남자 같다는 생각이 순간 들었다.

"뭘 어쩌라는 건지 모르겠군요. 지금 림 동지께서는 당장 응급 수술을 해야 할지도 몰라요."

채희의 언성이 높아지자 장성우는 대답 대신 담배를 꺼내 입에 물었다.

"착각하지 말기요. 이쯤 되는 상황은 내레 잘 알고 있으니끼니."

"여기서 담배는 안 돼요. 정히 피우겠다면 나가시든가요."

채희의 제지에 장성우는 불을 붙이다 말고 재떨이에 담배를 비벼 껐다. 긴 침묵이 이어졌다. 방 안의 어느 누구도 말을 꺼내지 않았다. 오직 인공호흡기를 통해 내뿜는 림진수의 가느다란 숨소리만 실내에 울려 퍼졌다. 창밖의 서울 시내를 내려다보던 장성우가 입을 열었다.

"고저 더 지체했다간 교통 체증에 제대로 걸리겠구먼 기래. 날래 출발해야 갔어. 너다섯 시간이면 평양에 닿을 수 있갔디."

"뭐라고요? 그건 무리예요."

"전화를 넣어서 남쪽 동무들에 길을 터 달라 협조를 구하라우! 뭣들 하네? 얼런 짐 꾸리지들 않고서리."

장성우의 명령이 떨어짐과 동시에 숨죽이며 지시를 기다리던 수행진의 움직임이 삽시간에 분주해졌다. 남쪽 병원의 신세를 지는 일이 어떤 결과를 불러올지 그것은 장성우뿐 아니라 대표단 모두 잘 알고 있었다. 피치 못할 사정이라고 하더라도 그런 게 용납되는 공화국이 아니었다. 장성우 말대로 아직은 북과 남이 줄다리기 중인 상황이었다. 개성에 지을 북남 의료합작단지는 경제적·인도적 차원에서 추진되는 과업이긴 했지만 그 본질은 북남 간의 정치적 살바

싸움이었다. 그런 마당에 과업을 총 책임지고 있는 공화국 일꾼이 남쪽 병원 중환자실에 누워있게 되는 모양새는 결코 '정치적'으로 바람직하지 않았다. 빠른 판단과 신속한 조치만이 책임을 피할 수 있는 유일한 길이란 걸 장성우는 오랜 군 생활을 통해 체득해 왔다. 죽을 때 죽더라도 북으로 돌아가 죽어야 했다. 그것이 진리다.

"그렇다면 판문점까지 위생차를 지원받는 게 좋겠습니다."

채희가 사정했지만 장성우는 고개를 저었다.

"그것도 모양이 좋지 않소. 바로 주차장으로 내려가 전원이 동시에 복귀한다! 송 동무는 림 동지 옆에서 계속 용태를 계속 살피시오. 그리고 비서 동무는 먼저 내려가서 남측 당국자에 상황을 대충 설명하고, 최소한도로 말이오. 아, 림 동지의 용태는 극비로 하기요. 그리고 나머지는 신속히 주차장으로 이동!"

상황을 장악하고 지휘하는 것은 장성우였다. 대표단 전원은 그의 말을 군말 없이 따랐다. 장성우가 이끄는 수행진은 혼수상태에 가까운 림진수를 부축하고서 비상 엘리베이터를 통해 호텔 뒤편 주차장으로 이동했다. 그러나 아뿔싸! 장성우는 짧은 탄식과 함께 미간을 찌푸렸다. 이미 소문이 난 모양인지 수십 명의 기자가 비상 출입구 앞에 장사진을 치고 그들을 기다리고 있었다. 그들은 대표단 수행진의 앞을 막아서며 질문을 폭풍처럼 쏟아냈다.

"대표단 림진수 단장의 몸 상태는 어떻습니까?"

"이대로 북으로 복귀하는 겁니까?"

"앞으로의 계획에 대해 말씀해 주십시오."

장성우가 눈을 부릅뜨고 기자들을 노려보았다.

"아무 대답 않겠으니 날래 길을 트시오!"

수행진은 기자들과 몸싸움을 하며 출입구를 빠져나가려 했다. 경호원의 부축을 받아 이동하는 림진수는 꼭 죽은 시체처럼 질질 끌려가는 볼썽사나운 모양새였다. 기자들이 그 위에 대고 제멋대로 플래시를 터뜨렸다.

"당장 림 선생을 구급차로 옮깁시다. 저희들이 돕겠습니다."

기자들을 헤치고 남한 측 관계자들이 장성우에게 다가왔다.

"응급조치는 끝냈으니끼니 어서 길부터 열어 주시라요."

"이런 상태로 복귀는 무리입니다. 저희 입장에서도 손님을 이렇게 보내서야 되겠습니까?"

"일 없다 하지 않았소. 날래 길이나 터 주시오."

떠들썩한 소란은 출입구를 나와 주차구역까지 계속됐다. 림진수 일행을 태우기 위해 미리 대기 중이던 북측 차량들 주위도 벌써 기자들이 벌떼처럼 에워싼 뒤였다. 아수라장 같은 상황 속에서도 림진수의 의식은 돌아오지 않았다. 대표단 일행은 가까스로 십여 대의 승용차와 승합차에 모두 나누어 탈 수 있었고 이윽고 맨 후미의 차량까지 주차장을 빠져나왔다. 이어 대표단의 차량 행렬은 고풍스런 기와가 올려진 호텔 정문 입구를 미끄러지듯 지나 사라졌다. 기자들은 아직 미련이 남았는지 차량들 뒷모습이 아주 아득해질 때까지 계속 카메라 셔터를 눌러댔다.

"남쪽 아이들 고저 징글징글 하누만, 이러니 정치가 어드레 쉽갔네?"

차창을 끝까지 내린 장성우는 담배 연기를 깊이 들여마셨다가 후우 내뱉었다. 어느새 남한 경찰 사이드카들이 나타나 대표단 차량 행렬 맨 앞과 후미 좌우에 따라붙었고, 도시 고속도로 위로 시원스레 올라타려는 때였다. 그는 설핏 차량에 탑승하는 채희의 모습을 보지 못했다는 것을 기억해 냈다. 주차장으로 이동할 때부터 볼 수 없었지만 그때는 워낙 경황이 없어 놓치고 말았던 것이다. 혹시나 싶어 앞뒤의 차량에 무전을 넣어 확인했다. 어느 차 안에도 그녀는 없었다. 장성우의 얼굴이 돌처럼 굳었다.

채희는 호텔 비상 출입구를 통과하면서 기자들과 몸싸움 중에 발목을 접질렸다. 뒤처지지 않기 위해 통증을 참고 절뚝거리며 일행 뒤를 따라붙었지만 밀물처럼 몰려드는 기자들에 휩쓸리고 부딪히면서 재차 넘어졌다. 그렇게 넘어지기가 몇 번 더 반복되자 그녀는 낙오되었고 심한 통증으로 넘어진 채 꼼짝도 할 수 없었다. 저 멀리 장성우와 대표단 일행이 검은색 승합차에 나누어 타는 모습이 시야에 들어왔다. 마음이 다급했다. 늦기 전에 서둘러 합류해야 했다. 몸을 일으키려 무릎 정강이에 잔뜩 힘을 주었다. 그러나 곧 발목이 시큰

하면서 견디기 힘든 통증이 느껴졌다. 저도 모르게 짧은 단말마 비명을 토했다.

그러는 사이 장성우 일행을 태운 차량이 도망치듯 주차장을 빠져나갔다. 기자들 한 떼가 사라지는 대표단 차량 행렬 뒤를 달음질 쳐 쫓아가며 연신 사진을 찍어댔다. 마치 파리 떼 같다는 생각을 했다. 채희는 차가운 바닥에 주저앉아 그 모든 모습을 지켜볼 수밖에 없었다.

파리 떼에 남겨진 생선토막이 되지 않으려면 서둘러 이 자리를 벗어나야 했다. 다행히 기자들은 채희의 낙오를 아직 눈치채지 못한 것 같았다.

"여기요."

주저앉아 있는 채희 앞에 하얀 피부의 여자 손이 쑥하고 나타났다.

"내 손 잡고 일어서 봐요, 제가 부축해 드릴게요."

민수현이었다.

"일 없습니다."

채희는 쌀쌀한 어조로 도움을 거절했다. 그리고 이번엔 벽을 짚고 스스로 일어서보려 했지만 아까보다 더 끔찍한 비명이 튀어나왔다. 수현이 채희의 발목을 짚어 보더니 복사뼈 주위를 눌렀다. 살짝이었는데도 채희의 얼굴은 심하게 찡그려졌다.

"골절이네요. 당신도 의사니까 잘 알겠죠, 무리해서 인대가 파열되기 전에 병원에 가 봐야 한다는 거. 일단 부목 테이핑 비슷하게라도 해 두죠.”

수현은 들고 있던 가방에서 프레젠테이션 자료철을 꺼내 플라스틱 앞장을 부욱 뜯어냈다. 무른 재질의 플라스틱이라 돌돌 말아 둥글게 만든 다음 스카치 테이프로 돌려 붙이고 나니 아쉬운 대로 부목감으로 쓸 만했다. 채희의 삔 발목 위에 갖다대고 위치를 잡았다. 이어 자기 목에 둘렀던 스카프를 삼각건 형태로 접어서는 발목에 댄 임시 부목과 함께 단단히 묶었다.

“오래 견디진 못할 거예요. 그야말로 임시방편인 셈이죠.”

“고맙습니다.”

“고맙긴요. 지난번 유럽으로 학회 갔을 때 면세점에서 산 건데, 정말 의미 있게 쓰게 되네요.”

수현이 눈을 찡긋하며 대답했다.

“아끼시는 거 같은데 정말 죄송합니다.”

“신경 쓰지 말아요. 나중에 만나면 그때 돌려주시면 되죠 뭐.”

수현은 채희를 부축해 일으켜 세우더니 그녀의 얼굴을 유심히 살펴보기 시작했다.

“왜요, 제 얼굴에 뭐라도 묻었나요?”

“아뇨, 이렇게 보니까 제가 아는 사람하고 정말 많이 닮아서.”

“제가요?”

“네, 실은 제가 데리고 있던 인턴하고 너무 많이 닮으셨어요. 꼭 쌍둥이 자매처럼…….”

"저는 오늘 그쪽을 처음 뵙는데……."

"당연히 그렇겠죠. 어머나, 불쾌했다면 죄송해요, 오해는 마세요."

"아닙니다. 그리고 참, 아까 발표 정말 잘 들었습니다. 그쪽 병원이 잘 되었으면 좋겠네요."

"제발 그래야죠. 그래야 다시 또 뵐 수도 있지 않겠어요, 스카프도 돌려받고, 그쵸?"

수현의 다소 과장된 너스레에 채희는 지금껏 긴장했던 기분이 좀 풀리는 것 같았다. 동우의료원의 발표를 맡았던 이 여자, 십중팔구 의도적인 친절이겠지만 그리 불쾌하지는 않았다.

"근데 혼자 남으신 거예요?"

"남쪽 관계자분들부터 만날까 싶어요. 사정을 설명하고 부탁해 봐야죠."

"그럼 저랑 같이 로비 라운지로 가서 커피 드시면서 쉬고 계세요. 그분들은 제가 찾아서 모셔 올게요."

수현은 최대한 친절을 베풀어 좋은 인상을 주고 싶었다. 송채희, 이 북한 여자, 대표단장의 측근 주치의라고 들었다. 어쩌면 이 여자와 만난 건 절호의 기회일 수 있었다. 어떤 식으로든 선의의 관계를 맺는 건 나쁠 게 없었다.

채희는 수현의 부축을 받으며 로비 라운지로 향했다. 임시 부목을 댔다지만 절룩거릴 때마다 통증이 대퇴부를 타고 올라왔고 양쪽 어금니를 꽉 깨물어야만 입밖으로 새는 신음소리를 누를 수 있었다. 천천히 통증을 견뎌가며 한 걸음씩 내딛는데, 검은색 세단이 그들 앞에 와 급하게 섰다. 뒷좌석에서 장성우 대좌가 굳은 얼굴로 탁구공 튀어나오듯이 내렸다. 그리고 다짜고짜 채희의 따귀를 날렸다. 맞은 그녀가 휘청했다.

"무슨 짓이에요, 이게?"

뜻밖에 벌어진 상황에 수현이 항의했다.

"그쪽 에미나이는 빠지기요."

뺨을 맞아 흔들리던 채희가 애써 중심을 잡으며 장성우 앞에 고개를 숙였다.

"죄송합니다. 대좌 동지."

"송 동무, 대열의 이탈이 초래할 당의 엄중한 문책을 잊었소?"

"이분 발목을 다쳤어요. 아까 소동 중에 넘어지셨다고요."

채희가 뭐라 입도 떼기 전에 수현이 먼저 나서며 변명했다.

"송 동무, 이 에미나이는 뉘기요?"

"저를 도와주신 고마운 분입니다. 모든 과오는 제게 물으십시오."

"됐소, 사고로 인한 실수였다니 내레 없던 일로 치갔소."

절룩거리는 채희의 발목을 유심히 살펴본 장성우의 기색의 조금 누그러졌다. 수현은 이때다 싶었다. 악수를 청하며 활짝 밝은 미소를 지어 보였다.

"동우의료원 민수현 조교수예요."

상대는 눈을 뱀처럼 가늘게 뜨더니 매몰차게 무시했다. 그리고 채희를 부축해 타고 온 세단 뒷좌석에 태웠다.

"그분 얼른 병원에 가 봐야 할 거예요."

"그쪽이 상관할 바 아니오."

차갑게 잘라 말한 장성우는 세단에 올랐다. 그리고 더 이상 상대하기 싫다는 듯 검게 선팅된 조수석 창이 스르르 올라갔다. 동시에 세단은 잔잔한 엔진음을 뿜으며 출발했다.

호텔 로비 라운지는 모든 행사가 끝나 한산했다. 대부분은 호텔을 이미 떠났고, 채 현장을 떠나지 못한 기자들은 여기저기 삼삼오오 모여 담배를 피우거나 잡담을 하며 시간을 흘려보내고 있었다.

수현은 커피숍에 앉아 그녀만의 여유를 만끽하고 있었다. 조용한 호텔이 주는 여운이 좋았다. 사실 그녀는 거의 2, 3주가량 줄곧 이곳에 상주하다시피 했다. 병원이 북한 대표단 일정에 맞춰 호텔 객실 2곳을 장기 예약하고 프레젠테이션 행사를 위한 베이스캠프로 삼았기 때문이었다.

"두 사람, 정말 판박이처럼 닮았어."

한동안 찻잔을 만지작대며 골똘히 생각하던 수현의 고개가 갸우뚱했다. 그날 아침 은민세가 늘어놓던 한바탕 수다가 떠올랐다. 그녀는 전날 당직을 서던 민세에게 세이버 수술 보충 데이터를 요청했지만 호텔 인터넷 회선이 불량했던 탓인지 이메일이 내내 먹통이었다. 날이 밝자마자 자료를 직접 호텔로 들고 온 민세는 그녀의 얼굴을 보자마자 호들갑부터 떨었다.

"아아, 깜짝이야. 로비에서 별 이상한 일을 다 겪었다니까요."

민세는 믿어지지 않는지 발을 동동 굴렀다.

"민세 씨, 왜 또 멋쟁이 남자라도 본 거야?"

"그게 아니라, 윤하영. 아니 왜, 수술받는다고 미국으로 떠난 윤 선생 있잖아요. 분명히 그분을 봤다니까요."

"어디서?"

"여기 로비에서요. 벌써 귀국이라도 한 건가 해서 깜짝 놀라 뛰어 갔지 뭐예요. 막 엘리베이터를 타려고 하길래. 근데 분명히 부르는 소리를 들은 것도 같은데 이쪽을 쳐다보고도 아무런 대답도 하지 않고 위로 쑥 올라가 버리더라고요."

수현은 민세의 엉뚱함에 실없이 웃고 말았다.

"무슨 소리야, 미국 간 지 얼마나 됐다고? 얼마 전에 받은 이메일 에도 그런 얘기 없었어, 귀국할 생각도 없어 보였고."

민세가 로비에서 목격했다던 윤하영은 북한 대표단 주치의가 분 명했다. 민세가 수다를 떨 때는 실없는 얘기쯤으로 넘겼었는데, 막 상 자신이 겪고 보니 좀처럼 믿지 않아 실감이 나지 않았다. 정말 송채희는 하영과 도플갱어라고 할 만큼 아주 똑같이 닮아 있었다.

'그렇다면 혹시 그녀가 아닐까? 그렇다면 정말 굉장한 우연이겠지.'

박훈의 목에 늘 걸려 있던 펜던트의 주인공, 그리고 아지트 책상 위에 놓았던 해바라기 모양의 사진틀의 주인공, 하영을 두고 내내 갈팡질팡하던 박훈의 지난 모습까지 그 위에 겹쳐지자 수현은 온몸에 소름이 돋았다. 설마 송채희, 그녀가 북에 두고 왔다는 박훈의 여자가 아닐까. 그건 여자만이 느낄 수 있는 육감이었다. 호텔 로비를 빠져나오면서 수현은 박훈에게 전화를 걸었다. 그러나 신호가 열 번을 넘어갈 때까지 박훈은 전화를 받지 않았다.

그 시각 박훈은 리 씨의 식당 가게에 앉아 있었다. 자장면이 먹고 싶다는 창에게 툴툴거리며 중국 음식을 시켜 준 리 씨와 수육 한 접시를 앞에 놓고서 소주를 들이키며 창밖에 희끗희끗 날리는 진눈깨비를 바라보고 있었다.

"벌써 겨울이 오나?"

선반에 올려놓은 TV 뉴스 프로그램에선 온종일 북한 방문단 소식으로 시끌벅적했다. 남북 합작 병원도 병원이었지만, 그보다 이를 계기로 남북관계에 획기적인 변화가 있을 것이라는 패널들의 대담을 박훈과 리 씨는 쓴웃음을 지으며 지켜볼 뿐이었다.

"남쪽 사람들은 순진해도 너무 순진해. 변화라고? 다 개소리 아니겠어? 저 인간들 수작에 한두 번 속아야 말이지. 겉으론 화해하는 척하면서 뒷구멍으론 핵미사일 만드느라 정신이 없을 거이다."

리 씨는 노골적으로 북한을 비난했다.

"그래도 저런 걸 보면 변화 의지가 있다는 방증 아닙니까?"

박훈은 가급적 희망적으로 생각하고 싶었다. 그래야 북에 두고 온 그의 여자도 다시 찾을 수 있을 테니까.

"그래, 니 말 맞다 치자. 전에도 그랬지? 개성공단도 열고 금강산
도 개방하고. 근데 돌아온 게 뭐 있어? 총으로 애매한 관광객이나
쏴 죽이고도 사과 한마디 없고. 어민들 터전에다가 꽝꽝 대포나 쏘
아 대고. 개 양아치들이라니깐."

리 씨는 화가 치민다는 듯 박훈의 소주잔을 뺏어 단숨에 주욱 들
이켰다. 그때 긴급 뉴스가 올라왔다. 북한 대표단장 림진수가 갑자
기 쓰러졌다는 속보였다.

"꼴 보기 싫은 자식들, 그냥 칵 뒈져버려라!"

TV를 보던 리 씨가 재떨이에 침을 뱉으며 불끈 소리쳤다. 문득
잠자코 앉아 있던 박훈이 의자를 박차고 벌떡 일어났다. 그는 먼지
를 잔뜩 뒤집어쓴 24인치 구형 TV 앞으로 달려가 눈이 빠지도록 화
면을 응시했다. 북한 대표단 일행이 예정된 일정을 모두 취소하고
급거 귀북(歸北)하기로 했다는 현장 멘트와 함께 소란스러운 호텔 로
비가 화면을 가득 채우던 순간이었다.

"야, 좀 떨어져 보라, 그 먼지 다 처먹겠다."

"……."

"왜 그래? 뭐라도 본 거야?"

박훈의 심상찮은 기색에 리 씨가 걱정스레 물었다. 박훈은 아무런
대꾸도 하지 않고 벗어 두었던 외투에 팔을 끼워 넣었다. 리 씨가 한
마디 더 물으려고 했을 때 박훈은 이미 골목으로 뛰어 나간 뒤였다.

"저 녀석, 뭐가 그리 매일 바쁜 거야?"

영문을 모르는 리 씨는 혀를 끌끌 차며 남은 술을 비웠다.

큰길로 뛰어 나온 박훈은 여전히 긴급 속보를 내보내고 있는 전광판으로 고개를 돌렸다. 지하철역 사거리에 새로 생긴 대형 슈퍼마켓의 외벽이었다. 연달아 터지는 카메라 플래시 속에 급히 차에 오르는 정장 차림의 북한 대표단 사람들, 어지럽게 흘러가는 자막 뒤로 꿈에도 잊어 본 적 없는 한 여자의 모습이 카메라에 잡혔다. 그녀는 림진수를 부축해 호텔 로비를 가로질러 이동하는 북한 대표단 일행의 틈에 섞여 있었다. 그리고 그녀는 당황한 얼굴 위로 연신 흘러내리는 앞 머리카락 가닥들을 왼손 중지와 약지를 모아 이마 위로 쓸어 올렸다. 머리카락을 왼손으로 저렇게 쓸어 올리는 동작, 전광판 속 여자가 지금 하고 있는 저 동작, 왼손 중지와 약지로 앞 머리카락을 쓸어 올리는 저 움직임, 그건 바로 박훈이 영혼까지 사랑했던 여인의 버릇이었다.

"채희야……."

그녀의 이름이 신음처럼 입에서 흘러나왔다. 채희는 박훈이 짓궂은 농담을 하거나 그가 가르쳐준 처방을 외우지 못하고 실수를 저지르면 얼굴이 발개지면서 당황한 나머지 고개를 푹 숙이곤 했다. 그때마다 숱이 풍성한 앞 머리카락 서너 가닥이 동그스름한 이마 위에 떨어졌다. 그러면 그녀는 왼손 중지와 약지를 모아 이마 위로

166

쏟아진 머리카락들을 쓸어 올리는 척하면서 눈을 살짝 치켜뜨며 그의 눈치를 보았었다. 박훈은 아직도 그녀의 그 버릇을 생생하게 기억하고 있었다. 그리고 그토록 오매불망하던 그녀의 버릇을 무려 7년 만에 다시 만난 것이다.

얄궂게도 전광판 뉴스 화면은 그 장면만을 계속 반복해 보여 주었다. 이미 얼음처럼 굳어 버린 박훈은 한 걸음도 움직일 수 없었다. 십여 차례 이상 같은 화면이 되풀이되면서 채희의 모습은 박훈의 뇌리를 꿰뚫고 들어왔다. 이윽고 다음 뉴스 편집 화면이 전광판 위에 떴다. 북한 대표단 일행이 차량에 탑승해 경찰 오토바이의 긴급 호위를 받으며 어디론가 이동하는 장면이 비쳤다. 자막이 커다랗게 화면 위에 박혔다.

'북한 대표단, 급거 귀북(歸北).'

자막을 보자 박훈의 가슴은 터지기 직전 풍선처럼 부풀어 올랐다.

"빨리 신라호텔로 가 주세요."

택시를 잡아탄 박훈은 발을 동동 굴렀다.

"아저씨, 더 빨리 갑시다."

교차로로 들어서자 길이 심하게 막혔다. 재촉했지만 그렇다고 길이 뚫릴 리는 없다. 잦은 재촉에 화가 난 택시 기사가 그러려면 차에서 내리라고 도리어 호통을 쳤다.

"이런 씨발, 아침부터 눈까지 오는데 재수 없게스리."

욕지거리를 뱉어 내는 택시 기사에게 박훈은 만 원짜리 몇 장을 던져 주고 미련 없이 내렸다. 그런 다음 저만치 보이는 지하철역을 향해 뛰었다. 그런 날은 차라리 지하철을 타는 편이 나았다.

37

채 1시간이 안 걸려 신라호텔에 도착했다. 박훈은 숨을 헐레벌떡 몰아쉬며 프런트 데스크로 달려갔다.

"그 사람들 어디로 갔습니까?"

"그 사람들이라뇨?"

단정하게 유니폼을 입은 호텔직원이 사무적인 웃음과 함께 박훈에게 되물었다.

"왜, 있잖아요. 그 북쪽 사람들, 여자하고 일행들……."

"아, 그분들, 이미 여길 떠나셨습니다."

다리에 힘이 빠졌다. 박훈이 터덜터덜 호텔 로비를 가로질러 로비 소파에 널브러지듯 쓰러지자 먼저 와 있던 누군가가 말을 걸어왔다.

"그쪽도 물 먹은 거요?"

로비 소파에 널브러져 여태까지 잡담을 주고받던 기자들 가운데 하나가 툭 내던지듯 말했다.

"북한 대표단을 묻는 거 보고 그쪽도 기자인가 했지. 첨 보는 얼굴이라 아닌 것도 같았지만."

"그 사람들 떠나는 거 직접 보셨습니까?"

"봤지. 사진까지 찍었는걸."

어느새 기자는 슬슬 말을 놓고 있었다. 기자는 자신의 카메라 액정 창을 박훈에게 자랑스레 내보였다. 부축을 받아 호텔을 떠나는 림진수를 근접 촬영한 사진이라 측근에 있던 송채희 모습도 프레임 안에 함께 찍혀 있었다.

"떠난 지 얼마나 됐습니까, 이 여자?"

"여자라니?"

박훈은 카메라 액정 창에 보이는 사진 속 채희의 얼굴을 손가락으로 짚으며 물었다. 옆에서 죽 지켜보던 게 심심했던지 이번엔 다른 기자가 끼어들었다.

"본진은 떠난 지 꽤 됐지. 근데 그 여자 데리러 차 한 대가 되돌아왔다 갔지, 아마?"

"그게 얼마 전입니까?"

박훈은 호텔에서 부리나케 튀어나왔다. 목격한 기자들 말대로라면 잘하면 판문점 도착 전에 채희를 따라잡을 수 있을지도 몰랐다.

그는 1층 현관에 대기 중인 모범택시에 올랐다.

"판문점으로 갑시다."

"뭐라고요, 손님?"

"돈은 얼마든지 드릴 테니……"

그렇게 말하면서 지갑을 꺼내려 뒷주머니에 손을 넣었다.

젠장, 손끝에 지갑이 잡히지 않았다. 다른 호주머니를 뒤져봐도 마찬가지였다. 지갑은 온데간데 없고, 지갑을 넣어 두었던 뒷주머니는 면도칼에 뜯겨 나가 천이 너덜거렸다. 지하철 소매치기에게 당한 것이다.

"죄송한데 돈은 나중에 드릴 테니 일단 갑시다."

"네?"

"어서 출발하라니까, 전속력으로 달리든 뭘 하든 판문점에 도착하기 전에 어떻게든 잡아야 한다고, 이봐요, 내 말 못 알아들어?"

"도대체 판문점이 어디라고? 이 차는 서울 차예요. 거기까진 못갑니다."

"돈은 달라는 대로 준다니까, 어서 차 출발시켜!"

박훈이 소리를 버럭 지르며 상체를 굽혔다.

"당신 경찰이야? 경찰이면 신분증부터 보여주든가. 아니면 당장 차에서 내려요."

듣다 못한 택시 기사가 사이드 브레이크를 올리고 박훈에게 내릴 것을 요구했다.

"젠장, 여긴 돈이면 다 되는 데 아냐? 무슨 말이 그렇게 많아?"

눈이 돌아간 박훈이 거칠게 소리를 내지르며 앞자리의 택시 기사를 향해 돌진했다. 기사를 택시 밖으로 밀어내고 운전대를 탈취하려 했지만 부근에 있던 다른 모범택시 기사들이 우르르 몰려들면서 도리어 팔이 비틀리고 말았다. 현장에 경찰이 출동한 후에야 박훈은 비로소 자신이 무슨 짓을 저질렀는지 깨달았다.

"이거 쌩 양아치 새끼구먼."

"간첩인지도 모르니까 제대로 조사를 해 보쇼."

경찰은 신분증도 없는 박훈을 그냥 돌려보내지 않았다. 졸지에 수갑이 채워져 지구대로 끌려갔고, 몸싸움을 하던 택시 기사들 가운데 그에게 폭행을 당했다는 사람까지 나타나 일이 복잡하게 꼬였다. 그러나 그보다 박훈의 머릿속은 지금쯤 이미 판문점을 거쳐 북으로 넘어가 버렸을 채희에 대한 안타까움으로 가득했다.

"손 한번 잡아보지 못했어……."

서글픔이 한꺼번에 몰아닥쳤다. 지구대 바닥에 닭똥 같은 눈물이 뚝뚝 떨어졌다. 아까만 해도 미친 소처럼 날뛰던 사내가 양손에 수갑을 찬 채 의자에 웅크리고 앉아 대성통곡을 시작하자 시끌벅적하던 지구대 안이 순간 숙연해졌다. 박훈에게 맞았다면서 진단서를 흔들어대던 택시 기사도, 그를 탈북 전과자 취급을 하던 지구대장도 아무 말 못하고 그런 박훈을 지켜보기만 했다.

눈가가 새빨개지도록 한참을 울고 나서야 박훈은 봉곡을 넘췄다. 이제는 쌕쌕 작은 신음소리만 간간히 날 뿐이다. 속이 조금은 후련해진 것 같았다. 마침 지구대 문이 덜컹 열리면서 민수현이 안으로 뛰어들어 왔다.

"강 선생이 다급히 전화했던데, 이게 무슨 일이에요?"

수현이 신원을 보증하고 각서까지 쓰고 난 뒤에야 경찰은 박훈의 수갑을 풀어 주었다.

"경찰에서 병원에 먼저 연락을 한 모양이군."

"맞아요. 병원에 있다가 연락받았대요. 강 선생은 수술 들어간다며 박 선생 일을 나한테 떠넘기더군요. 근데 얼굴이 왜 그래요? 설마 운 건 아니죠?"

"울긴, 내가 뭘?"

"경찰에 잡혀 와서 무서워서 울었어요?"

"……."

"하긴 어린애같이 울 남자가 아니잖아요, 그쪽?"

말은 그렇게 했지만 박훈의 눈언저리가 새빨간 걸 놓칠 리 없는 수현이었다. 박훈은 수현의 시선을 피하기 위해 마주 보던 얼굴을 돌렸다. 그리고 지나가는 택시들을 쳐다보며 혹시나 싶어 물었다.

"민 선생, 혹시 그 여자 봤어?"

"누구요?"

하지만 수현은 그가 묻는 '그 여자'가 누구를 의미하는지 짐작이 갔다.

"민 선생도 회의장에 있었을 거 아냐? 그럼 못 봤을까, 그 여자?"

박훈이 재차 물었다. 이제 그가 의미하는 '그 여자'가 누군지 확실해졌다.

"회의장 조명이 어둑해서 모든 사람을 자세히 볼 순 없었어요. 게다가 난 강단 위에 올라가 있었으니."

"분명히 그곳에 있었어."

"네, 분명히 그곳에 있었겠죠. 하지만 내가 만난 건 거기가 아니었어요."

"뭐? 그럼 본 건가?"

"네, 봤어요. 똑똑히……. 하지만 그 여자가 당신이 찾는 여자인지는 아직……."

수현이 말꼬리를 흐리자 박훈은 시선을 멀리 던지며 한숨을 내쉬었다. 그가 간신히 목청에 힘을 내어 물었다.

"어땠는데?"

"글쎄요. 미국에 간 윤하영 선생과 많이 닮았더군요. 분위기는 좀 달랐지만 여튼 쌍둥이처럼 비슷했어요. 하마터면 나도 착각할 뻔 했다니까."

"붙잡아 주지 그랬어, 나 대신."

들릴 듯 말 듯 읊조리며 박훈은 훌쩍 앞서 걸어갔다. 큰길가에 선 박훈이 오른손을 들어 지나가던 택시를 불러 세웠다. 인상 좋아 보이는 반백의 택시 기사가 차를 멈추고 차창을 열더니 웃음을 지어 보였다. 하이힐을 또각거리며 뒤따라온 수현이 그를 가로막고 물었다.

"또 어딜 가려고요?"

"쫓아가야지. 돈이나 좀 빌려줘."

"포기해요. 이미 늦었어요."

수현이 택시에 오르는 박훈의 어깻죽지를 필사적으로 붙잡았다.

"어디든 가야겠어. 그냥 날 내버려 둬."

"확인했잖아요. 살아 있는 거……. 그러니 오늘은 나랑 돌아가요. 아직, 아직 시간이 많잖아요. 1, 2년만 참았다가 개성에 같이 가요. 그곳에 가면 그녀를 만날 수 있어요."

"시간이 많다고? 7년이나 참았는데 또 참아야 한다고?"

박훈이 버럭 소리를 질렀다.

"그래요, 지금은 참을 때예요. 송채희 그분 사정이 지금 어떤지도 모르잖아요. 갑자기 당신 때문에 곤란해질 처지라면 그땐 어떻게 하게요?"

"곤란한 상황은 또 뭐요?"

"그 사람들 결코 좋은 이유로 귀북을 서두른 게 아녜요. 오늘 회의장에서 북한 대표단장이 심장 발작으로 실신했어요. 그런데 그 여자분, 쓰러진 단장의 주치의더군요. 그러니까 지금 그분 앞에 박 선생이 서는 것은 결코 두 사람을 위해서도 바람직한 일이 아닐 확률이 높아요."

"주치의? 송채희가? 그 말 확실한 거요?"

이미 뉴스를 통해 알고 있었지만 박훈은 여전히 반신반의했다. 공화국을 배신하고 탈출하다 체포된 여자가 작금 북한 고위 인사의 주치의가 되어 있다니, 쉽게 납득이 가지 않는 부분이었다.

"그딴 과정이 뭐가 중요해요? 송채희 씨가 무사히 살아 있고 또 기대한 것보다 훨씬 더 잘 지내고 있으면 그걸로 된 거 아녜요?"

"하긴 민 선생 말이 맞군."

"그러니까 내 말대로 해요. 지금은 참았다가 나중에 두 사람 당당히 재회하는 거예요."

두 사람이 실랑이를 계속하는 동안 사람 좋게 웃던 택시 기사의 얼굴에서 웃음이 사라졌다. 그는 차창 밖으로 욕을 한바탕 쏟아내고 신경질적으로 택시를 출발시켰다.

그날 창밖에 어스름이 다 앉도록 수현은 박훈의 곁을 지켰다. 그는 벌써 소주를 다섯 병이나 비웠고 여섯 병 반쯤에서 코타츠 탁자(일본식 난방 탁자) 위에 쓰러졌다. 수현이 그런 박훈의 등을 가볍게 토닥였다.

"벌써 자는 거예요, 초저녁인데? 방에 이불 펴 줘요?"

"아니, 이걸로는 모자라. 더 마셔야지."

그가 상체를 일으키려다 다시 쿵 소리를 내며 엎어졌다.

"이따 또 마실 테니 술병 치우지 마."

"우리 집은 밤새 영업하니까 그런 걱정할 필요 없어요."

박훈이 엎드린 채로 피식 웃음을 터트렸다. 그러나 웃음은 거기까지였다. 산등성이 같은 그의 어깨가 파르르 떨리는 게 보였다. 소리는 내지 않았지만, 이 남자 또 흐느끼는 게 분명했다.

"또 울어요? 진짜 울보인지 몰랐네, 나."

수현의 놀림에 박훈의 어깨 움직임이 잠시 멎었다. 흐느낌을 억지

로 참는 눈치였다. 가로 눌려진 팔뚝 사이로 그의 힘없는 목소리가
새어 나왔다.

"너무 고마워서 그래. 채희가 살아 있다니까……. 살아 있는 걸 봤
으니까."

"그래요, 살아 있으니까, 살아 있는 걸 봤으니까."

그러고 나서 박훈은 엎드린 채 한동안 움직이지 않았다. 그대로
잠이 든 걸까. 수현은 그를 물끄러미 쳐다보았다. 이 남자, 내 집으
로 데려오길 잘했다는 생각을 했다. 가만히 일어나 그의 옆으로 자
리를 옮겨 앉았다. 가까이 다가갈수록 아기처럼 새근거리는 그의 숨
소리가 크게 들려왔다. 수현은 스커트를 접고 앉아 두 팔을 뻗어 박
훈의 등을 안았다. 등에 귀를 갖다대자 새근대는 숨소리가 더 크게
울렸다.

수현은 채희가 부럽다고 생각했다. 오늘 딱 한 번 마주친 여자한
테 질투가 났다. 그 여잔 모르고 있겠지만 이 남자를 이렇게 자기
것으로 꽉 움켜쥐고 있다니 참 행복한 사람이다 싶었다. 이 남자,
무척 탐도 나고 그래서 내 것으로 뺏고 싶다는 생각도 자주 했었는
데…….

아주 예전이지만 수현에게도 그런 남자가 있었다. 하지만 오래전
에 죽었다. 그 이후 그녀는 누구에게도 사랑 따위의 감정을 흘리지
않았다. 육체는 섞어도 마음은 섞지 않았다. 차갑고 단단한 얼음 갑
옷 안에 자신의 감정을 꽁꽁 숨기고 가두었다. 그 갑옷은 세속의 다

이아 반지 따위로는 절대 열리지 않을 철옹성이었고, 또 그녀 스스로 갑옷을 벗을 일도, 다른 이의 손에 의해 벗겨질 일도 없었다.

그런데 그 얼음 갑옷이 박훈 앞에서 녹아내리려 하고 있었다. 수년 간 꽁꽁 얼어 자물쇠 열쇠 구멍마저 막혀 버린 철옹성을 그의 더운 어깨가 서서히 허물고 들어왔다. 수현도 이제 그만 허물어지고 싶었다. 그의 어깨에 기대 쉬고 싶었다. 이런 느낌은 한재준이 결코 주지 못하는 것이기도 했다. 왜냐하면 한재준의 어깨는 그녀를 꽁꽁 둘러싼 갑옷만큼이나 무척 차가웠으니까.

"나를 그대로 놔 줘……."

불현듯 박훈이 비틀거리며 탁자에서 일어났다. 흠칫 놀란 수현이 뒤로 물러섰다.

"많이 취했어요. 그냥 여기서 자고 가요. 모처럼 낚시를 가서서 아버지 방도 비었으니까 거기 이불 펴 줄게요."

그녀가 몇 차례 권했지만 박훈의 대꾸는 없었다. 그는 그저 말없이 자리에서 일어나더니 현관으로 허위적거리며 걸어갔다. 그리고 수현의 아파트를 나갔다.

호텔 난동으로 박훈의 손목에 수갑이 채워지고 수현이 지구대에서 꺼내주는 등 일련의 소동이 벌어지는 동안, 북한 대표단 일행은 남쪽 경찰 사이드카의 경호를 받으며 자유로를 따라 파주시 오두산 전망대 근처를 지나고 있었다. 뒤늦게 채희를 태운 장성우의 세단이 본진에 따라붙자 그들은 잠시 차량 행렬을 멈추고 탑승자 인원을 재배치했다.

먼저 대표단장 림진수를 태운 승합차로 채희와 장성우가 옮겨 탔고 그 차량은 선두에서 두 번째로 배치됐다. 림진수는 180도 뒤로 젖혀 공간을 넉넉히 마련한 뒷좌석에 누워 있었다. 달리는 차바퀴에 돌멩이가 걸렸는지 차량이 덜컹하자 림진수가 신음을 흘리며 몸을 비스듬히 틀었다. 곁에 붙어 앉은 채희가 젖은 수건으로 림진수의 이마에 흐르는 땀을 연신 닦아냈다. 사실 채희의 상태도 좋은 편은 아니었다. 발목 골절 탓에 왼쪽 다리가 무릎까지 욱신거리더니 이제는 두통까지 일었다. 그러나 자신의 상태를 신경 쓰고 돌볼 때가 아니었다. 무엇보다도 림진수의 용태가 먼저였다.

"조금만 견디세요, 단장 동지."

주치의라지만 지금 그 말 외에는 달리 도움될 말이 없었다. 그저 속히 평양에 닿길 바랄 뿐이었다. 이미 평양에 연락이 닿아 도착하는 즉시 개흉 수술이 가능하도록 병원에선 준비가 한창일 것이라 믿었다. 그러나 현재 용태라면 수술을 하게 돼도 림진수가 살아날 확률은 그리 높지 않을 것이다. 그래도 평양의 수술대에 눕히기만 하면 주치의로서 책임 추궁은 면할 수 있었다. 다행히 차량 내에 설치된 바이탈 시스템의 지표가 비교적 안정 수준으로 접어드는 듯했다. 혈압은 여전히 높았지만 맥박과 체온이 그런대로 마음 놓을만 했다.

일정하게 들리는 승합차의 엔진 소음이 바짝 당겨졌던 채희의 긴장을 슬며시 풀어냈다. 창밖 풍경은 진한 선팅으로 잘 보이지 않았다. 고개를 차창에 기댔더니 쑤욱 앞으로 다가왔다가 휙휙 뒤로 물러가는 물체의 실루엣들이 어렴풋이 느껴졌다. 이런저런 상념들이 몰려왔다. 시선은 누워 있는 림진수에게 두고 있으면서도 채희 마음의 반쪽은 다른 곳에 가 있었다. 호텔에서 마주쳤던 여의사에게 거듭 마음이 쓰였다.

'이름이 민수현이라고 했어. 동우의료원의 대표 자격으로 프레젠테이션을 진행한 걸 보면 병원 높은 자리에 있는 여자겠지. 그래, 세이버 수술팀까지 이끈다고 했으니까. 그러고 보니 박훈이란 의사도 알겠구나. 박훈, 그 의사가 세이버 수술팀 집도의라고 했어. 그럼 둘이 동료 의사? 두 사람 사이는 어떨까?'

동우의료원의 '박훈'이란 그저 동명이인일 뿐이라고 결론지었으면서도, 채희의 마음속에는 자꾸 발칙한 상상이 연기처럼 피어올랐다. 그가 자신의 남편 '박훈'일지도 모른다는 상상, 그리고 눈부시게 하얀 가운을 입은 수현이 그의 팔짱을 끼고 활짝 웃는 그런 상상. 그녀가 박훈의 애인일지도 모른다는 생각이 들자 채희는 몸서리를 치며 고개를 가로저었다.

'정말 세련된 도시 여자였어.'

수현의 귀와 목에 걸렸던 액세서리, 그것은 평양에서는 결코 볼수 없는 고급품들이었고, 채희의 발목에 감아 준 스카프도 이제까지 듣도 보도 못한 디자인에다 살갗에 닿는 실크의 감촉 역시 여태 경험조차 해보지 못했던 최상급이었다.

"림 동무 상태는?"

상념에서 채희를 흔들어 깨운 건 앞좌석에 앉은 장성우였다.

"주무시는 것 같은데, 아까보다 많이 좋아졌어요."

"딴 데 정신 팔지 말고 똑바로 집중하기요."

경고인지 아니면 지시인지, 백미러로 계속 지켜보고 있었다는 듯이 장성우가 의미심장하게 말했다.

사실 장성우는 이번 남조선 방문 일정을 진행하면서 림진수 단장 다음으로 가장 신경 쓰였던 것이 송채희였다. 그녀는 서울에 도착한 첫날부터 어딘가에 넋을 빼앗긴 것 같았다. 종종 멍한 표정을 보이고 작은 일에도 허둥대며 실수하는 모습이었다. 그런 모습은 장성우가 알아왔던 평소 채희와는 한참 거리가 있었다. 특히 그날은 아침부터 우려스러웠다. 호텔 회의장으로 들어설 때 채희는 누구보다도 초조한 낯빛이었다. 변화무쌍한 단장의 용태 때문일 거라 여겼는데 꼭 그런 것 같지도 않았다. 회의장 안 객석 여기저기를 불안한 시선으로 두리번거리면서 마치 꼭 만나기로 한 누군가를 찾는 듯싶은 그런 눈치였다.

"송 동무, 혹시 남쪽에 무슨 아쉬움이라도 남기고 온 거요?"

얼굴이 빨개진 채희가 급히 대답했다.

"그럴 리가요."

"림 동지는 불필코 공화국까지 살려 돌아가야 하오. 만에 하나 숨이 멈추더라도 휴전선은 넘고 그래야디. 물론 평양까지 살아만 준다면, 아니 개성까지만이라도 버텨 준다면……. 그래야 송 동무 당신도 살고 나도 살 수 있소."

"잘 알고 있습니다."

"그리고 이번 과업에서 무사히 살아남아야만 예정대로 우리가 결혼도 할 수 있을 것이오."

장성우의 다짐에 채희는 묵묵히 고개를 끄덕였다. 호위사령부 소속 장성우 대좌는 채희의 오랜 연인으로 이미 결혼까지 약속한 사이였다. 그는 채희가 림진수 단장의 주치의 자격으로 방문 대표단 명단에 이름을 올리자 그들의 경호를 자원하고 나섰다. 연인의 안전도 걱정되었지만, 무엇보다 탈북한 그녀의 전남편에 대해 어느 정도 파악하고 있었기 때문이었다. 그는 정찰총국 작전부 동기를 통해 박훈이 동우의료원에 근무한다는 사전 정보를 입수했다. 따라서 대표단 방문 일정 중 혹 있을지도 모를 그와 채희의 접촉을 차단할 필요가 있었다. 물론 다행히 장성우가 우려했던 일은 일어나지 않았다. 박훈은 회의장 근처에 얼씬도 하지 않았고 불시에 채희와 맞닥뜨리는 사고도 없었다. 림진수 단장의 갑작스러운 실신만 없었다면 이번 방문은 그녀와의 멋진 약혼 여행이 될 뻔했다.

"송 동무, 어드레 된 거요? 단장 동지가 이상하오."

장성우가 다급하게 채희를 채근하고 나섰다. 깜짝 놀란 채희가 돌아보니 림진수의 눈동자는 뒤로 넘어간 뒤였다. 그와 동시에 입에서는 우유같은 희멀건 액체가 흘러나와 그녀의 흰 재킷 앞섶을 흥건히 적시고 있었다.

"단, 단장 동지!"

"당장 갓길에 차 세우라우!"

차량들이 일제히 멈춰 서자 채희는 림진수의 가슴 위에 올라타고는 심폐소생술을 시작했다. 사색이 된 장성우가 물었다.

"어드런 상태요?"

"급성심부전과 급성심근경색이 동시에 발생해서 좌심실이 제 기능을 못하고 있어요. 판막이 제구실을 못해서 혈액이 역류하는 거죠. 지금 당장 병원으로 옮겨 수술해야 합니다."

"얼마나 더 견딜 수 있네?"

"30분에서 길어야 1시간 정도."

행렬 맨 앞에서 차량을 인도하던 사이드카 경찰관이 무전기를 지글거리며 다가와 물었다.

"무슨 일입니까?"

"긴급 상황이오. 공화국 림 단장 동지께서 위급하오."

경찰관이 흰 장갑을 낀 손으로 거수경례를 하며 대답했다.

"걱정 마십시오. 10분 안에 모시겠습니다."

5분쯤 지나자 헬기 한 대가 공중을 선회하다가 차량이 통제된 도로 한복판에 천천히 내려앉았다. 장성우의 어깨 위로 내려앉은 흰 눈발을 바라보며 채희는 이 모든 순간이 어쩌면 꿈일지도 모른다고 생각했다.

박훈이 현관을 나간 뒤 수현은 욕조에 뜨거운 물을 받아 그 안에
몸을 담갔다. 아까 유혹하듯 박훈의 등을 안았던 자신을 상상하니
얼굴이 화끈 달아올랐다.

"잠시 미쳤었나 봐."

부우웅, 매미 우는 소리가 거실에서 들려왔다. 휴대폰 진동 소리.
아버지가 집을 비운 때이니만큼 욕조에서 나와 수건도 걸치지 않고
알몸인 채 거실로 뛰어갔다. 굵은 물방울이 복도에 뚝뚝 떨어졌다.
그러는 동안 휴대폰은 가방을 긁으며 계속 진동을 울려댔다. 강인
규였다.

"또 무슨 일이에요?"

수현은 약간 짜증스럽게 물었다.

"박 선생은 어떻게 됐어요?"

"그게 걱정 돼서 전화한 거? 그 인간, 내가 알게 뭐야."

불현듯 심통이 일었다. 무안을 주고 무례하게 퇴장한 박훈이 괘씸
했다. 언뜻 거실 창유리에 어슴푸레 반사된 자신의 뽀얀 몸매가 눈
에 들어왔다. 쇄골 쪽으로 올라붙은 가슴은 여전히 탱탱했고 엉덩
이로 이어지는 허리 라인도 날렵하고 잘록했다. 나쁜 놈 같으니······.

"두 사람 다퉜어요? 그럼 안 되는데."

"안 될 게 또 뭐 있다고?"

수현은 계속 툴툴대며 전화를 받았다.

"북한 대표단 림진수 단장 있죠. 그 양반 수술대에 올려야 할지도 모른답니다. 빨리 돌아오세요."

그녀는 강인규가 장난치는 줄 알았다.

"강 선생, 지금 농담하는 거죠?"

"이거 진짜 실제 상황입니다. 림진수가 귀북길에 급성심부전으로 쓰러졌대요. 지금 헬기 편으로 우리 병원에 긴급 후송 중이고요."

"그, 그게 사실이에요?"

온몸에 싸늘한 한기가 닥쳐왔다. 실오라기 하나 걸치지 않은 알몸 때문인지, 휴대폰이 전하는 급작한 소식 때문인지 분간이 어려웠다.

"북한 대표단 사람들이 심장 수술 제일 잘하는 병원으로 특별 조치해 달라고 요청을 했다는데, 지금 병원에 기자들 쳐들어오고 난리 났어요."

"금방 갈 테니까, 박 선생한테도 전화해서……. 아니, 그쪽은 전화하지 마요. 내가 먼저 갈게요."

"오키도키!"

수현이 병원에 도착하자 금봉현과 강인규가 응급실 앞에서 그녀를 맞았다. 안전관리실 요원들이 시간이 흐를수록 밀려드는 기자들을 몸으로 막느라 진땀을 빼고 있었다. 수현은 강인규가 건네주는 가운에 팔을 꿰며 응급실 건물 옥상으로 뛰어 올라갔다. 곧 있으면 림진수를 실은 헬기가 도착할 것이다.

10분쯤 기다리자 하늘에서 요란한 프로펠러 굉음이 천둥처럼 울려댔다. 병원 건물 아래에선 기자들의 카메라 플래시가 헬기가 뜬 하늘을 향해 대공포 갈기듯 펑펑 터졌다. 헬기는 천천히 병원 옥상 착륙장에 내려앉았다. 미리 대기하던 의료팀이 헬기 바람을 뚫고 침대를 밀고 들어갔다. 민수현과 강인규, 은민세가 헬기 응급대로부터 신속하게 림진수를 옮겨 받았다. 뒤이어 헬기에서 주치의인 채희가 따라 내렸다.

"이렇게 또 만나네요, 발목은 어때요?"

수현이 소리를 지르며 인사했지만 채희는 헬기 소음에 전혀 들리지 않는다는 시늉을 해 보였다. 그들은 안전 요원들이 미리 확보해 놓은 길을 따라 중환자실로 침대를 밀고 갔다.

그즈음 박훈은 이미 병원에 도착해 있었다. 아니, 수현의 집을 나와 곧바로 세이버 수술팀 아지트로 와서 쉬고 있었다. 그는 도착하자마자 수액 팩을 걸고 자신의 혈관에 바늘을 찔러 넣었다.

'짧은 시간에 너무 많이 폈어.'

속이 느글거리고 관자놀이가 깨지도록 아팠다. 두통을 부채질한 건 하늘에서 들려오는 난데없는 굉음이었다. 뭔가 싶어 창문을 열고 하늘을 보니 헬기가 병원 옥상을 선회하는 모습이 눈에 들어왔다. 그리고 저쪽 응급실 앞에는 여러 떼의 기자들이 잔뜩 장사진을 치고 있었다.

호기심이 일었다. 얼른 수액 주사 바늘을 빼고 아지트 문을 나섰다. 중환자실 쪽으로 걸음을 서둘렀다. 저만큼 난리 날 정도로 환자가 다쳐서 병원에 왔다면 응급실에서 해결 못할 거란 직감이 들었기 때문이다.

'그런데 누굴까?'

복도를 이리저리 꺾어 돌며 환자의 신분을 예상해 봤다. 어차피 연예인 아니면 스포츠 스타, 것도 아니면 유명 정치인 중 하나겠지 싶었다. 술 냄새를 풀풀 풍기는 바람에 지나는 곳마다 사람들이 박훈을 찡그리며 돌아봤지만 그는 전혀 개의치 않았다.

"어, 저기 박훈 선생님 왔네요. 뭐 해요, 빨리 붙지 않고요?"

박훈이 막 중환자실로 이어지는 길목을 지나치던 때였다. 마침 엘리베이터에서 림진수를 실은 침대를 밀고 나오던 민세가 박훈을 반갑게 불러 세웠다. 수현은 박훈의 출현이 전혀 의외라는 듯 자못 새침한 표정으로 꼬듯이 핀잔을 던졌다.

"박 선생, 술 했어요? 대체 어디 있다 나타난 거예요? 보아하니 술은 아직 안 깬 거 같아 보이고."

그리고 뒤이어 평소 같은 잔소리가 이어졌다.

그러나 박훈의 귀에는 아무 소리도 들리지 않았다. 민수현도, 은민세도, 강인규도 눈에 들어오지 않았다. 선 자리에 그대로 석고상처럼 얼어붙었고 그의 시선은 멀어지는 이동 침대 뒤를 따라붙는 젊은 여자의 뒷모습에 못 박힌 듯 고정되었다. 채희였다.

박훈은 꼼짝도 할 수 없었다. 온 힘이 빠져나가 손가락 끝 하나 움직이지 못했다. 오직 눈동자만 움직여 그녀의 동선을 따를 뿐이다. 혹시 그녀도 이쪽을 본 것은 아닐까? 아니면 워낙 긴박한 상황이다 보니 보지 못한 것일까? 그런 의문이 드는 찰나 침대 끝을 주춤주춤 따르던 채희가 뒤를 돌아보았다. 그리고 내내 응시하던 박훈과 눈이 마주쳤다. 그 순간 갑자기 중환자실 앞 복도 공간 전체가 텅 빈 진공 상태로 변해 버렸다.

진공의 공간에는 박훈과 송채희 두 사람 외엔 모두 어느새 사라지고 없다. 림진수도 없었고 동우의료원의 요란 법석한 의료진도 없었으며, 뒤늦게 도착한 수행진과 기자들 모두 신기루처럼 휘발하고 없다. 오직 박훈과 송채희 그 두 사람만 존재했다.

둘은 서로의 눈만 바라볼 뿐 아무 말도 못했다. 속으로 하나, 둘, 셋, 넷쯤 숫자를 셌을까. 어느 한편이 막 입술을 달싹이려 할 때 갑자기 그들은 훅 빨려들 듯 현실로 다시 끌어당겨졌다. 사라졌던 요란한 소음이 다시 그들을 휘감았다. 증발했던 조연과 엑스트라들이 주위에 다시 꽉 들어찼다. 림진수를 실은 침대도 나타났고, 의료진, 수행진, 기자들까지 모조리 되돌아왔다.

"뭐해요, 서둘러요들, 어서."

수현이 멈췄던 침대를 중환자실 쪽으로 떠밀며 사람들을 채근했다. 그 기적에 채희가 움찔하며 제정신을 차렸다. 그녀는 여전히 뚫어질 듯 응시하는 박훈의 시선을 외면하고는 중환자실 안으로 따라 들어갔다.

7년 만의 재회는 그렇게 끝났다. 너무도 짧고 아쉬운 순간이었다. 뒤이어 림진수를 위한 의료장비들과 추가인원이 들어갔고 이윽고 중환자실 문이 완전히 닫히고 나서도 박훈은 한참을 더 그대로 서 있었다. 뒤통수를 망치로 세게 얻어맞은 것 같았다. 천천히 심호흡을 했다. 눈꺼풀에 힘이 풀려 저절로 눈이 감겼다. 화면이 리플레이 되듯 방금 전의 장면이 박훈의 잔상으로 망막 위를 지나갔고 그것이 꿈이 아니라는 걸 알게 되었을 때 박훈은 이미 중환자실로 달려가고 있었다.

38

림진수는 일전에 장태영 통일부 장관 모친이 입원했던 VIP 병실을 독차지했다. 림진수의 갑작스러운 입원으로 동우의료원에는 비상이 걸렸다. 원내 비상대책 위원회가 만들어지고 정부 고위 인사와 국정원 요인까지 참여한 별도의 회의체도 구성됐다. 참가자들은 수술을 해야 하느냐, 마느냐를 두고 연일 열띤 논쟁을 벌였다.

쇼크를 일으킨 림진수의 심장은 좌심실 비대증에 판막 협착, 거

기다 관상동맥까지 막힌 상태로 그야말로 총체적 난국이었다. 환자의 용태로 보아 한시라도 빨리 수술을 서둘러야 했지만 정치적으로 민감한 사안인 만큼 섣불리 메스를 들이댈 수 없었다. 림진수는 북한 정계에서 다섯 손가락 안에 드는 최고 실력자 중 한 사람이었고, 그런 북한 정계 최고위급 인사가 혹여 남한에서 수술을 받다가 잘못되기라도 하면 개성의료센터 건립이 통째로 날아가 버림은 물론, 북한에서 이를 문제 삼을 경우 심각한 남북 간 외교 문제로 불거질 공산이 컸다. 바야흐로 막 해빙무드로 들어서던 남북관계가 또다시 교착 국면에 빠질 수 있었다.

동우의료원이 이런 딜레마를 겪는 동안 다른 병원들, 그중에서도 특히 세종의료원의 계산은 전혀 달랐다. 비록 현재 주축병원 선정에서 자못 뒤로 밀린 감이 없진 않으나 차제에 림진수의 수술을 넘겨받음으로써 동우의료원에 막판 역전승을 기대해 보거나 혹은 최소한 향후 대북교류에 있어서 상당한 만큼의 인맥과 지분을 확보하고자 목표했다. 그래서 세종은 림진수의 병세에 관한 자신들의 진단과 처방을 보도 자료까지 만들어 언론사에 뿌려댔고, 출입 기자들의 입을 통해 자신들은 이미 만반의 수술 준비를 갖추고 상시 대기 중이라는 정보를 공공연하게 흘렸다. 이는 다른 병원들도 마찬가지여서, 조금이라도 앞서 이슈를 선점하려는 병원들 간의 경쟁은 림진수 사태를 새로운 국면으로 몰아갔다.

국내 유력 병원들이 림진수 사태로 각을 세운 힘겨루기를 하고 있을 무렵, 북한 대표단 호위 책임자인 장성우 대좌는 평양에서 매일같이 내려보내는 지시들을 소화하느라 진땀을 빼고 있었다. 당 중앙의 지시는 어느 때보다 강경했다. 독일 의료진에게 긴급 요청을 해 놓았으니 가급적이면 남한의 도움을 받지 말고 기다리라는 전갈이었다. 림진수는 오래전 독일 대사로 파견되어 수년간 체재한 적이 있었는데, 남편이 쓰러졌다는 급보를 받자마자 림진수의 아내가 친분 있던 독일 전문병원에 긴급 SOS를 청한 것이다. 이에 장성우는 휘하 호위요원들과 엄격한 병실 통제에 나서야 했다. 그러나 문제는 시간이었다. 독일 의료진이 도착하기까지 걸리는 시간은 최소 이틀에서 사흘, 그러나 림진수의 병세는 분 단위로 악화되고 있었다.

"당장 수술을 해야 해요. 독일 의료팀보다 뛰어난 실력을 지닌 의사들이 있으니까 저희를 믿어 보세요."

림진수의 혈압을 살피던 민수현이 한켠으로 장성우를 불러 사정하듯 말했다.

"당의 명령이 있기 전까진 림진수 동지는 이곳에서 밖으로 한 발짝도 움직여선 아니 되오."

"그러다가 환자를 놓치면 그땐 책임질 건가요?"

수현이 책임 운운하며 쏘아붙이자 장성우는 움찔 말을 멈췄다. 그리고 잠시 뒤 느릿느릿 독백하듯 대답했다.

"곧 조치가 있을 거요."

"이해할 수가 없어요. 사람 목숨 살리는 것도 당의 허락이 있어야 하다니."

수현이 고개를 절레절레 흔들며 병실을 떠나자 장성우는 창밖을 물끄러미 내려다보았다. 만에 하나 림진수가 잘못되면 장성우는 결코 책임 소재에서 자유로울 수 없었다. 그래서 손끝까지 긴장한 상태로 한시도 병실을 떠나지 않았다. 부하 둘을 병실 문밖에 부동자세로 세워 놓고 자신은 침대 옆에 바싹 붙어 들고나는 사람들을 감시했다.

당 중앙의 판단은 옳은 것이며 결코 오류가 있을 수 없었다. 죽는 한이 있더라도 남한 의사들에게 수술을 받다가 죽는 상황은 결코 발생해선 안 되었다. 그게 공화국의 법이었고 원칙이며 휴전선을 둘러싼 게임의 법칙이었다.

그러나 송채희의 생각은 달랐다. 빠른 시간 안에 수술을 강행하지 않으면 림진수 단장의 목숨은 보장할 수 없다는 것이 그녀의 의학적 판단이었다. 공화국의 자존심 따위는 생각할 여유가 없었다. 림진수 단장은 채희에게 아버지 같은 존재였다. 북으로 돌아가 받게 될 책임 추궁보다 당장 환자를 살려야 한다는 의사로서의 소명이 그녀를 목숨을 건 선택의 기로에 빠뜨렸다.

"당장 수술해야 합니다. 안 그러면 림진수 단장 동지는……."

"불길한 소리 하지 말기요."

간호사가 자리를 비운 사이 둘은 심한 언쟁을 벌였다.

"그래도, 더는 망설일 시간이 없습니다. 1시간 뒤도 예측할 수 없는 게 림 동지 상태라고요."

"안 돼. 남쪽 놈들을 어드렇게 믿갔어? 실패하는 날엔 둘 다 끝장이야, 그거 잊지 말라우."

송채희가 용기를 내 모처럼 대들 듯 항의했지만 장성우의 태도는 여전히 완강했다.

두 사람이 얼굴까지 붉혀가며 의견 차이를 보이고 있을 때 동우 의료원 한켠에서도 분분한 의견들로 인해 서로 간에 목청을 높이는 사람들이 있었다. 그들은 실로 오랜만에 아시트에 모인 세이버 수술 팀원들이었다.

그들은 림진수의 수술 여부를 두고 장시간 토의를 벌였다. 일부 는 당장 림진수의 수술을 강행해야 한다며 수술에 반대하거나 회 의적 태도를 고수하는 나머지를 설득하느라 무진 애를 쓰는 중이 었다.

"최 선생님, 제정신이에요? 혹시 미치신 건 아니시죠?"

강인규가 당장 수술을 밀어붙여야 한다는 최동찬의 의견을 반박 하고 들었다.

"미치다니? 의사가 환자를 살리겠다는 게 미친 거야?"

"제발 억지 부리지 마세요. 먼저 나서지 말고 저쪽이 어떻게 나오 나 일단 두고 보자고요."

"강 선생, 의사 맞지? 의사라면 당연히 나서야지 뭘 망설여? 환자 를 저대로 죽게 놔둘 셈이야? 그것도 우리 병원, 바로 우리 코앞에서?"

"왜 이러세요? 우리 코앞에서 죽어 나간 환자가 여태 어디 한둘입니까?"

"적어도 우리 세이버 수술팀 수술대 위에서 사망한 일은 없어."

강인규의 현실론에 맞서는 최동찬의 고집이 만만치 않았다. '탈레반'이란 그의 별명처럼 그는 뼛속까지 '근본주의자'였다. 더 있다가는 히포크라테스적 원리주의에 대해 일장 연설이라도 이어질 판이었다.

"최 선생님 말씀이 틀렸다는 게 아녜요. 현실이 우리 마음대로 수술 할 수 있는 것도 아니잖아요."

"그러니까 다 함께 가서 저 북한 또라이들을 설득하자는 것 아냐?"

"늘 현실에서 30센티 정도는 붕붕 떠서 다니시는 분인 건 알지만, 이번은 아녜요. 우리가 전부 VIP 병실 앞에 몰려가서 단식 시위를 벌인대도 꿈쩍도 안 할걸요. 솔직히 저도 세이버 수술실에 들지 못해 손이 근질거린다고요, 하지만……."

수현의 생각은 다른 면에서 림진수의 수술을 밀어붙이자는 최동찬의 의견에 동의하는 편이었다. 만일 수술 동의를 얻어내고 세이버 수술팀의 수술이 성공리에 마무리된다면 여왕벌 문성주를 확실하게 개성으로 보내 버릴 수 있는 절호의 기회가 될 수도 있겠단 판단이 들었다. 그러나 문제는 집도의였다. 성공확률을 극대화하기 위해서는 수술팀의 마운드에는 주전 투수 박훈이 서야 했다.

그러나 복도에서 채희와 마주친 뒤부터 그는 사실상 넋이 나가 있었다. 지금도 팀원들이 목청을 끝까지 높이며 갑론을박을 하는 와중에도 한쪽 구석에 석물처럼 굳어 있는 박훈의 현재 상태를 봐서는 그가 과연 제대로 수술을 해낼 수 있을지 의문이었다. 혹여나 일이 더 잘못된 방향으로 틀어질 수도 있는 노릇이었다.

"이봐, 박 선생, 뭐라도 한마디 해 봐. 그쪽 고향 사람들 아니야?"

금봉현이 장난스럽게 박훈의 옆구리를 찔렀다. 그러자 박훈은 자리에서 일어서더니 아무 말 없이 문을 열고 밖으로 나가 버렸다. 뻘쭘해진 금봉현의 얼굴이 발갛게 달아올랐다.

"내가 지금 말실수한 거야? 그런 거야?"

건물 밖으로 나온 박훈은 바깥 공기를 가득 마셨다. 회의 내내 입은 꽉 다물고 있었지만 그의 머릿속은 누구보다도 복잡했다.

'지금 상태라면 당장이라도 환자의 가슴을 열고 수술하는 것이 맞다. 하지만 만에 하나 수술이 실패하고 림진수가 수술대에서 사망한다면 주치의인 채희가 모든 책임을 뒤집어쓰겠지.'

그는 이미 그녀에게 두 번이나 큰 상처를 입혔다. 한 번은 단둥에서 중국 공안들에게 잡혀가는 그녀를 구해내지 못했을 때, 그리고 다른 한 번은 그가 수용소 생체 실험실에서 그녀와 그녀의 가족들을……. 생각이 그 지점까지 미치자 박훈은 가슴이 갑갑해져 왔다.

더 기억해 봤자 하나 좋을 것 없는 추악한 과거였다.

아무튼 이때까지 운 좋게 계속 성공을 이어 왔지만 위험천만하기는 여전한 세이버 수술. 그런데 채희의 안위를 판돈으로 걸고 그 도박 같은 수술을 강행한다니……

'그래, 염치없고 미친 짓인 거야, 미친 짓!'

그보다 차라리 오늘 밤에라도 당장 채희의 손목을 낚아채 병원 울타리를 넘어 도망쳐서 섬이나 어딘가에 꼭꼭 숨어 버리는 게 상책이라면 상책이었다. 살아서는 다시 못 보리라 여겼던 아내가 스스로 남한 땅에 내려왔으니 이는 하늘이 그들을 돕고자 내린 절호의 기회인지도 몰랐다.

다음 날 아침이 밝았다. 장성우는 침대 옆 소파에 비스듬히 기대 거의 뜬눈으로 밤을 새다시피 했다. 새벽녘에야 살짝 선잠이 들긴 했는데 키 크고 건장한 의사 하나가 간호사를 대동하고 불시에 병실로 들이닥치는 바람에 그만 깨고 말았다. 그리고 의사가 림진수의 상태를 체크하는 모습을 지켜보다가 스르르 눈을 감았다.

마침 림진수의 소변을 버리느라 화장실에 있던 채희가 밖으로 나왔다. 의사와 채희가 서로 눈을 마주쳤다. 두 사람 사이가 서로 구면인지 어색하게 허둥대는 모습이 꿈결처럼 장성우의 잔상에 남았다. 잠깐 의사와 그녀가 손을 내밀어 악수를 하는 것도 같았는데 잠을 깨고 정신을 차려 보니 이미 의사는 사라지고 없었다.

"방금 왔다 간 사람, 송 동무 아는 사람이오?"

"아뇨, 림 동지 상태를 확인하러 온 의사였습니다."

채희가 아무렇지도 않게 대답했다.

"그건 나도 아오. 그래, 그가 뭐라 했소?"

"그게, 별말 없었어요."

"거 싱거운 의사로구만 기래"

모르는 척 넘겼지만 장성우는 채희 주변에서 수술과는 무관한 일이 벌어지고 있음을 직감하고 있었다.

채희는 그와 연애를 시작하고 얼마 지나지 않아 지나가는 말처럼 전남편 소식을 종종 묻곤 했었다. 장성우는 채희의 전남편이 중국 동북 3성을 떠돌다 체포되어 공화국으로 송환 도중 총살되었다는 보고를 받았다며 얼버무리듯 대답했다. 물론 거짓말이었다. 하지만 채희의 마음 한구석에 단단히 똬리를 튼 지난 미련을 지워내기 위해서는 어쩔 수 없었다. 그래서 자유로에서 림진수가 다시 쓰러졌을 때 장성우는 동우의료원 만큼은 피하고 싶었다. 그곳은 채희의 전남편이 심장 외과의로 이름을 날리는 곳이었다. 채희가 전남편과 만난다면 어떤 돌발 상황이 발생할지 생각만 해도 두려웠다. 그러나 운명은 공교롭게도 그와 채희를 이곳으로 이끌었다.

새벽녘에 림진수의 VIP 입원실을 내왕했던 키 큰 의사는 점심 때 다시 모습을 드러냈다. 심장 초음파를 찍기 위해 환자를 모시러 왔다고 했다. 초음파 검사실에는 채희가 동행했다. 림진수의 침대가 초음파실로 들어가고 사람들 관심이 그쪽으로 집중됐을 때 동행했던 키 큰 의사가 채희의 손목을 밖으로 잡아끌었다.

"10분만 이야기해."

박훈은 주춤주춤하는 채희의 손목을 꽉 쥔 채 건물 밖 비상계단으로 이끌었다. 비상계단 철문을 닫자마자 박훈은 채희를 부서져라 품에 안았다.

"여태 살아 있어 줘서, 정말 고마워."

"누가 봐요!"

채희는 약간 몸을 비틀어 빼는 듯 저항하더니 이내 움켜 안은 그의 두 팔 안에 몸을 맡겼다. 두 사람 눈에서 걷잡을 수 없는 눈물이 흘렀다. 닦아낼 생각도 차마 못한 채 그저 포옹을 풀고 얼굴을 확인하고 다시 포옹하기를 수차례 반복했다.

"어떻게 네가 이렇게 살아 있을 수가, 어떻게 이런 모습으로……."

박훈은 믿기지 않는 듯이 몇 번씩이나 똑같은 질문을 채희에게 던졌다. 그녀는 그의 넓은 어깨에 고개를 파묻은 채 아무 대답도 못했다. 7년 전 중국 공안에 잡혀 강제 송환된 뒤 공화국에서 겪었던 끔찍한 삶을 일일이 설명해봤자 무엇하겠는가. 지금은 그럴 이유도 그럴 필요도 없었다. 다 흘러간 과거일 뿐이었다.

그 생각이 전해졌는지 박훈도 더는 캐묻지 않았다. 그저 서로를 부둥켜안고 아무 말 없이 서로를 쓰다듬기만 했다. 질문도 없었고 대답도 없었다. 그러는 사이 시간은 20여 분을 훌쩍 넘겼다. 채희가 긴장하며 박훈에게 안겼던 몸을 빼냈다.

"위에서 절 찾을 거예요. 그만 가 봐야 해요."

"아니, 난 채희 널 못 보내. 이제 어느 곳으로도 보내지 않을 거다."

"선생님, 여기서 고집부리실 일이 아녜요."

"가자, 여기서 이러지 말고 병원을 나가자."

"안 돼요!"

"왜 안 되지? 여기서 빠져나가면 우린 다시 처음으로 돌아갈 수 있어."

"늦었어요. 그러기엔 너무 늦어 버렸어요."

채희가 힘없이 고개를 가로저었다.

"늦었다니 그게 무슨 의미야?"

"그건 나중에 천천히 말씀드릴게요. 그보다 우선 저를 놓아 주세요. 의심이라도 사면 제 입장이 아주 곤란해져요, 네?"

채희는 손거울을 꺼내 얼굴을 비춰보았다. 눈가가 눈물로 얼룩져 엉망이었다.

"그리고 선생님, 선생님께서 저희 쪽 책임자 동지께 잘 말씀드려 주세요. 선생님이라면 꼭 수술을 성공시킬 거라고 전 믿어요."

"책임자 동지라니?"

"장성우 대좌요. 제발 꼭 좀 설득해 주세요."

"채희야, 세이버 수술은 성공 확률이 생각보다 무척 낮아."

"하지만 전 여태 계속 성공하셨다고 들었어요."

박훈이 굳은 표정으로 고개를 가로저었다.

"그저 운이 좋았을 뿐이야. 설사 수술이 성공하더라도 너는 북으로 되돌아가겠지. 그렇게 되면 난 채희 널 영영 잃게 되는 거고……. 난 그렇게 두고 볼 수가 없다."

"그게 운명이라면 받아들여야겠지요."

"운명?"

"네, 이렇게 선생님을 다시 만난 것도 운명 때문이겠지요. 서로 이렇게 살아 숨 쉬는 걸 눈으로 확인했으니 전 이것만으로도 행복해요. 충분히 감사하고 있어요."

"우리 함께 도망가자, 채희야."

"아뇨, 전 그럴 수 없어요."

"왜, 도대체 뭐가 두렵지? 북의 보복이 두려워? 그럼 북쪽도 남쪽도 아닌 곳으로 뜨자. 시리아나 이집트쯤이 어떻겠니? 남미의 정글은 어떻고? 아무도 모르는 곳에 가서 우리의 의술로 가난한 사람들을 도우며 그렇게 숨어 살자, 그건 어때?"

"전 그럴 수 없다니까요."

채희가 단호한 거절과 함께 가까이 다가서는 그를 손으로 밀어냈다.

"혹시 다른 사람이 생겼니?"

예상치 못한 반응에 박훈이 휘청거리며 물었다. 그렇게 묻는 입가가 파르르 떨렸다.

"우린 너무 오랜 시간을 서로 떨어져 있었어요."

"뭐?"

"더 이상 여기서 이럴 시간 없어요. 저는 그만 가 봐야 해요. 오늘 새벽 2시, 이 자리에 다시 올게요. 그때 모두 설명해 드릴 테니 제발 절 놓아 줘요."

채희는 멍한 표정을 짓는 박훈을 내버려 둔 채 황망히 비상계단을 빠져나갔다. 박훈은 관자놀이 한가운데로 총알이 지나간 것 같았다. 여태 믿어 왔던 모든 신념이 총알구멍으로 죄 빠져나가 머릿속이 텅 비어 버린 것만 같았다. 손목을 잡아끌면 채희가 두말하지 않고 자신을 따라나설 거라고 믿었던 것부터가 엄청난 착각이었다. 그녀 말대로 너무나 오랜 시간이 흘러 버렸고, 그 세월은 그와 그녀 사이에 깊은 계곡을 파 놓았다. 과연 계곡 저 아래에는 무엇이 숨어 있는 걸까? 대체 그것이 무엇이기에 채희로 하여금 완강히 거절케 하는 것일까? 그녀가 말한 새벽 2시가 벌써부터 기다려졌다. 두렵기도 했지만 직접 귀로 듣고 확인할 필요가 있었다.

초음파실로 가기 전에 채희는 복도 끝 여자 화장실부터 들렀다. 얼른 거울 앞에 서서 화장부터 고쳐야 했다. 이런 꼴로 장성우를 마주했다가는 의심을 살 게 뻔했다. 아무 일 없던 것처럼 보여야 했다. 채희는 흐트러진 옷매무새부터 바로잡았다. 그리고 휴지에 물을 묻

혀 눈가 아래 뺨 위로 어지럽게 흘러내린 마스카라를 조심스레 지워
냈다. 끝으로 머리 모양을 정리하다가 언뜻 박훈의 가슴에서 흔들리
던 흑요석 목걸이가 기억났다. 그는 7년 전 그녀가 선물한 정표를 잊
지 않고 그대로 간직하고 있었다. 목울대가 꽉 메어왔다. 정리했던
눈가가 또다시 얼룩지기 시작했다. 채희는 여전히 박훈을 사랑했다.
하지만 더 이상 앞으로 나가서는 안 됐다. 그녀에겐 장성우를 배신
할 수 없는 이유가 있었다.

39

송채희는 숨죽인 채 밤이 깊어지기를 기다렸다. 자정을 지난 지
가 한참 된 것 같은데 시침은 겨우 1시를 조금 넘겼다. 그를 다시 만
나면 무슨 말을 먼저 할까? 진실을 전해야겠다는 각오를 몇 번씩
다졌지만 어디부터 무슨 설명을 시작해야 할지 도무지 확신이 서지
않았다.

아직도 혼란스럽긴 마찬가지였다. 그러나 장성우를 배신할 마음
은 추호도 없었다. 박훈은 그림자였다. 멀리 떨어져 이미 추억만 남
은 존재. 그러나 장성우는 손으로 만져지는 분명한 실체다. 북에 있
는 아들을 생각해서라도 배신은 생각조차 할 수 없는 일이었다.

채희가 장성우를 처음 만난 건 요덕의 정치범 수용소에서였다. 당시 신참 소위였던 그는 북한 최고 존엄을 살리기 위한 장기 제공자들의 호송 임무를 맡았다가 그들의 탈출시도에 당해 심한 곤욕을 치렀다. 수용소 여죄수와 연애질하던 보건의 반동 놈의 수작에 속아 약을 탄 커피를 마셨다가 그만 혼절해 버렸던 것이다. 그날 먹은 약의 후유증은 이후 위장 출혈을 일으켰고 장기간 병원 신세까지 지도록 했다.

　하지만 오히려 전화위복이 되었는지 그 사건은 죄수 탈출을 방조한 실책에 대해 내려질 당의 엄중한 문책을 피하는 구실이 되어 주었다. 뿐만 아니라 경미한 경고를 받고 신의주 부근의 국경 수비대로 근무지를 옮기게 되었는데, 공교롭게도 그곳에서 중국으로 탈출했다가 공안들에 잡혀 온 채희와 다시 조우하게 된 것이다.

　그 때 장성우는 공화국을 배신하고 탈북한 죄수들의 심문을 맡고 있었다. 그는 탈북 동기의 경중에 따라 수용소와 교화대로 죄수들을 선별해 보내는 책임을 졌는데, 이상하게도 채희에 대해서만은 유난히 관용적인 태도를 보였다. 미약(迷藥)으로 인해 극심한 복통까지 얻었던 터라 보통의 경우라면 이를 부득부득 갈며 당장 노동 수용소로 되돌려보낼 만도 했지만, 오히려 그는 허위 보고서를 올려 채희의 수용소행을 적극적으로 막았다. 송채희는 박훈의 위협을 받아 어쩔 수 없이 압록강을 넘었지만 남조선으로 가자는 박훈의 교활한 꼬임에 끝까지 넘어가지 않았을뿐더러 마침내 박훈을 뿌리치고 공화국으로 자진 입북한 것으로, 그 일련의 과정을 심문관이던 자신의 지위를 이용해 깡그리 뜯어 고친 것이다.

그것은 장성우가 심문과정에서 사슴 같은 눈망울을 지닌 송채희의 모습을 거듭 마주하던 어느 사이 그만 그녀를 마음속에 품고 말았기 때문이었다. 그리고 그 일은 그들 사이의 시작이 되었다.

이후로도 장성우는 채희의 복권을 위해 당의 관용과 선처를 탄원하는 등 그녀를 위한 많은 노력을 멈추지 않았다. 심지어 평양으로 데리고 들어와 그녀가 의과 대학에 진학하도록 요로에 힘을 썼다. 그리고 그녀가 원하던 대로 의사의 길을 걸을 수 있게 뒤를 든든히 받쳐 주었다. 그의 전폭적인 지원에 호응하듯 채희는 의사로서 일취월장했다. 특히 한방에 양방을 혼합한 고려 의학 분야에서 보인 탁월한 재능과 실력은 이른 나이에 보건상 림진수의 주치의 자리까지 꿰차게 만든 확실한 기반이 되어 주었다. 이런 승승장구의 이면에는 장성우의 부친, 보건부 산하 치료예방국장 장민구의 도움이 컸던 것은 물론이다.

자정이 되기까지 채희는 갈등했다. 이 모든 걸 알릴 필요가 있을까? 과거는 과거일 뿐이었다. 장성우로부터 받았던 은혜를 미주알고주알 늘어놓아 봐야 그것은 박훈의 가슴에 아픈 생채기만 내는 짓이었다. 북에 남겨 놓은 아들에 관한 이야기도 안 하는 게 좋겠다고 생각했다. 아이의 아버지는 장차 장성우가 될 텐데 괜히 박훈을 끌어들일 까닭이 없었다. 잠시 뒤 박훈을 만나면 모든 것을 분명하

게 매듭지을 것이다. 일말이라도 흔들리지 않게 마음을 다잡아야
했다.

　VIP 입원실의 커다란 고급 소파에 몸을 기대고 약속 시간을 기
다리던 채희는 시곗바늘이 1시 50분을 넘어서자 준비해 두었던 힐
로 갈아 신고는 자리에서 일어섰다. 장성우는 전날 밤 소파에서 쪽
잠을 청하더니 그날만큼은 병원에서 마련해 준 별도의 숙소에서 단
잠을 즐기느라 다행히 입원실을 비웠다. 대신 문밖에는 호위총국 소
속 경호요원들이 진을 치듯 경계를 서고 있었다. 채희가 입원실 문
을 열고 나오자 앞을 지키던 요원이 날카로운 눈길로 아래위를 훑어
보며 행선지를 물었다.
　"이 시간에 오델 이동하십네까, 의사 동지?"
　"그런 건 왜 묻죠?"
　"대좌 동지께서 동선을 모두 보고하라 지시하셨습네다."
　"화장실 다녀올게요."
　"화장실은 입원실 내에도 있는 걸로 압니다만······."
　쉽게 따돌리기에 요원의 태도가 호락호락하지 않았다.
　"안쪽 화장실은 일을 보자면 소리가 나요. 아세요?"
　"네?"
　"여자 입장이 되어 보면 아마 내 말뜻 이해할 거예요. 정 의심되
면 대좌 동지 허락을 받아 올 때까지 내가 여기서 용변을 참든지.

어떻게 할까요?"

적나라한 대화로 발전할 듯싶자 요원의 귓불이 빨갛게 달아올랐다. 결국 그가 양보했다.

"그럼 다녀오시라요. 너무 오래 걸리시면 제가 곤란해집네다."

채희는 일부러 힐 소리를 또각거리며 복도를 따라 걸었다. 이어 화장실 방향으로 기역자 턴을 했다. 요원의 눈길이 집요하게 뒤를 쫓는 느낌이었지만 아까의 태도로 보아 따라올 것 같지는 않았다. 그녀는 일부러 소리가 크게 나도록 화장실 문을 여닫았다. 그리고 구두를 벗어 든 채 살금살금 화장실을 다시 나왔다. 이어 박훈과 약속했던 비상계단을 향해 숨이 턱에 닿도록 뛰었다.

계단을 이용해 아래층으로 내려가기 위해 비상계단 문을 열어 젖혔을 때였다. 갑자기 정체 모를 검은 그림자가 그녀 앞을 막아섰다. 뜻밖에도 장성우였다. 숙소에서 깊은 잠에 빠져 있을 줄 알았는데……. 장성우는 피우던 담배를 비벼 끈 뒤 말없이 채희의 허리를 낚아챘다.

"방으로 날래 돌아가시오."

거부할 수 없는 울림이었다.

"다 알고 있었나요? 알고 있다면 다행이네요. 나 지금 그 사람 만나야 해요. 만나서 설명할 게 있어요."

"안 돼."

"저를 믿지 못하는군요? 그런 건가요?"

"이건 다 송채희를 위해서야, 요해하갔네? 이보라우, 그 반동 새끼랑 정리할 시간이니 기회니 달란 핑계는 고저 집어치우라우. 고 새끼 어차피 송채희 당신과는 맺어질 수도, 또 맺어져서도 안 되는 인간말종이니끼니."

"그게 무슨 말씀이세요?"

"두 사람은 하늘이 무너져도 서로 손끝도 닿아선 안 되는 사이다, 이 말이디. 더 따지지 말고 고저 내 말대로 따르라우."

"대체 내가 모르는 뭘 알고 있길래 그런 말을 하는 거예요?"

"내레 보안 책임자로서 무겁게 명령하갔어. 송채희 동무는 즉시 병실로 돌아가라우."

정성우의 태도는 물러섬 없이 강경했다. 그의 다그침에 채희는 어쩔 수 없이 걸어왔던 복도를 거슬러 되돌아갈 수밖에 없었다. 저도 모르게 눈물이 뺨 위로 주르륵 흘렀다. 이유는 몰랐다. 그저 눈물이 났다.

장성우는 힘없이 걸어가는 채희의 축 처진 등을 잠자코 지켜보았다. 이윽고 그녀가 복도 끝을 꺾어 사라지자 그는 비상계단 문을 열고 두 번째 담배를 입에 물었다.

'이건 내 질투 때문만은 아니다. 세상에 천륜이란 게 있다면, 그리고 내가 그 비밀을 알게 된 이상 송채희가 박훈을 만나도록 해서는 안 돼.'

박훈의 손목시계는 벌써 새벽 2시 30분을 가리키고 있었다. 그는 채희와 약속한 그곳에 먼저 와 기다리고 있었다. 신관 8층과 9층 사이, 병원 야경이 손바닥처럼 내려다보이는 비상계단 층계참이었다. 텅텅 크게 울리는 무거운 구둣발 소리가 머리 위에서 울렸다. 직감에 여자의 발소리는 아니었다.

"몹시 추운데, 이런 밤에서 뉘기를 기다리기라도 하는 게요?"

바리톤의 냉랭한 목소리, 박훈은 채희와 일이 틀어졌는가 싶어 불안해졌다.

"당신이 알 바 아닙니다."

박훈은 주머니에 손을 쑥 집어넣으며 목소리의 주인공을 쳐다보았다. 어제 오늘 계속 채희 곁을 그림자처럼 따라붙어 있던 사내다.

"내레 동무에 대해 알만치 알고 있소."

"당신 누구요?"

"알면서 자꾸 모른 체하기요? 나는 조선인민민주주의 공화국 장성우 대좌요. 박훈 동무."

장성우가 두꺼운 손을 내밀어 악수를 청했다. 태도에서 가식이 읽혔다. 그런 허세가 박훈의 비위를 상하게 했다.

"내게 원하는 것이 뭐요?"

"동무는 공화국을 배신했소. 하해와 같은 당의 은혜를 원수로 갚은 셈이디."

"탈북한 내 죄를 물으러 왔소? 마치 즉결처형이라도 할 것 같은 말투군요."

"즉결처형? 좋디, 좋아…… 할 수 있다면 하고 싶소, 껄껄껄."

굵은 손마디를 위압적으로 뚝뚝 끊던 장성우가 고개를 뒤로 젖히며 호탕하게 웃었다. 그의 웃음소리는 건물 외벽에 부딪혀 메아리처럼 울리더니 이내 잦아들었다.

"거 긴장할 것 없소. 내레 싸우자고 온 거이 아니니끼니. 결론부터 요해하기 쉽게 들려 주갔소. 송채희 동무와 그만 접촉하기요."

박훈이 움찔했다. 이 사내 우연히 이 장소에 나타난 게 아니었다. 채희를 어딘가에 잡아 놓고 박훈을 으르기 위해 대신 나타난 게 분명했다.

"그런 문제는 채희와 직접 이야기하고 싶소."

"내레 보안 책임자요. 송채희 동무가 과업 외로 남조선 인사, 아니디, 공화국을 배신한 반동과 무단으로 접촉하는 거이 고저 가만두고 지켜볼 수 없는 입장이라 이거요. 요해하갔소?"

장성우의 설명은 박훈을 난처하게 만들었다. 자신의 경솔함이 채희에게 큰 낭패를 안길 수 있단 생각이 들었다. 어떻게 해서든 눈앞의 이 덩치 큰 북한 장교에게 변명해야 했다.

"채희에겐 아무 잘못이 없소. 내가 만나자고 고집한 거요."

"다행히 나도 그렇게 여기오. 알아들었으면 돌아가기요. 고저 너무 추워서리 붕알 얼것수다. 또 봅시다."

장성우는 매우 흡족한 표정을 짓더니 왔던 계단을 다시 밟아 올라갔다. 박훈이 그를 올려다보며 다짐하듯 외쳤다.

"송채희 선생은 당의 문책 받을 어떠한 과오도 결코 저지르지 않았습니다."

걸음을 멈춘 장성우가 피식 웃으며 고개를 끄덕였다.

"너무 걱정 말기요. 송 동무에겐 앞으로 아무 일도 없을 것이오, 그쪽의 경솔한 행동만 없다면 말이디. 참, 나온 김에 하는 말인데, 송채희 동무, 나와 결혼을 약속한 사이오. 그것도 참고로 알아 두시오."

"뭐, 뭐라고 했소?"

"당의 허가를 받아 정식으로 식을 올리진 않았지만 송 동무와 내레 이미 한 몸이나 마찬가지디. 혹시 기억하오? 오래전 동무 준 그 커피가 좋은 인연이 됐소. 그 점, 내레 두고두고 고마워하리다."

사내의 얼굴에 승자의 미소가 어렸다. 결혼이라고? 박훈은 그제야 이해되기 시작했다. 서로가 너무 오랜 시간 떨어져 있었다던 말, 그리고 조심스레 그를 밀어내던 그녀의 행동과 알 듯 모를 듯하던 그녀의 태도……. 그리고 오늘 밤 자신을 만나 전하려 했던 것이란 바로 저 사내와의 결혼 통고였을 거란 짐작까지……. 순간 현기증이 사우나의 더운 수증기처럼 확하고 얼굴에 밀려 올라왔다. 눈앞 층계참이 까마득히 아래로 무너져 내리는 것 같았다. 박훈은 심하게 얻어맞은 사람처럼 한참을 비틀댔다. 안전 손잡이가 없었다면 그는 벌써 계단 저 아래로 추락했을지도 모른다.

사내가 비웃듯 계단 위에서 내려다보며 말했다.

"동무, 그간 많이 허약해졌소."

"대체 너 누구야?"

"이미 내가 누군지는 말했지 않소."

"그거 말고!"

박훈이 절규하듯 외쳤다.

"정말 답답한 친구구만 기래. 내레 누군지 아직 못 알아보갔어? 난 7년 전 동무의 그 고약한 커피 맛까지 생생히 기억하고 있는데 말이디."

아, 그제야 어렴풋한 기억이 떠올랐다. 그때 채희를 태우고 수용소를 나와 평양으로 호송하던 보안대 소속 초급 군관, 그가 바로 지금 그의 눈앞에서 거들먹거리고 있는 것이다.

박훈은 사내에게 더 물어보고 싶은 것이 있었다. 그래서 장성우를 찾았지만 방금 전까지도 계단 위에 있던 그는 이미 사라지고 없었다.

40

"형, 안에 있는 거야? 형!"

쾅쾅, 문 두드리는 소리에 박훈은 잠에서 깨어났다. 불빛 한 점 들

210

지 않는 아지트 소파 위였다. 새벽녘 비틀거리며 돌아와 노태수가 숨겨 놓았던 위스키 반병을 찾아 단숨에 들이켜고 그대로 곯아떨어졌던 기억이 났다. 창밖은 잔뜩 흐려 있었고 문 두드리는 소리만 바람 소리에 섞였다.

"누구야?"

몸을 일으키자 돌을 얹은 것처럼 머리가 무거웠다.

"큰일 났다니깐. 어서 문부터 열어 봐."

강인규가 핏발 선 눈으로 문 앞에 서 있었다. 언제부터인가 그는 박훈을 형이라 부르며 편하게 말을 놓고 있었다. 이런 친근한 태도는 박훈에 대한 도전을 포기했다는 방증이었다.

"아침부터 웬 소란이야?"

"북조선 영감 동지 말이야. 곧 죽게 생겼어."

"뭐라고? 그럼 민 선생은?"

"지금쯤 그쪽 애들에게 상황 설명하느라 진땀 빼고 있을 걸."

급성심부전으로 림진수가 쓰러진 지도 어느덧 3일째다. 림진수는 시시각각 죽음과 싸우고 있었다. 당장이라도 수술이 필요했지만 독일 의사들을 기다리겠다는 북한 대표단의 태도는 요지부동이었다.

"독일 의료팀은 언제 도착한대?"

"오늘 새벽에 비행기를 탔다니까 빨라 봤자 12시간. 그러면 늦어."

박훈이 서둘러 림진수의 입원실로 뛰어갔다.

"민 선생, 어떻게 된 거야?"

그녀는 장성우와 심각하게 이야기를 주고받던 중이었다.

"30분 전에 다시 쇼크를 일으켰어요."

그러고는 답답하다는 듯 장성우에게 시선을 옮겼다.

"뭘 더 미룹니까? 수술합시다. 지금 당장!"

박훈이 림진수의 침대를 끌어내리려 손을 대자 장성우가 제지했다.

"물러서기요. 당의 허락 없이는 한 발자국도 못 움직이오."

"긴급 상황이란 말 못 들었어요?"

"긴급 상황은 처음 이곳에 올 때도 마찬가지였소. 늘 당신네가 버릇처럼 하는 말이디."

"장 대좌. 반드시 살려내겠소. 날 믿으시오."

"동무를 믿으라? 이거 웃기는구만 기래."

그는 가라앉은 방 분위기에 걸맞지 않은 과장된 웃음을 터트렸다.

"이보오, 동무는 공화국을 등진 반당분자요. 내레 기런 반당분자를 어드렇게 믿을 수 있갔네?"

"이봐요, 더 시간을 지체하다 잘못되면 장 대좌, 그리고 저기 있는 송채희 선생, 두 사람 모두 끝장납니다. 내 말 틀렸습니까?"

두 사람 사이에 불꽃이 튀었다. 결코 지지 않으려는 듯 상대를 매섭게 노려보았다. 그러나 그럴 때가 아니었다. 힘겨루기로 나아질 것은 아무것도 없다. 보다 못한 민수현이 사이에 나섰다.

"그만둬요. 당신들이 이러는 동안 환자는 생명을 위한 사투를 벌이고 있다고요. 심장과 대동맥을 전부 정밀검사해 본 결과 급성심근경색과 급성심부전, 게다가 급성대동맥박리까지 진행 중인 것으로 판명되었어요. 어떻게 할래요? 주치의가 결정해요."

방 안 사람들 시선이 림진수의 침대맡의 송채희에게 향했다. 그녀는 아까부터 안절부절못하고 있었다.

"마지막 결정은 결국 그쪽 몫 아닌가요?"

수현이 재차 채희를 채근했다. 그러나 그녀는 대답을 미룬 채 박훈과 장성우를 번갈아 쳐다보며 입술만 짓씹었다.

"송 동무는 권한이 없소."

장성우가 말을 자르고 들었다.

"댁은 의사 아니잖아요? 그러니 제발 좀 빠져주실래요? 권총이나 들고 설치는 총잡이 따윈 이곳 병원에선 아무 도움 안 된다고요, 아시겠어요?"

약이 오른 수현이 장성우와 채희 사이를 가로막았다. 덕분에 채희는 내리누르던 장성우의 시선 압박에서 조금이나마 벗어날 수 있었다.

"어서요, 시간 없어요."

수현이 그녀에게 사정했다. 그러나 채희의 입에선 선뜻 대답이 나오지 않았다. 계속 짓씹어 대던 아랫입술에서 피가 배어 나왔다.

"저……"

박훈을 봤다. 채희는 그의 눈을 똑바로 쳐다보았다. 박훈은 채희의 간절한 시선을 피하지 않았다. 채희는 박훈에게 눈으로 묻고 있었다. 정말 수술에 자신 있느냐는 무언의 질문이다. 박훈의 고개가 천천히 끄덕였다.

"수술할게요. 결과는 주치의인 내가 책임지겠습니다."

대뜸 장성우의 고함이 터져 나왔다.

"집어치우시오! 동무가 어드런 책임을 지겠다는 기요?"

"이 방에서 단장 동지의 건강을 책임지는 사람이 저 말고 더 있습니까? 대좌 동지께선 단장 동지의 호위를 책임지지만, 병은 주치의인 제가 책임집니다."

채희의 반박에 장성우는 마땅히 대꾸할 말을 찾지 못했다. 창가 쪽으로 가더니 한참을 서성였다. 양손으로 얼굴을 감싸 훑거나 머리카락을 쓸어 올리는 동작을 몇 번씩 반복했다. 어쩌면 그는 그의 고집을 꺾어 줄 누군가의 항변을 기다리고 있었는지도 몰랐다. 차마 말로 내뱉지는 못했지만 속으로는 남한 의료진의 도움을 받아 살릴 수만 있다면 어떻게든 림진수를 살려 돌아가고 싶었다.

"독일 아이들이 오려면 시간이 더 필요하갔지. 또 온다 하더라도 걔네들이 불필코 성공하리란 보장도 없고……."

혼자 말인지 들으라고 하는 말인지 모를 뇌까림 뒤에 그는 두 손바닥을 내밀어 보였다.

"좋소, 내레 졌소. 주치의 동무 말대로 하기요."

그의 손이 호주머니로 들어가 담배를 찾았다.

"단, 조건이 있소."

담뱃불을 붙이며 말꼬리를 달았다. 수현이 흡연을 제지하려 나서는데 박훈이 팔을 잡아끌었다.

"여기 병실이에요!"

"무슨 조건인지 먼저 들어봅시다."

박훈이 수현을 달래는 사이 장성우의 담배 연기는 방 안 가득 희뿌옇게 흩어지고 있었다.

"조건이 뭐죠, 그럼?"

수현이 정색을 하며 물었다.

"집도의를 뉘기가 맡을 건지는 미리 말해 주기요. 적임자는 우리가 최종 판단할 것이오."

"세이버 수술이라면 당연히 여기 계시는 박훈 선생이죠."

"다른 의사로 바꾸시오."

"뭐요?"

"박 동무는 우리 공화국 림 동지의 집도의로 적임이 아닌 것 같소. 다른 의사를 추천하시오."

"무슨 말씀이세요. 박훈 선생이 최고란 거 몰라요?"

"박 동무는 공화국을 배신한 변절자요. 공화국 혁명 일꾼의 생사를 반역자 손에 맡길 수는 없는 일 아니오. 이해하기요."

"무슨 말도 안 되는……."

"수술이 잘못될 경우를 대비해야 하는 것도 바로 내 일이오."

엉뚱하게도 수술 집도의 선정을 두고 정치 논리가 개입되었다. 사람들 시선이 박훈에게 쏠렸다. 박훈은 입을 꾹 다문 채였다. 답답해진 수현이 박훈의 대답을 독촉하고 나섰다.

"박 선생, 그렇게 가만있지만 말고 이 사람들한테 뭐라고 말 좀 해 봐요, 어서."

어처구니없지만 정치도 그들을 둘러싼 엄연한 현실이었다. 그것을 박훈은 알고 있었다. 이윽고 참담한 어조로 입을 열었다.

"장 대좌의 말이 맞아. 나 같은 반역자에게 수술을 맡겼다가 만일 잘못되면 여기 있는 장 대좌와 송채희 선생에게는 엄청난 가중 처벌이 떨어질 거요. 본래 공화국이란 곳은 불합리가 합리를 억누르고 몰상식이 상식을 지배하는 그런 데니까."

"동무, 말조심하기요."

"내가 집도하겠다고 고집하면 저 사람들 태도가 변할 수 있어요. 독일 의료진이 올 때까지 기다리겠다며 다시 억지 부릴 거요."

"그래서 박 선생 생각은 뭐예요?"

"분명한 건 내가 나설 일은 아니라는 거요."

말을 마친 박훈이 방을 나갔다. 채희는 난감한 얼굴로 장성우를 설득했다.

"대좌 동지, 박훈 선생님이 아니면 림 동지는 어렵습니다."

"어쩔 수 없는 일이다."

보다 못한 수현이 중재안을 제안했다.

"좋아요. 집도는 내가 맡도록 하죠. 하지만 나 혼자서는 안 돼요. 외과 수술은 반드시 조수가 필요하거든요."

그녀의 속이 뻔히 들여다보인다는 듯 장성우가 양미간을 모으며 물었다.

"편법을 쓰겠다는 거요?"

"표현이 적당치 않네요. 묘안이라면 모를까."

림진수의 입원실을 나온 박훈은 연못가 벤치에 앉았다. 휠체어를 탄 환자와 보호자들이 산책 삼아 연못 주위를 돌며 그를 스쳤다. 처음 병원 건물을 지으며 정원을 만들 때 초대 병원장은 자비를 들여 비단잉어를 사다가 이곳 연못에 풀어놓았다고 했다. 그러나 지금은 잉어는 사라지고 개구리와 올챙이 떼만 득시글대는 흙탕물 구덩이로 변해 버렸다. 게다가 한여름에는 모기 유충인 장구벌레까지 들끓어 병원 보건 관계자들의 골칫덩이였다. 그들은 번거롭게 매년 살충제를 살포하느니 차라리 연못을 흙으로 덮어 버리자고 몇 년째 주장하고 있었다.

"물고기 하나 없는 물구덩이에서 뭘 그렇게 찾아요?"

연못 안에 시선을 처박고 있는 박훈의 등 뒤로 어느새 다가온 수현이 말을 걸었다.

"집도의 문제는 어찌 됐소?"

"어찌 되긴요. 박 선생이 못하면 나라도 나서야지, 별수 있어요?"

"민 선생이라면 해낼 수 있을 거요."

"옆에서 당신만 거들어 준다면……."

그 말에 박훈이 연못에서 거둔 시선을 수현에게 옮겼다.

"그들이 허락하지 않을 거야."

"그래요? 허락은 이미 받아 뒀는데, 그걸 어쩌나?"

"설마……."

"자, 이제 박 선생 할 일은 지금 당장 아지트에 가서 팀원들과 수술 계획을 세우는 거예요. 알았죠?"

수현은 여전히 믿기지 않는다는 표정을 짓는 박훈을 벤치에서 잡아 일으켰다.

"시간 없어요. 다들 기다리고 있으니 어서요. 1시간 안에 수술을 시작해야 해요."

그리고 등 뒤를 떼밀 듯하며 병원 건물 안으로 그를 몰고 들어갔다.

"남조선 에미나이들은 잔머리가 빨라, 아니 그렇소?"

림진수의 침대를 밀고 들어가는 수현의 모습이 수술실 문 안으로 사라지자 밖에서 지켜보던 장성우가 말했다.

"당신 같은 순둥이는 얼마 버티지 못하고 산 채로 잡아먹히고 말 거요."

모처럼의 농담이었지만 채희는 웃지 않았다.

"저도 수술실에 들어가겠어요."

장성우의 미간에 주름이 잡혔다.

"이유는?"

"누구보다도 림 단장 동지의 몸은 제가 잘 아니까요."

"일리 있는 말이기는 하지만……."

장성우가 그녀에게서 시선을 거두며 말꼬리를 흐렸다.

"주치의 자격으로 수술 과정을 참관할 권리가 있어요."

"참관실에서 보는 거야 상관 없갔디. 꼭 수술방에 들어갈 것까지야 있겠소? 그만 참관실로 이동합시다."

"안 되는 이유가 뭔데요? 납득할 만한 설명을 듣기 전엔 가지 않겠어요."

"송 동무, 갑자기 왜 이러기요?"

장성우는 얼굴이 붉어지도록 당황했다. 그러고는 주위에 있던 휘하 요원들을 손짓해 멀리 물렸다.

"내레 채희 당신이 박훈 놈 옆에 서는 건 보기 싫소."

"네?"

"수용소에서 그놈 수술 보조원을 했다 하지 않았소?"

자기 말만 마친 장성우는 대꾸할 틈도 주지 않고 저편으로 성큼 걸어가 버렸다. 멍했다. 저 남자 머리 안엔 오직 공화국과 당으로만 가득한 줄 알았다. 질투 같은 사소하고 미묘한 감정 따윈 가져본 적 없는 군인으로만 생각했었다.

미안했다. 장성우의 내심을 조금도 배려하지 못했던 자신이 부끄러웠다. 채희는 고집했던 생각을 바꾸기로 했다. 그렇게 마음먹고 나니 차라리 홀가분했다. 다쳤던 발목이 아직은 시큰거렸지만 참관실로 옮기는 걸음이 전보다 훨씬 가벼웠다.

급성대동맥박리란 발생 순간부터 환자의 사망률이 20퍼센트를 훌쩍 넘고 이후 매시간마다 치사율이 1퍼센트씩 솟는 최악의 응급 질환이다. 림진수는 급성심근경색과 대동맥 협착증으로 오랜 기간 고생하다가 심부전이 동반된 상태였다. 그런 와중에 서울에서 갑자기 급성심근경색이 재발하면서 아주 드문 확률로 급성대동맥박리가 동시에 발생한 것이었다. 그런데 수술 개시 20분쯤 남겨두고 예상치 못한 브레이크가 걸렸다. 림진수의 수술 소식을 뒤늦게 접한 문성주가 대로하여 수술실로 쳐들어온 것이다.

"이 조직에는 위계도 질서도 없나? 수술 지시는 누가 내렸어?"

수술방에 있던 수현이 튀어나왔다.

"수술 결정은 제가 내렸어요. 죄송합니다. 워낙 긴급한 수술이라 나중에 보고 드리려 했습니다."

못마땅한 표정으로 수현의 해명을 건성으로 흘리던 문성주는 주위를 향해 건조하고 사무적인 목소리로 선언했다.

"이 수술은 보류야. 그리고 지금 당장 환자 인계할 준비해."

"인계라니요? 그게 무슨 말씀이세요?"

"청와대 방침이야. 림진수 단장은 세종의료원으로 옮겨 심장 이식 수술과 대동맥 치환술을 받게 될 거야. 세종에서 곧 구급차가 도착한다니까 최대한 빨리 환자 이송 준비하고, 알았지?"

"심, 심장 이식이요?"

수현은 귀를 의심했다. 이건 또 무슨 뚱딴지같은 수작인가.

"환자에게 딱 맞는 심장을 벌써 구해 놓았다는군. 세이버 수술도 좋지만 이식할 심장이 있으니 이제 필요 없게 된 거지. 북한 대표단도 찬성할 거야. 굳이 위험한 모험보다는 안전한 이식 수술 쪽을 선호할 테니."

사실 청와대 운운은 문성주의 허풍이었다. 림진수의 심장 이식은 동우의료원 경영진 비밀회의에서 나온 결정이었다. 다만 정부 고위 관계자에게 이 같은 결정 내용을 알렸고 중요한 대북 사안인 만큼 대통령 보고를 부탁했을 뿐이었다.

애초 문성주는 림진수가 동우의료원에 입원하자마자 세종의료원의 연락을 받았다. 세종 측은 개성의료센터 주축병원 선정 경쟁에서 그만 발을 빼겠다는 뜻을 전해 왔다. 대신 북한 대표단장 림진수의 양보를 원했다. 주축병원 경쟁에서 이미 동우에 밀렸다고 판단한 세종은 그 대안을 찾고 있었다. 그래서 북한에 진출하기 위한 새로운 아젠다 설정이 시급했다. 그러자면 북한 정치인들과의 끈끈한 사전 네트워크 구축이 필요했는데, 림진수와 같은 거물급 인사의 수술과 치료는 북한 측과 끈을 이을 수 있는 절호의 기회라고 판단한 것이다.

동우 입장에서도 세종의 은밀한 제안은 달콤했다. 안 그래도 림진수가 수술대 위에서 사망하게 되고, 그래서 다 된 밥에 초 치게 되는 건 아닐까 노심초사하던 병원 경영진이었다. 그들은 숙의 끝에 결코 손해 볼 것 없는 거래라는 판단을 했다. 그리고 만장일치로 림 진수의 양보를 결정했다.

세종의료원 구급차가 정문을 통과했다는 안내초소 전화와 동시에 림진수의 침대는 대기하던 수술 병실을 빠져나갔다. 박훈과 수현이 찾아 나섰을 때는 이미 환자를 태운 엘리베이터가 지하 주차장으로 내려간 뒤였다.

"이제 어떻게 할 거예요?"

약이 올라 엘리베이터 문을 걷어차는 박훈에게 수현이 물었다.

"막아야지. 지금 환자 상태로는 수술에 성공하더라도 패혈증으로 사망할 확률이 높아. 오직 세이버 수술만이 그녀를 구할 수 있어."

수현이 고개를 갸웃했다.

"그녀를 구한다니요? 단장 영감이 아니고요?"

"경황이 없어 말이 헛나왔나 봐."

박훈은 비상 엘리베이터를 이용해 단숨에 1층까지 내려갔다. 그리고 지하에서 지상 도로로 빠져나오는 주차장 출구를 향해 있는 힘껏 뛰었다. 림진수를 실은 구급차가 요란하게 경광등을 점멸하며 어두컴컴한 출구로부터 빠져나오는 모습이 시야에 잡혔다.

'저 차를 세워야 해!'

무작정 구급차 앞에 뛰어들었다. 쿵, 박훈의 몸이 2미터가량 차량

범퍼 전방으로 튕겨져 나갔다. 구급차는 급정거했고 운전기사가 놀라 쏜살같이 뛰어나왔다. 운전기사는 바닥에 쓰러진 박훈을 부축하려 했다. 그러나 박훈은 그 손을 뿌리치고 일어서더니 절뚝절뚝 구급차 뒷문으로 걸어갔다. 그리고 뒷문을 활짝 좌우로 열어젖혔다.

수현이 헐레벌떡 뒤쫓아 갔을 때는 이미 박훈이 구급차를 막아서고 옥신각신 중이었다. 한재준이 차에서 내려 박훈의 멱살을 잡아 흔들었다.

"박 선생, 도대체 왜 이러는 거야, 응?"

"그러는 그쪽이야말로 뭐하는 짓이오? 이렇게 옮겼다간 환자 죽어!"

흥분한 두 사람 사이를 수현이 끼어들며 말렸다.

"두 사람 다 왜 이래요? 위급한 환자를 두고 의사란 사람들이 이래도 되는 거예요?"

한재준이 언성을 높이며 항의했다.

"민 선생은 지시 못 받았어? 당장 이 친구 비켜서라고 해, 어서!"

"지시는 전달 받았어요. 하지만 잘못된 결정이잖아요. 지금 환자 상태로는 심장 이식을 견딜 수 없다고요."

"흥, 다들 제멋대로군."

어떻게 할 거냐는 듯 한재준이 구급차에 탄 장성우를 쳐다보았다. 박훈 역시 그의 대답을 기다렸다. 장성우는 뭔가를 깊이 숙고하는 듯 말이 없었다. 답답해진 수현이 조수석 창문을 두드리면서 그만 창을 내리라는 시늉을 했다. 그리고 스르르 창문이 내려가자 대뜸 쏘아붙였다.

"결정은 당신들이 해요. 어떻게 할래요?"

"......"

"어서 대답해요, 살릴 건가요, 아니면 죽게 놔둘 건가요?"

장성우는 크게 한숨 쉬더니 구급차 뒤편으로 시선을 넘겼다.

"심장 이식을 하는 편이 살 가능성이 더 높다고 들었어요."

림진수의 응급 침대 옆에 있던 채희가 기어들어가는 목소리로 대답했다.

"아뇨, 그렇지 않아요. 송채희 선생님, 저희가 구할 수 있어요. 우리가 살릴 수 있다고요."

사정하는 수현의 목소리가 점점 떨렸다. 그런 그녀에게 장성우가 미안한 표정을 지어 보였다.

"실은 나도 조금 전에야 평양에서 연락을 받았소."

"킬킬킬, 그래, 당신네 당 중앙에서 뭐랍디까?"

어느새 와 있던 금봉현의 질문에 한재준이 당연한 걸 묻는다는 듯 대신 말을 받았다.

"이야기가 다 끝난 사안이라니까, 빨리 환자를 옮깁시다. 이렇게 지체할 분초도 아까운 환자입니다."

"아직 대답을 못 들었잖아!"

박훈이 대뜸 고함치더니 장성우의 입을 쏘아보았다.

"평양에서는 여기서 결정하라는군. 림진수 동지를 살릴 최선의 방법을 택하라 했소."

"말이 또 바뀐 모양이군. 내 그럴 줄 알았어."

장성우의 말을 듣자마자 한재준이 불만을 토해냈다.

"이보시오, 대좌 양반. 그쪽 윗선하고 다 입을 맞춰서 결정한 사안입니다. 의심스러우면 다시 확인을 해 보시던가."

이번에는 구급차에서 잠자코 있던 채희가 차에서 내리며 나섰다.

"제가 결정할게요. 림 동지는 여기 남습니다. 왜냐하면 심장을 이식한다고 모든 게 끝나는 건 아니니까요."

발끈한 한재준이 비아냥대듯 말을 받았다.

"혹 감염을 걱정하는 모양인데, 이봐요, 아가씨. 일단 이식 후에 항생제로 잡아 나가면 되는 일이니 그건 걱정 안 해도 될 거예요. 우선 목숨부터 살려 놓고 감염균을 제어하는 게 순서니까 이번 기회에 잘 배워 두도록 하세요."

"난 아가씨가 아네요. 림진수 동지의 주치의입니다."

감염 위험을 두고 입씨름이 이어졌다. 게다가 주위에 몰려든 사람들까지 각자 한마디씩 거들면서 삽시간에 난장판이 되었다.

"이거 시장바닥이 따로 없구먼. 이봐, 우리만이라도 입 다물고 조용히 있자고, 응?"

금봉현이 세이버 수술팀원들의 어깨를 툭툭 두드리며 너스레를 떨었다. 마침내 상황을 보다 못한 장성우가 사람들 앞으로 나서며 크게 외쳤다.

"모두 조용히 하기요! 이 장성우가 결정하갔소."

그러고는 터벅터벅 박훈에게 걸어가더니 그의 앞에 산처럼 우뚝 멈춰 섰다. 장성우의 비장한 표정에 박훈은 저도 모르게 긴장했다. 먼저 뭐라고 말하는 편이 나을 듯했다.

"비켜서라는 거라면 날 밟고 가야 할 거요"

"내레 밟으면 순순히 밟혀 주갔네?"

"뭐요?"

"집도의를 맡으라우."

이 덩치 큰 친구 지금 뭐라고 하는 건가. 박훈의 눈이 휘둥그레졌다. 갑자기 일어난 반전에 주위가 어리둥절해하는 동안 장성우는 놀랄 만한 말들을 쏟아냈다.

"공화국을 등진 반역자를 내 딱 한 번만 믿고 맡겨 보갔어. 허나 실패의 책임은 내레 엄중히 물을 거요. 만에 하나 림 동지가 잘못되면 동무는 내 손에 죽소, 동의하오?"

결국 장성우는 박훈의 손을 들어준 셈이었다. 의외의 역전패를 당해 어안이 벙벙해진 한재준이 벌게져 항의했지만 장성우는 스스로의 결정에 못을 박았다.

"더는 이의를 달지 말기요, 평양과는 내레 정리하갔으니."

상황이 빠르게 정리되면서 은민세와 금봉현이 재빨리 구급차에 올라탔다. 그리고 차머리를 재촉해 다시 병원 안으로 돌렸다.

한발 늦게 소식을 들은 문성주가 수술실로 뛰어왔다. 그러나 이미 수술방의 수술사인이 켜진 뒤였다. 일이 이렇게 된 이상 그녀도 이제 수술의 성공을 바라는 수밖에 없었다.

"그럼 다 뭐라고 해명한담?"

수술 참관실로 올라가는 동안 머릿속이 복잡해지기 시작했다. 경영진에 뭐라고 변명할지 또 세종의료원의 항의는 어떻게 받아넘길지, 그 궁리는 온전히 그녀의 몫이었다.

41

박훈은 림진수의 가슴을 열었다. 육안으로 직접 들여다보니 역시 예상했던 대로였다. 환자를 세종의료원에 양보하지 않았던 것은 전적으로 옳은 선택이었다.

림진수의 상태는 심장이 뛰는 게 기적일 정도로 총체적 난국이었다. 대동맥 내막이 찢어져 발병하는 대동맥박리는 대동맥 내강 안의 혈액이 대동맥 중막으로 파급되어 대동맥벽이 파급된 혈액에 의해 내층과 외층으로 분리되는 것을 말한다. 림진수는 벌써 상당 부분 대동맥 중층 괴사가 진행되던 상태였기 때문에 만약 시간을 더 끌었다면 손쓸 수 없는 지경으로 이어질 뻔했다.

제1조수와 제2조수를 맡은 민수현과 최동찬이 내막 열상 부위

를 절제해 가며 파열 가능성이 가장 큰 대동맥 부위를 인조 혈관으로 치환하는 수술을 맡았고, 그러는 동안 박훈은 대동맥 판막 협착증 수술을 동시에 진행했다. 좌심실에서 대동맥으로 혈액이 이동할 때 가장 큰 관문이 대동맥 판막인데 판막의 입구가 좁아지면 협착된 부위를 제거하거나 넓혀 주어야 했다. 그래서 박훈은 풍선을 넣어 협착 부위를 넓혀 주는 벌룬 판막 성형술(Balloon Valvuloplasty)을 사용했는데 이 판막 수술은 비교적 빠른 시간 안에 끝났다.

다음은 관상동맥 우회술이었다. 이는 집중력을 요하는 높은 난이도의 수술로 심장에 혈액을 공급하는 관상동맥이 막힌 경우 막힌 부위를 그대로 두고 그 우회로를 만들어 심근으로의 혈액 흐름을 보장해 주는 수술을 말했다. 림진수의 심장이 간헐적 쇼크를 보이는 것도 그 혈류 흐름이 원활하지 않았기 때문인데, 문제는 수술진행을 위해 얼마간 심장을 멈추어야 한다는 데 있었다. 가까스로 우회 통로를 만들더라도 심장이 다시 박동을 시작하지 않는다면 그것은 실패한 수술이 된다. 과연 림진수의 몸이 심정지 시간을 버텨줄 수 있을지…….

"오프펌프로 갑시다."

"오피캡?"

수현이 되물으며 망설이는 기색을 보였다. 심장박동하 관상동맥 우회술로 불리는 오프펌프(Off Pump CABG, OPCAB)란 심장박동을 멈추지 않고 수술하는 방법이다. 본래 관상동맥 우회술은 심장 주변에 분포하는 관상동맥에 이식혈관을 심는 작업이어서 이론적으로 심장 안의 혈액을 비울 필요가 없었다. 그럼에도 심폐체외순환을 이용하여 심장을 멈춰 놓고 수술하는 까닭은 분당 100회 가까이 진동하는 심박동을 피해 가면서 육안으로는 구분조차 안 되는 가는 실로 심혈관을 봉합하기란 거의 불가능에 가까운 일이기 때문이었다.

"안정기 준비 완료!"

박훈의 지시가 떨어지자 은민세가 기계를 가까이 끌어당겼다. 심장을 멈추지 않고 수술을 할 경우는 안정기(Stabilizer)를 사용한다. 말발굽처럼 생긴 안정기를 이용해 심장의 표면을 흡착, 꽉 눌러줌으로써 봉합하는 부위의 심장 움직임을 억제하여 전체 심장이 움직이는 상태에서 집도의의 수술이 가능하도록 도와주는 장치다. 하지만 심장이 완전히 멈춘 게 아니어서 작은 진동은 끝없이 혈관을 흔들었다. 또한 쉴 새 없이 새어나오는 혈액 역시 봉합을 방해했다.

"10분 후 세이버 수술 들어갑니다. 심장은 계속 유지시키세요."

박훈의 수술은 홍수로 불어난 강물을 만나 디딜 돌을 차례로 놓아가며 한 걸음 한 걸음씩 건너는 방식으로, 앞선 수술을 배후에 깔고 전진을 거듭하는 그런 식이었다. 따라서 만일 대동맥박리나 판막 수술, 관상동맥 우회술, 어느 것 하나에서 균열이 발생하면 지금 쌓고 있는 성벽은 한순간 맥없이 무너질 수 있었다. 따라서 살을 째고 한 땀 한 땀 꿰어 나가는 그의 손길은 어느 때보다도 신중하고 섬세했다.

수술 시간이 3시간 30분을 넘길 무렵 박훈의 다음 지시가 떨어졌다.

"다음은 심실류 선상 절개에 들어갑니다. 조직의 경계를 속히 확보하고 가능한 최대한 빠른 속도로 절개 부위를 봉합하세요!"

참관실의 송채희는 유리 벽 너머 아래 구슬땀을 흘리며 집도에 집중하는 박훈을 지켜보고 있었다. 그의 수술 모습은 실로 오랜만이었다. 장성우가 채희를 흘끗 흘겨봤다. 그리고 그녀 어깨 위에 슬며시 손을 얹었다.

"웃기는 일 아니오? 저 동무 손에 우리 장래가 달려 있다니."

"잘할 거예요."

"반드시 잘해야디. 잘하디 못하면 지가 어카갔네? 고저 내 손에 뒈지기밖에 더 하간?"

박훈이 무심코 참관실 위로 고개를 돌리자 채희가 장성우의 가슴팍에 고개를 묻고 있는 모습이 시야에 들어왔다. 얼른 시선을 아래로 피했다. 동요하는 그의 낌새를 알아차린 수현이 재빨리 귀에 대고 속삭였다.

"신경 쓰지 마요. 지금 그럴 때 아니란 거 잘 알죠?"

고개를 끄덕였다. 급격한 감정의 동요는 손끝의 불필요한 떨림과 치명적인 실수로 이어질 수 있다.

"이 핏덩이뿐인 심장에서 사랑이란 애틋한 감정이 비롯된다니, 참 신기한 일이에요."

"민 선생답지 않은 말이야."

그의 기분을 풀어주려 던진 말인데 박훈은 퉁명스럽게 대꾸했다.

"나답지 않다니요?"

"시인이라면 몰라도 약리학을 배운 의사가 할 말은 아니지."

"사랑이란 건 단지 뇌의 화학물질과 호르몬의 작용일 뿐이다, 설마 그 말 하고 싶은 건 아니죠?"

두 사람만의 달콤한 대화에 최동찬이 눈치 없이 끼어들었다.

"로맨틱하지 않지만 그래도 내 전 와이프 경우를 보면 난 뇌 작용 쪽에 한 표야. 심장은 예전과 똑같이 쿵쿵 뛰고 있는데 와이프에 대한 감정은 결혼할 때랑 진짜 많이 다르거든."

이번엔 민세가 눈을 흘기며 거들었다.

"그럼 사랑이 그냥 뇌 속 화학 작용일 뿐이란 건가? 이거 다시 보이는데요, 그래도 이 병원에서 사람 냄새 풀풀 나는 몇 안 되는 멋진 남자라고 생각했는데……."

"뭐가? 난 그저 뇌에서 도파민이나 페닐에틸아민이 작용해야……."

최동찬이 주섬주섬 변명했지만 민세는 쉴 틈 없이 몰아붙였다.

"아우 됐어요. 그럼 형은, 아니 최 선생님은 약물 주사 한 방만 맞으면 낯도 코도 모르는 여자도 사랑할 수 있겠네, 뭐."

팀원들에게서 일제히 웃음이 터졌다. 오랜 시간 동안 긴장으로 얼어붙었던 수술방에 생기가 돌았다.

"자, 집중하고, 다시 들어갑니다."

박훈이 크게 심호흡을 한 뒤 민세가 건네주는 메스를 손바닥에 받았다. 그리고 심장의 어느 한 부분을 조준했다. 그곳에는 탁한 그림자가 검은 독을 피워 올리고 있었다.

"잠깐만요. 거기는……."

수현이 그를 살짝 제지했다. 그가 메스를 대려는 부분은 좌심실 상단 관상동맥과의 경계 부위로 시각적으로는 아무 이상이 없는 곳이었다. 그가 미소를 지으며 설명하기 시작했다.

"잘 봐요, 민 선생. 병변은 두 곳이야."

"두 곳이라고요?"

"여기 좌심실 아래 늘어진 부분이 수술 포인트지만 이곳도 역시 잘라내야 해. 마치 쌍둥이처럼 두 곳의 환부가 하나로 연결되어 있거든."

"눈으로는 전혀 구별이 안 가요."

"시각이 우리에게 제공하는 것은 언제나 한쪽 영상일 뿐이오. 아래쪽 병변이 눈에 잘 띄는 것에 비해 위쪽의 병변은 심장 내벽으로 괴사 조짐을 보이고 있지. 위쪽에서 상처가 시작됐고 혈관을 타고 내려와 아래쪽 좌심실을 잡아당긴 결과요."

"그럼 두 곳 모두 세이버 수술로?"

"난 그럴 생각이요."

"우린 한 번도 그렇게 해 본 적이 없어요."

"그러니까 지금 해 보자는 거요. 동시에 병변을 제거합시다. 내가 위쪽을 맡을 테니 민 선생이 아래쪽을 맡아요. 최동찬은 민 선생을 보조하고."

말을 마치기도 전에 그는 벌써 자신의 생각을 행동으로 옮기고 있었다. 수현이 고개를 절레절레 흔드는데 최동찬이 옆에서 헛, 하고 기합소리를 냈다.

"뭐, 까짓것 한번 가 봅시다. 박 선생 가자는 대로."

그들은 알고 있었다, 적어도 수술대 앞에서는 어느 누구도 박훈을 막을 수 없다는 것을. 물론 선택의 결과는 미지의 영역이다. 그러나 결과 모를 선택에 연연하느니 차라리 박훈의 수술 속도를 부지런히 따라 맞추는 것, 현재의 최선은 오직 그것뿐이었다.

총 6시간에 걸친 수술이 끝났다. 예후를 더 두고 봐야 했지만 수술 자체는 흠 잡을 데 없었다. 심장도 돌아왔고 맥도 차츰 정상 수치까지 회복됐다.

"수고했소, 박 동무."

박훈이 림진수를 중환자실로 옮기고 밖으로 나오자 장성우가 노고를 치하하는 악수를 청했다.

"자, 우리 축배를 들러 나가야 하지 않겠소?"

박훈이 유리창 너머로 중환자실 안을 바라보았다. 채희가 림진수의 곁을 살피고 있었다.

"지켜보느라 많이 지쳤을 거요. 마음고생도 고생이니까."

"어쩔 수 없는 일이다. 림 동지의 건강을 돌보는 것이 당이 내린 과업이니끼니. 어찌 하갔소, 단둘이 한 잔하지 않갔소?"

"다른 팀원들도 수술하느라 고생 많았습니다."

"기거야 내레 잘 알디. 민 선생, 최 선생, 금 선생 어느 한 분만 없었어도 우리 림 동지, 벌써 저 하늘나라 구름 위로 떠 버렸갔디."

흥분이 지나쳤는지 그답지 않게 말이 많았다.

"요 앞에서 둘이서 간단히 한 잔합시다. 오늘 같은 날을 그냥 넘어가서야 되갔소?"

장성우의 강권에 밀려 찾은 곳은 병원에서 얼마 떨어지지 않은 조그만 바였다. 양주를 한 병쯤 비우고 나자 서먹했던 분위기가 누그러지는 것 같았다. 취기가 올라오는지 장성우가 박훈의 어깨를 툭툭 치며 친밀감을 표시했다.

"사실 난 동무를 백 빠센트 믿진 않았소. 그건 지금도 그렇고. 아무튼 공화국 혁명일꾼 림진수 동지 생명을 구해 준 거, 진심으로 감사드리오."

"세종의료원으로 이송했다면 환자를 놓칠 수도 있었소."

"그럼 결정을 잘한 내 공로도 있는 거란 거요? 거 듣기 좋구만 기래."

장성우가 기분 좋게 웃어젖히며 박훈의 잔에 자신의 잔을 부딪쳤다.

234

"취한 김에 내레 속에 있는 말 하나 해야 하갔소. 잘 듣기요."

그가 정색한 얼굴로 박훈을 빤히 쳐다보며 뜸을 들였다. 박훈의 얼굴에 긴장한 빛이 돌자 곧 호탕한 웃음과 함께 홀 떠나가도록 크게 외쳤다.

"이보오, 공화국을 배신한 박훈 동무, 나 장성우가 진심으로 감사하는 바이오. 건배!"

싱겁고 짓궂은 장난이었다. 장성우는 박훈에게 장난을 걸고 그가 겁을 먹어 빳빳하게 긴장하는 표정을 보면서 마음껏 즐기는 것 같았다.

"그럼 나도 속에 있는 말 하나 꺼내도 되겠소?"

"얼마든지 말해 보기요. 고저 사소한 부탁 같은 거이면 내레 당장 들어 주갔어."

"송채희를 남쪽에 남겨 주시오."

"뭬야?"

온더락 잔이 장성우의 손에서 미끄러져 떨어졌다. 쨍그랑, 산산조각이 났다.

"야, 이거 내레 너무 놀라서 똥구녕에서 밥알 튀나오갔구만 기래."

"장 대좌!"

"그만! 농담이 지나치오."

"농담 아니오. 난 송채희를 사랑합니다."

박훈이 작심한 듯 몰아치자 장성우는 골치가 아프다는 듯이 머리를 싸매 쥐었다. 그리고 주문한 두 번째 양주를 병째 들이켰다.

"동무, 설마 수술하느라 다 잊은 거요? 송채희 동무는 나와 곧 결혼식을 올릴 여자요."

"그 전에 송채희는 내 아내요."

"썅!"

장성우의 눈에서 핏발이 돌았다. 그러나 박훈은 개의치 않았다. 이왕 말을 꺼낸 김에 확실히 부러뜨려야겠다고 생각했다.

"장 대좌, 송채희를 양보해 주시오."

"개 같은 소리 집어치우시오. 공화국 일꾼을 남쪽에 버리고 가라니, 역시 동무는 반당 분자야. 아니 그렇소?"

"어떤 모욕도 감수하리다. 채희를 그만 놓아 주시오."

"놓아 달라? 야, 이거 모르는 사람이 들으믄 내레 싫다는 에미나이를 억지로 붙잡는 걸로 오해하갔구만. 이보오, 박훈 동무. 고저 귓구녕 크게 열고 똑똑히 듣기요. 내 요 입에 자물쇠 꽉 채우고서리 아무 말 안 하려 했는데 이거 아니 되겠소. 이번 참에 확실히 선을 긋고 매듭짓지 않으면 큰일 나갔소."

장성우가 담배를 꺼내 불을 붙였다. 비상구를 알리는 푸르스름한 불빛에 담배 연기가 하얀 산란을 일으키며 뭉글 기어 올라갔다.

"어차피 두 사람, 내레 포기하더라도 불필코 이루어져서는 안 되는 사이인 거, 그건 알고 있소?"

박훈은 장성우가 꺼내려는 말이 무언지 도무지 짐작되지 않았다. 의아해하는 박훈을 뚫어져라 쳐다보던 장성우가 담배연기를 박훈의 얼굴 쪽으로 훅하고 내뿜었다.

"내레 말이오, 박훈 동무의 과거를 뉘기보다 잘 알고 있소. 게다가 수용소에 잡혀 있던 송채희 동무 부모님의 죽음에 어느 쌍 간나 보건의 새끼가 개입했었다는 것까지 말이다."

갑자기 박훈의 온몸에 냉기가 덮치는 것 같았다. 벌떡 일어나 장성우의 멱살을 잡아챘다.

"대체 뭘 알고 있는 거지?"

"발뺌해 봤자야. 고저 보위국 내 동무가 박훈이 파일을 죄 보관하고 있으니끼니. 이보라, 박훈이, 우리 남자끼리 솔직해지자우. 고저 그곳에서는 수많은 생체 실험이 벌어졌갔디. 분명히 실험 전까지 송채희네 부모들은 살아 있었어. 근데 박훈이 너를 만나서 갑자기 죽어 버린 거이야. 그기 어드런 의미 갔네? 물론 다행히 송채희는 살아났디. 하지만 기억이 싹둑 잘리지 않았갔네? 그건 또 뉘기 짓일까?"

"······."

"박훈이가 적극적으로 개입했다, 그 증거는 공화국 금고에서 두 눈 시퍼렇게 뜨고 살아 있다. 기런데 기런 박훈이가 송채희를 사랑한다? 집어치우라우! 나라면 기딴 역겹고 지저분한 사랑 타령 따윈 고저 집어치우갔어."

박훈의 눈에 바 벽면에 붙은 장식거울이 들어왔다. 거울 속에는 박훈과 똑같은 머리 모양과 똑같은 옷을 입은 추악한 악마가 마주 앉아 히죽거리고 있었다.

"송채희 가슴팍에 난 바느질 자국, 기것도 분명 네놈 짓이갔지. 쌍간나 새끼!"

더 이상 듣고 있을 수 없었다. 박훈은 자리를 박차고 일어나 허위허위 술집을 빠져나왔다. 걷는데 구역질이 올라왔다. 먹은 것이 별로 없었지만 위 안에 남아 있던 음식 찌꺼기를 거리에 죄 게워냈다.

'난 더러운 놈이야. 더 게워내야 해, 더……. 위뿐만 아니라 창자까지 이 더러운 몸뚱이를 채우고 이루는 것이라면 모두 다 게워내야 해.'

지난 7년 동안 사랑이란 미명 아래 간직했던 감정과 행했던 일들이 죄 역겨운 기억으로 몰려왔다. 가슴에 품어 왔던 것은 사랑이 아니라 염치없는 욕정에 불과했다고 스스로에게 욕지거리를 해댔다.

'하지 말았어야 하는 말을 했어.'

박훈이 가고 난 뒤 장성우는 곧 후회했다. 불현듯 채희를 양보하라는 요구를 받고 그답지 않게 자제력을 잃었다. 못 들은 척 무시하면 그만이었던 일이었다. 그러나 통쾌하게 한 방 먹였다는 쾌감도 없지는 않았다. 오래도록 마음 한구석에 꿈틀거리던 복수심이었다.

박훈이 남기고 간 술잔까지 비우려는데 옆에서 사람 기척이 났다. 중환자실에 있어야 할 채희가 어느새 그곳에 와 있었다.

"언제 왔소? 림 동지는 어떻게 하고?"

채희의 얼굴은 잔뜩 상기되어 있었다. 마치 엉엉 통곡한 것처럼 눈 주위가 붉었다. 까닭을 물으려는데 장성우의 뺨이 돌아갔다.

"뭐하는 짓이네!"

"아까 했던 말 사실입니까?"

"어드런 말?"

"제 부모님 이야기 말입니다. 다 들었습니다. 정녕 틀림없는 사실입니까?"

림진수의 수술이 끝나고 채희는 경황이 없었다. 그 탓에 박훈을 만나 고맙다고 변변한 치사 한마디 건네지 못했다. 더구나 수술 중 참관실에서 장성우에게 어깨를 내주었던 자신의 무심했던 행동이 내내 마음에 걸렸다. 수술 집도의의 집중력을 거슬릴 언행은 되도록 삼가는 것이 병원 상식이라고 생각했는데, 부지 간에 실수를 저지른 것 같아 몹시 미안했다.

마침 중환자실 간호사가 채희에게 잠시 짬을 만들어 주었다. 그녀에게 환자를 부탁하고 채희는 박훈을 찾아 나섰다. 그러나 장성우와 함께 있으리라고는 예상하지 못했다. 더군다나 채희, 자신의 부모 이야기를 나누고 있을 줄은 꿈에도 생각 못했다. 채희는 대화를 엿듣기 위해 어두컴컴한 술집 한쪽 구석에 몸을 숨겼었다.

"기거이 사실이라면 어드럴 셈이디?"

채희의 눈에 다시 눈물이 그렁했다. 그리고 다그치며 물었다.

"언제부터 알았나요? 왜 저한테 먼저 말을 안 했어요?"

"미안하오, 내레 차마 입 밖으로 꺼낼 용기가 없었소."

채희는 장성우를 원망스러운 눈으로 노려보았다. 하지만 사실 이 남자 잘못은 없다. 잘못은커녕 자신을 수렁에서 구해 준 은인일 뿐이다. 지금 그녀가 선 자리도 모두 이 남자 덕분 아닌가. 그는 부모님 죽음과 아무 상관도 없을뿐더러 지금 그에게 화풀이하며 추궁하는 행동은 그저 유치하고 우스꽝스러운 투정일 뿐이다.

"당분간 혼자 있고 싶어요."

뒤에서 부르는 목소리가 들렸지만 채희는 돌아보지 않았다. 곧 따로 해야 할 일이 있었다.

술집을 빠져나온 채희는 걸음을 재촉했다. 그러나 림진수가 누워 있는 중환자실로 다시 돌아가지 않았다. 대신 장성우의 숙소로 향했다. 안전관리실에서 비상키를 빌려 문을 따고 숙소 안으로 들어갔다. 그리고 방 안을 샅샅이 뒤졌다. 옷장이며 서랍, 그의 여행용 가방까지 모두 헤집으며 그가 숨겨 둔 무언가를 찾으려 했다.

간신히 아지트까지 기어오다시피 한 박훈은 문을 열자마자 의자에 쓰러지듯 무너졌다. 머리는 납덩이처럼 무거웠고 속은 느글거렸다. 어지러움에 눈을 감고 심호흡을 했다.

세상 어느 누구도 알지 못하리라 여겼는데, 꿈에도 생각 못한 일이었다. 만일 수용소에서 그가 자행했던 반인륜적 실험 행위가 세상에 알려진다면 그는 얻었던 모든 것을 잃을 수 있었다. 하지만 더 두려운 것은 따로 있었다.

"채희……."

채희가 알까 무섭고 겁이 났다. 그러나 그녀에겐 진실과 마주 할 권리가 있었다. 부모를 죽음에 이르게 한 원수 놈이 과연 누구인지 그 이름과 얼굴까지 똑똑히 알아야 했다. 그래야 그놈을 사랑하는 패륜을 피할 수 있을 테니까. 그렇게 너무도 '당연한' 생각이 들자 눈에서 눈물이 왈칵 쏟아졌다. 박훈은 두 손으로 얼굴을 감싸 쥐고 흐느끼기 시작했다. 심하게 다친 짐승의 그것 같은 조용하지만 처량하고 구슬픈 울음소리를 냈다.

그러는 사이 아지트의 문이 소리 없이 열렸다. 인기척을 느낀 것은 그의 관자놀이에 차가운 금속이 와 닿는 느낌을 느낀 다음이었다.

"여태 날 잘도 속여 왔군요."

채희였다. 새파랗게 질린 그녀는 박훈의 머리에 권총을 겨누고 바들바들 떨고 있었다.

"천사의 탈을 쓴 악마, 그게 박훈 당신이야. 그런데 난 그런 너를 사랑하고 죽을 결심까지 했었어."

채희의 얼굴은 사랑과 증오, 연민과 경멸, 후회와 절망 등 오만 가지 감정이 뒤죽박죽 섞여 알 수 없는 표정이었다.

"채희야……."

"내 이름 부르지 마!"

그녀가 절규했다.

"살인자! 넌 내 부모를 살해했어. 그리고 실험동물처럼 마음대로 째고 갈랐지."

박훈은 눈을 감았다. 그것으로 모두 끝이었다.

"직접 말해 봐. 아까 그 말들……, 모두 사실인지."

"장 대좌에게 다 들었을 테지. 미안하다, 모두 사실이야. 그러니까 방아쇠를 당겨."

"뭐?"

채희는 당황했다. 권총을 겨누었지만 내심 박훈의 변명을 기대했었다. 당이 부여한 중차대한 과업 수행을 도저히 거부하지 못했다는 식의 그럴듯한 핑계 따위로 자신을 납득시켜 주기 바랐다. 그러나 그는 그럴 마음이 없어 보였다. 순순히 목숨을 내놓겠다는 박훈의 태도에 마침내 채희는 그제껏 참았던 울음이 한순간에 터지며 굵은 눈물방울을 비 오듯 쏟아냈다.

"그럼, 그럼 난 뭐니? 내 부모를 죽인 너를 사랑한 죄, 그건 대체 어떻게 하란 말이니?"

채희의 항의는 곧 울부짖음으로 변했다.

"박훈, 네가 날 살렸잖아? 죽어가는 나를 살렸다고."

박훈은 눈을 감은 채 꼼짝도 안 했다.

"그럼 모두 인정하는 거야, 이렇게 쉽게? 아무 변명도 이유도 말하지 않고? 진짜 죽고 싶어 하는구나. 정말 비겁해. 아, 맞아, 넌 그때도 비겁했어. 단둥 그 허허벌판에 나를 버리고 도망쳤지. 좋아, 그걸 원하면 이번에도 기꺼이 놔 줄게."

박훈의 관자놀이를 겨눈 총구가 미동으로 동요했다. 방아쇠 위에 놓인 채희의 검지에 힘이 들어갔다. 그도, 그녀도 그 순간 눈을 감았다.

"타앙!"

총소리와 함께 박훈의 몸이 속이 꺼진 허수아비처럼 툭, 바닥으로 쓰러졌다. 아니, 그보다 한 찰나 앞서 억세고 두툼한 손이 어디선가 날아와 권총 총열을 세차게 밖으로 밀어냈다. 총구에서 발사된 탄환은 박훈의 머리 대신 아지트 벽면 깊숙이 박혔고, 내동댕이쳐진 권총은 아지트 바닥 위에 썰매처럼 죽 미끄러졌다.

"두 사람 다 미쳤구만 기래."

숙소에서 권총이 없어진 걸 발견하고 다급히 채희를 찾아 나선 장성우였다.

"다 지난 일이지 않네, 송 동무."

맥이 빠진 채희가 쓰러지듯 주저앉았다. 그리고 서럽게 흐느끼기 시작하자 장성우가 마주 꿇어앉아 넓은 어깨로 그녀를 감싸 안았다.

"그래도 아이 아바디인데 오마니 되는 니가 죽여서야 되갔네?"

잇따라 들어온 호위요원들이 바닥에 떨어진 권총을 수습하고 벽에 박힌 탄환을 빼내 탄흔을 제거했다.

"남조선 아새끼들 총소리 듣고 신고는 안 했는지 모르갔구만. 고저 우리끼리 오발 사고 낸 걸로 덮어야 하갔어."

안 그래도 총소리에 놀란 안전관리실 당직자들이 아지트로 뛰어왔다. 장성우가 얼른 나서서 상황을 둘러댔는데 눈치가 아직 경찰

신고는 하지 않은 것 같았다. 그러는 사이 요원들이 실신하다시피 한 채희를 부축해 아지트를 빠져나갔다.

박훈은 총알이 뺨을 살짝 스친 것 외에 특별한 외상은 없었다. 그러나 정신 나간 사람처럼 혼잣말을 몇 번씩이나 되뇌고 있었다.

"아이 아버지라니……, 내가 아이의 아버지라니."

42

림진수의 상태는 예상보다 빠르게 회복되었다. 오후쯤이면 중환자실에서 나와 처음 마련했던 VIP 병실로 옮겨도 될 정도였다. 안 그래도 그가 중환자실을 차지하는 바람에 다른 환자들의 불편이 이만저만 아니었다. 때문에 그의 빠른 회복은 북한 대표단만큼이나 중환자실 ICU 의료진에게도 기쁜 소식이었다.

문제는 송채희였다. 그녀는 지난 번 일로 정신적 외상을 크게 입은 듯했다. 진정제를 복용하는 횟수가 눈에 띄게 늘었고, 박훈과 어쩔 수 없이 마주치는 매 순간 엄청난 무게의 스트레스가 그녀를 짓눌렀다. 물론 그것은 박훈도 마찬가지였다. 그는 채희에게 그날 밤 장성우가 언급했던 '아이'의 존재에 대해 묻고 싶었다. 그러나 그럴만 한 배짱과 용기가 나지 않았다. 두 사람은 림진수에 관한 사항만 짤막하게 주고받을 뿐 그 외의 대화는 서로 삼갔다.

구내식당에서 함께 점심 식사를 하던 민수현이 다짜고짜 물었다.

"두 사람 갑자기 왜 그래요?"

"뭘?"

"박 선생하고 송채희 씨, 요즘 너무 이상해서. 꼭 법원 가서 다툰 부부 같이 서먹하게 굴잖아요. 뭔 일 있었어요?"

"그 여자하고 무슨 일 있을 게 뭐 있다고."

"내가 바본 줄 아나 보네. 두 사람, 북에 있을 때 죽고 못 사는 연인 사이였다면서요? 병원 안에 벌써 소문이 파다하다고요."

박훈은 대답 대신 밥숟갈을 움푹 떠 우걱우걱 입 안에 쑤셔 넣었다.

"며칠 전엔 총성까지 들렸다면서요. 입원 병동 환자들이 다 놀라 깨고 난리가 났죠. 그 북한 사람들, 정예요원이라면서 총기 사고를 냈다니 믿기지가 않아요."

"민 선생답지 않게 말이 많아졌어. 꼭 다른 사람 같아."

"글쎄요, 요즘 들어 억지로 근엄해 보이며 살 필요 있을까 회의가 들더라고요. 저쪽 북한 사람들, 어김없이 딱딱하고 긴장한 얼굴로 다니는 것도 영 보기 불편하고. 혹시 나도 그렇게 보인 건 아닌가 싶어 걱정되기도 하고. 어때요, 이미지 변화 좀 줄까 하는데……."

"먼저 일어납니다."

수현이 장황한 수다를 떠는 동안 식판을 깨끗이 비운 박훈이 자리에서 일어섰다. 어이없다는 표정의 수현이 고개를 끄덕이자 곧바로 퇴식구 쪽으로 사라졌다. 수현은 그의 쓸쓸한 뒷모습을 보며 말했다.

"역시 뭔가 있긴 있어."

점심을 일찍 마친 박훈은 약속대로 장성우가 기다리는 연못 근처 벤치로 걸음을 서둘렀다. 그러나 그는 박훈이 도착하고 나서 1, 2분 뒤에야 모습을 드러냈다.

"림 동지는 며칠이나 더 있어야 하오?"

"장담은 못하겠지만 곧 머지않아 퇴원 얘기가 나올 거요."

"어제와 또 똑같은 대답이구만. 고저 일부러 질질 끄는 건 아니 갔지?"

박훈이 정색하자 장성우가 껄껄 웃으며 그의 어깨를 두꺼운 손으로 툭툭 쳤다.

"농담이었소. 인상 쓰지 말기요."

"서두르는 이유가 뭐요? 그렇게 빨리 올라가고 싶소?"

"솔직히 나한테는 자유라는 이쪽 공기가 마이 불편하오. 안 맞아. 그리고 당에서도 무척 궁금해하오. 평양에서 남조선 신문들 죄 살펴보는 건 알 테고. 그런데 남조선 기자들, 매일 같이 가십 같은 거 계속 써 갈겨 대니 영 신경 거슬려서 말이다. 여기 정부는 그런 것 현장 지도 안 하오?"

"질문 하나 해도 되겠소?"

"군사기밀 빼고는 얼마든지."

"단도직입적으로 묻지요. 채희에게 아이가 있습니까?"

순간 장성우의 표정이 굳었다.

"그건 어드레 묻소?"

"혹시 내 아이입니까?"

담배를 꺼내려는 듯 장성우의 손이 주머니에 들어가더니 부스럭 댔다. 구겨진 담뱃갑에서 하나 남은 필터 담배를 꺼내 입에 물더니 불을 붙였다.

"쌍, 공화국에서 가져온 담배가 벌써 다 떨어졌구먼 기래. "

"채희가 내 아이를 낳았느냐 물었습니다."

장성우가 가슴에 깊이 담았던 담배 연기를 푸우 멀리 내뿜었다.

"이제 7살이다. 씩씩한 사내아이요."

박훈의 다리에 힘이 스르르 빠졌다. 그랬지. 단둥에서 생이별 할 때 그녀의 배는 잔뜩 불러 있었다. 중국 공안에 체포되어 끌려가면 서 십중팔구 유산했으리라 짐작했다. 하지만 그녀는 무사히 아이를 낳았던 모양이다.

"하지만 착각하지 말기요. 이제는 내 아들과 진배 없으니끼니."

장성우가 다 태운 담배를 발로 비벼 끄고 사라진 한참 뒤에도 박 훈은 그 자리에 꼼짝 않고 박혀 있었다. 그의 뒷모습이 완전히 보이 지 않게 되자 박훈은 가슴께에 매달린 흑요석의 펜던트 줄을 끊어 냈다. 그리고 힘껏 연못 안으로 집어던졌다. 허공에 날아오른 펜던트 는 올챙이가 득실대는 흙탕물 안으로 퐁 소리와 함께 사라졌다.

"내일모레면 귀북이오."

간호사가 잠에 빠져 있는 림진수에게 몇 가지 약물을 주사하고 방을 나가자 이때까지 창밖만 내다보던 장성우가 채희의 안색을 살피며 조심스레 물었다.

"어드레 표정이 아들래미 만날 기대에 설레는 얼굴이 아니오?"

"다신 남조선 땅 밟고 싶지 않아요."

채희는 림진수의 이마에 맺힌 땀방울을 티슈로 닦아내며 건조하게 대꾸했다.

"그럴 만도 하갔지. 하지만 말이네, 송 동무 여기 오기 전까진 무척 설레던 모습이었소. 그건 인정하오?"

장성우가 애써 짓궂은 웃음을 지어 보이며 두 사람의 분위기를 띄우려 했다.

"솔직히 그만큼 난 더 불안하였소. 혹여나 송 동무가 그놈하고 다시 붙어먹는 건 아닐까, 그래설나무네 송 동무가 날 떠나지는 않을까. 그래서 기랬는지 내레 평소보다 동무한테 더 딱딱하고 모질게 굴었나 보오. 용서하시오."

"미안하긴 제가 더 당신한테 미안하죠. 괜한 소란만 피우고."

"됐소. 사람 마음이란 게 오데 생각대로 되갔소? 그 정도 질기게 엉킨 사연이라면 잊고 넘기기 쉽지 않은 게 당연하디. 참, 아들래미 이야긴 내레 하지 않으려 했는데……."

"네?"

"어드레하다 보니 그리됐소. 혹시 박훈이가 동무에게 그 이야기 묻거든 잘 생각해서 대답하기요. 쓸데없는 말썽나지 않게 말이다."

"그 사람 어디까지 알고 있나요?"

"7살 난 사내아이란 것만 알려줬소. 고저 남조선은 여러 가지로 불편하구만 기래, 담배 한 대 피울래도 저 밖까지 나가야 되서리 이거."

장성우가 담배를 핑계로 허둥지둥 방을 나갔다. 탁자 위 재떨이에는 그가 피운 꽁초들이 수북했다. 채희는 북조선으로 돌아가기 전 마쳐야 할 일들을 마음속으로 차근히 정리해 보았다. 아, 반드시 정리하고 갈 것이 하나 있었다. 그것은 아직 그녀의 여행가방 안에 얌전히 숨어 있었다.

"집도의가 자기 환자의 경과를 직접 보지 않겠다, 박훈 선생답지 않네요."

조교수 사무실 소파에 푹 파묻혀 림진수의 경과 파일을 찬찬히 살펴보던 수현이 맞은편 소파에 앉은 박훈에게 물었다.

"최동찬 선생에게 전해 듣는 걸로도 충분해."

"글쎄요. 이보다 쉬웠던 환자도 직접 꼼꼼히 살피던 분 아니었나요?"

"사람은 누구나 변하기 마련 아닌가?"

"변할 걸 변해야지. 혹 송채희 씨 때문에 그런 건 아니죠?"

갑자기 박훈이 노한 눈을 하며 쏘아봤다. 움찔한 수현이 앞으로 손을 내저으며 어색한 웃음을 지어 보였다.

"에이, 사람 놀래게 왜 그런 눈으로 봐요? 난 혹시나 해서."

"그런 건 없소. 사적으로 어색하다고 해서 환자를 대하는 태도가 달라지진 않아."

"그럼 다행이고요. 암튼 림진수 그 영감, 아무 탈 없이 우리 병원에서 퇴원할 때까지 난 마음 놓을 수가 없어요. 아니, 휴전선 넘어 저쪽 평양에 도착할 때까지 아무 일 없어야 해요. 그래야만 우리 동우의료원이……."

"길게 말 안 해 줘도 상황은 잘 알고 있소."

이윽고 수현이 파일을 들고 자리에서 일어났다.

"난 지금 문성주 교수한테 올라가 봐야 해요. 그 양반, 나만큼이나 이번 일 속 태우면서 지켜보고 있으니까. 벌써 개성의료센터장 자리가 눈앞에서 오락가락하는 눈치던데, 좀 웃기죠?"

"판문점까지 동행하는 우리 측 사람은 없어?"

고층에 위치한 탓에 의료원 전체가 내려다보이는 집무실. 그곳에서 문성주는 창가에 일렬로 늘어놓은 화분에 물을 가득 담은 스프레이를 죽죽 뿌리며 물었다.

"그럴 필요는 없을 겁니다, 적십자 측에서 헬기를 내준대요. 땅이 아닌 하늘로 해서 이송할 계획이던걸요."

문성주의 질문에 수현은 마치 모든 난관을 잘 극복하고 무사히 임무를 마친 사람처럼 톤을 가볍게 올려 답했다.

"잘됐네. 교통체증에 걸려 만에 하나 이상 징후가 발생하면 곤란하니까. 다 우리 책임으로 넘어올 수 있거든."

"참, 교수님 여전하시던데요? 장관님하고 TV에 나오시던데, 카메라 잘 받는 거 변함없으세요."

"니가 칭찬하는 거 오랜만인데? 참 새삼스럽게 들려."

"그럴 리가요, 교수님."

광대 가면을 쓰고 주고받는 이딴 식의 대화도 얼마 안 있으면 곧 끝이 난다. 북한 대표단이 무사히 평양에 도착하면 문성주, 당신은 원하는 대로 개성의료센터로 가게 되겠지. 그러면 난 당신이 똬리 틀고 있는 그 자리를 이어받을 거야. 바벨탑 꼭대기에서 당신을 끌어내리려던 본래 계획은 일단 보류했지만 따지고 보면 이런 장사도 그리 손해 보는 셈법은 아닌 것 같거든. 아, 그런데 한구석이 텅 빈 것 같은 이 찝찝한 기분은 뭘까.

정답이 쉬이 떠오르지 않았다. 부원장실을 나와 조교수 사무실로 돌아가는 대신 병원 정원을 한 바퀴 산책하며 천천히 생각해 보기로 했다.

'언제부터더라, 이 공허한 기분은……'

질문을 되뇌며 정원 숲 샛길을 걷는데 인정하고 싶지 않은 대답이 불쑥 떠올랐다. 자존심이 상했지만 사실이었다.

'맞아, 송채희가 나타나고부터였어. 박훈 선생이 그 촌스런 여자

때문에 칠푼이 팔푼이로 굴 때부터였던 게 분명해. 그럼 내 이런 기분은 뭐란 거지?'

쳇, 하는 투정 섞인 푸념이 저절로 목구멍에서 올라왔다. 돌아보면 박훈의 옆엔 늘 누군가가 있었다. 윤하영이 그랬고 지금은 송채희가 그랬다. 수현이 그의 곁을 허락받은 때는 단지 수술실에서 뿐이었다. 박훈에게 수현은 그저 말이 통하는 실력 있는 동료일 뿐, 한 번도 여자였던 적은 없었던 것 같다.

생각이 여기까지 미칠 즈음 수현의 걸음은 정원 길 한가운데 위치한 진흙탕 연못에 닿아 있었다.

'올여름도 모기떼 성화에 꽤 성가시겠어.'

무심코 쳐다본 연못가 한편에 뭔가 낯익은 나무 조각이 동동 떠다니는 것이 보였다. 잡풀 섶에 가려 잘 보이지 않았지만 분명 수현이 한 번 봤던 물체였다. 그녀는 물가로 다가가 나뭇가지로 섶을 헤집었다. 그제야 물체의 본 모양이 그녀의 시야에 들어왔다. 그것은 박훈의 나무 펜던트였다.

림진수 용태가 위급할 때는 숙소를 따로 사용했지만, 위기를 넘기고 중환자실에서 VIP 병실로 옮겨 한숨을 돌린 뒤부터 채희는 장성우의 숙소에서 함께 묵었다. 곧 결혼식을 치를 사이인 만큼 성인 남녀가 한방을 쓰는 것은 전혀 이상하게 볼 일이 아니었다.

장성우는 엊그제 채희에게는 비밀로 하고 서울 시내의 한 백화점에 들렀었다. 귀북 전 채희에게 남한 화장품을 몇 개 사주고 싶었던 게 이유였다. 드러내 놓고 말은 못하지만 기실 평양에선 은밀하게 남한 드라마와 영화 DVD들이 돌면서 어지간히 사는 집 여자들은 남한 화장품을 한두 개쯤 가지는 것이 요즘 유행이기도 했다. 그래서 그는 채희의 환심을 사고자 백화점 쇼핑에 나섰던 것인데, 그날 그와 동행하여 쇼핑을 안내한 사람은 수현이었다. 수현은 박훈에게도 비밀로 하고 그와의 동행에 기꺼이 나섰다.

"고맙소. 사내가 돼놔서 여성들 화장품은 내레 아는 게 전혀 없소."

"남쪽 남자들도 아마 마찬가지일걸요. 걱정 말고 다 제게 맡기세요. 장 대좌님."

수현이 골라 주는 대로 사다 보니 화장품과 각종 액세서리가 한 보따리가 됐고, 그 탓에 그가 지불할 수 있는 예산을 훌쩍 넘어섰다. 수현은 난감해하는 장성우 대신 자기 신용카드를 꺼내 모두를 지불했다. 그녀 판단에 이 사내는 장래에 매우 유용한 인맥이 될 수 있었다. 이런 기회에 얼마 안 되는 돈으로 미리 그의 환심을 사두는 선 상자 이문이 많이 남을 수 있는 장사라고 생각했다. 그리고 이런 말을 덧붙여 두는 것도 잊지 않았다.

"나중에 개성에서 뵙게 되면 그때 갚아 주세요, 네?"

아무튼 그렇게 숙소로 몰래 들고 들어온 화장품과 여자 액세서리의 양은 엄청났다. 그것들을 쇼핑 봉투째 들고 판문점을 통과했다가는 다른 간부들의 눈에 뜨여 구설수에 오르기 십상이었다. 아니 뉴스 카메라 따위에 촬영이라도 되면 그건 더욱 큰일이었다. 시간 날 때 여행가방을 대충 비우고 쇼핑한 물건들로 잘 채워 사람들의 시선을 피할 필요가 있었다.

채희를 림진수 곁에 남겨두고 숙소로 돌아온 장성우는 물품들을 다시 정리하고자 자신의 여행가방과 채희의 가방을 꺼내 열었다. 화장품은 혹시 깨질 수 있으니 스티로폼 포장을 단단히 해서 옷가지들 사이에 여물게 끼워 넣었다. 그리고 스카프나 장신구들은 조금 여유 있게 가방 안 틈틈이 쑤셔 넣었다. 예상대로 그의 여행가방으로는 다 넣어갈 수가 없었다. 채희의 여행가방의 빈 공간도 찾아 활용해야 했다. 가방을 열어 보니 그녀가 가방 안에 넣어 들고 온 물건들은 죄 낡은 싸구려 중국 제품이었다. 싹 다 버리고 여기서 새로 사 들고 가고 싶은 것들이 대부분이었다.

괜스레 마음이 짠해져 장성우는 좀 더 채희의 물건들을 꺼내 살폈다. 언뜻 가방 맨 밑바닥까지 휘젓던 손가락 끝에 숨기듯 재어 놓은 물체의 모서리가 닿았다. 그것은 오래되어 낡아 버린 편지철로, 꼬깃꼬깃한 종이 한 장 한 장을 일일이 다리미로 빳빳하게 편 뒤 정성스럽게 철끈으로 꿰어 묶은 편지 묶음이었다.

글씨체의 주인은 채희가 아니었다. 편지를 보낸 날짜는 장마다 들쑥날쑥했다. 1년 전에 쓴 것도 있고, 어떤 것은 6년 전 것도 있었다. 그러나 발신인은 단 한 사람. 장성우는 그 자리에서 꼼짝도 않은 채 떨리는 손으로 편지철에 묶인 종이들을 어느 한 장 빼놓지 않고 처음부터 끝까지 찬찬히 읽어 내려갔다.

조용히 따로 만났으면 좋겠다는 장성우의 연락에 박훈은 약속장소에 30분이나 늦게 나갔다. 장성우의 전화 목소리에서 림진수에 관련한 화제는 아닐 거란 예감이 들었다. 그렇다면 더 무슨 이야기가 내게 남았을까.

채희가 자신의 아이를 낳아 기른다는 사실은 지난 며칠간 박훈을 거의 공황 상태로 몰고 갔다. 하지만 적어도 병원에 있는 동안만큼은 주위에 알려지지 않게 주의했다. 의국은 물론 세이버 수술팀 아지트에 들르는 일도 삼갔고, 되도록 꼭 필요한 필수 사항만 체크하고는 바로 병원을 빠져나왔다.

집으로 돌아가는 대신 그는 주로 가리봉동 리 씨의 식당 가게로 갔다. 혼자 술잔을 기울여도 그곳엔 눈치 주는 사람이 없었기 때문이었다. 요즘 리 씨를 비롯한 탈북자 친구들은 북한 거물 림진수의 심장 수술 성공을 두고 양편으로 갈린 상태였다. 수술대에서 염통을 확 뜯어내 죽여 버렸어야 했다는 측과 향후 남북통일을 생각한다면 박훈이 잘했다는 측이 연일 갑론을박했다. 거나하게 취하는 날엔 내가 옳네 네가 그르네 서로 삿대질을 해 대다 주먹다짐까지 오갔다. 그런데도 박훈은 차라리 그 가게가 마음 편했다. 그곳에는 박훈만한 사연이 두 집 걸러 한 집이었다. 그들 하소연을 잠자코 듣고 있자면 외롭지 않았다. 오직 그 혼자만이 세상 역경과 불운을 마주고 하고 사는 건 아니구나 싶었다.

어디서 만나면 편하겠느냐는 장성우의 질문에 박훈은 짓궂게도 리 씨의 가게를 가르쳐 줬다. 그러면서도 설마 여기 가리봉동 뒷골목까지 찾아오겠느냐 싶었다. 그 핑계로 불편한 그와 엇갈리고 싶은 마음도 없지 않았다.

"마이 늦었구먼 기래."

박훈이 리 씨의 가게 문을 열고 들어섰을 때 장성우는 이미 소주 한 병을 비우고 있었다.

"솔직히 못 찾아올 줄 알았소."

"하마터면 그럴 뻔했디. 하지만 고저 조선말 통하는데 못 갈 데가 있갔네?"

장성우의 입에서 튀어나오는 억센 평안도 억양이 가게 안 다른 손님들의 시선을 잡아끌었다. 그들 역시 북한 출신의 탈북자였지만 서로 간 대충 안면은 익히고 있던 터라, 장성우와 같은 낯선 이북 억양을 쓰는 건장한 사내의 출현은 그들을 아연 긴장하게 했다.

"뭐이를 쳐다보네? 사람 첨 보네?"

"일부러 주목 끌 것 없소."

박훈이 만류했지만 상황은 더 악화됐다. 이미 취기 오른 장성우가 자리에서 벌떡 일어나더니 흘끔거리는 주위를 향해 크게 고함쳤다.

"공화국을 배신한 반동 종간나 새끼들아, 내레 조선 인민민주주의 공화국 장성우 대좌다. 그래, 어찌 하갔네, 응? 얼러 볼 새끼 있으면 날래 나오라우."

사람들이 웅성웅성 의자에서 일어났다. 몇몇은 욕지거리를 쏟아냈다. 안 그래도 북쪽에 남은 가족들이 북한당국에 숙청을 당해 피해를 입은 사람들은 얼굴이 벌게지도록 쌍욕을 해댔다. 울분을 토하던 한 사내가 장성우의 멱살을 움켜잡으며 마구 흔들어댔다.

"썅, 이거 못 놓갔네?"

장성우의 주먹이 사내 턱에 작렬했다. 그와 동시에 가게 안은 아수라장으로 변했다. 남자들의 거친 주먹다짐에 탁자와 의자가 깨지고 유리창 몇 개가 와장창 박살났다. 박훈과 리 씨가 뜯어말렸지만 소용이 없었다. 오히려 틈바구니에 끼었다가 주인을 알 수 없는 주먹과 발길질에 몇 번을 나가떨어졌다.

장성우가 제아무리 단련된 군인이라지만, 여럿이 달려들어 치는 데는 장사가 있을 수 없는 법이다. 마침내 그가 쏟아지는 몰매를 버티지 못하고 바닥에 쓰러지자 사람들은 그 위로 계속 발길질을 퍼부었고, 그는 두 팔로 머리를 감싸고 새우등 모양으로 웅크린 채 올가미에 생포되어 다친 짐승마냥 끙끙 아픈 신음 소리만 내면서 날아오는 발길질 모두를 온몸으로 받아냈다.

"이제 그만 둬요들, 진짜 사람 죽일 겁니까?"

이윽고 상대가 더 이상의 반격을 포기한 듯 보이자 사람들은 침을 탁탁 뱉고는 하나둘씩 리 씨의 가게를 떠났다. 박훈이 흠씬 두들겨 맞아 피떡이 된 장성우를 일으켜 의자에 앉혔다.

"자폭이라도 할 셈이오? 대체 뭣 때문에 이러는 거요?"

박훈의 핀잔에 장성우가 비웃듯 피식 웃었다.

"담배 없소? 엄청 땡기누만 기래."

엉망이 된 가게 안을 둘러보던 리 씨는 앞으로 정리할 게 까마득한지 한숨을 푹 내쉬었다.

"어서 데리고 나가. 다른 사람들까지 소문 듣고 몰려올까 무섭다, 야."

리 씨가 세모꼴 눈매를 만들며 장성우를 흘겨보았다.

"뭐이요? 이보오, 주인장 동무, 고저 날 쫓아내갔다 이 말이오?"

박훈이 건네는 휴지로 입가의 피를 닦던 장성우가 눈을 날카롭게 치켜떴다. 그러나 리 씨도 지지 않고 맞섰다.

"이보라요, 대좌 동지. 여기는 공화국이 아니오. 남조선, 아니 대한민국 땅이디. 인민군 장교가 설쳐도 되는 그런 곳이 아니란 말이오. 아시갔소? 그러니끼니 더 이상 말썽 만들지 말고 날래 꺼져 주시라요."

리 씨가 억양을 흉내 내 비아냥댔지만 장성우는 의외로 고분고분했다. 공화국 운운에 그가 불같은 반응을 보일 줄 알고 팽팽하게 당겨졌던 박훈의 긴장이 아연 툭하고 풀려 나갔다.

"기렇디. 여기는 반역자들이 디글디글한 반동들 소굴이디. 좋소. 내레 나가갔소. 하지만 내 용건은 마쳐야 하갔으니 참아 주기요. 그 후엔 주인장 동무가 가디 말라 붙잡아도 내레 불필코 가고 말갔소."

박훈이 일어나 장성우의 팔을 잡아끌었다.

"나가서 딴 데 갑시다."

"아니, 여기가 딱이오. 내레 몇 마디만 하고 바람처럼 사라지갔어."

그는 뒤적뒤적 품에서 종이 뭉치를 꺼내더니 넘어진 테이블을 끌어다 턱 하니 위에 올려놓았다.

"이거 없어진 줄 알면 그 에미나이 나를 산 채로 잡아먹으려 할거요."

"뭐요?"

"박 동무는 자기 필체도 못 알아보오? 동무가 송채희한테 보낸 편지들 아니오?"

박훈이 종이 뭉치를 들어 살펴보았다. 장성우 말대로 그의 글씨체였고 그가 쓰고 보낸 편지들이었다. 장당 10만 원에서 100만 원까지 있는 돈 없는 돈 브로커의 손에 쥐여 주며 채희에게 부쳤던 지난 7년 간의 편지. 생사조차 몰라 닿지 않을 수 있다고 반은 체념하면서도 그래도 고집스럽게 보낸 그의 편지들. 그런데 뭉치째 장성우의 손에 들어 있다니…….

"박훈 동무, 지금 하는 내 말 똑똑히 듣기요. 두 번은 입에 올리기 싫으니끼니."

"……."

"송채희는 박 동무 편지들을 이렇게 모두 보관해 지녀 왔던 모양이오. 한시도 제 곁에서 멀리 두고 싶지 않았갔지. 그래설라무네 이번 남조선행에도 가방 밑바닥 아래 숨겨 왔나 보오. 그걸 오늘 내레 찾아냈소."

박훈의 가슴 한가운데가 콱 메어 왔다.

"짐작컨대 박 동무는 답장 한 통 못 받았을 거요. 공화국에서 남조선으로 편지를 내보낸다는 건 거의 불가능하니까."

장성우는 다른 손님들이 남긴 소주병을 가져다가 병째 들이켰다.

"그런 말을 내게 털어놓는 이유가 뭐요? 설마 반당분자와 내통한 죄를 물어 채희를 직접 숙청하겠다, 그런 엄포라도 놓으려고 찾아온 거요?"

"기렇디, 그게 죄가 되갔구만 기래. 반당 분자의 편지를 접수하고도 당에 신고가 전혀 없었다? 잘하면 간첩혐의도 가능하갔구만."

"장 대좌, 대체 어쩔 셈이요?"

"글쎄, 솔직히 나도 뭐 특별한 결심이 서서 만나러 온 건 아니오. 그래도 동무와 사전에 긴밀히 상의해 놓는 편이 나 혼자 저지르는 것보단 낫디 않갔나 싶어서."

장성우가 말끝을 살짝 흐렸다.

"저지른다?"

"길티. 저지르는 기지. 마누라를 포기하는 거, 그거이 오데 쉽갔네?"

소주병 밑바닥 마지막 한 방울까지 남김없이 비운 장성우가 애써 무심한 척 표정을 지었다.

혼란스러웠다. 이 사내, 아내를 포기하겠다니, 대체 무슨 꿍꿍이
인가.

"내레 평양에 돌아가면 한바탕 웃음거리가 되겠디. 남조선 반동새
끼한테 지 에미나이 뺏기고 왔다……. 하긴 기뿐으로 끝나면 다행인
거고, 당에서 책임이라도 물을라치면……."

장성우가 소주를 더 갖다 달라며 안쪽에 대고 외쳤다. 부서진 가
게를 정리하던 리 씨가 인상을 확 구기며 째려보자 박훈이 얼른 일
어나 대신 가져다 장성우의 빈 잔을 채워 주었다.

"진심이오?"

"편지를 다 읽어 보았소. 자그마치 30통도 더 되더구만 기래. 송채
희는 그 망할 종이 뭉치를 7년씩이나 가슴에 품었소. 그게 뭘 의미
한다고 보오?"

"……."

"송채희는 나를 사랑하지 않소. 나 장성우가 필요는 했갔지만 사
랑은 할 수 없었던 거요. 어드레? 기건 박훈이란 사내가 이미 가슴
안을 가득 채웠으니까. 그게 바로 내레 그 에미나이를 포기하는
이유요. 이제 요해되갔소?"

박훈은 장성우 앞에 놓인 잔을 빼앗듯이 입속에 털어 넣었다. 알
코올을 몸속에 쏟아 붓지 않고는 지금 그가 하는 이야기들을 계속
듣고 있을 엄두가 나지 않았다.

"동무는 그야말로 개새끼요. 송채희를 가질 자격이 손톱만치도 없는 그런 개새끼! 하지만 어카갔소, 바보 같은 에미나이가 그 개새끼를 사랑한다는데, 그 개새끼 옆에 있어야 행복하갔다는데 내레 놔줘야디 별 수 있갔소?"

푸념을 늘어놓던 장성우가 울컥했는지 슬며시 고개를 돌려 박훈의 시선을 피했다. 희끄무레한 형광등 불빛에 그의 눈가에 어렸던 물기가 반짝 반사광을 냈다.

"대체 내게 무얼 바라는지 모르겠군."

"동무, 바보요?"

바보냐고 물은 쪽은 장성우였지만 오히려 자신이 바보 취급을 당해 불쾌하다는 듯 양미간을 찌푸렸다.

"내레 똑똑히 다시 묻갔소. 동무, 송채희를 사랑하오?"

박훈은 입을 꾹 다물었다.

"그럼 고쳐 묻디. 동무는 그 에미나이 행복하게 해 주겠다 내게 약속할 수 있소?"

여전히 대답할 수 없었다.

다시금 길고도 짧은 침묵이 흘렀다. 이윽고 박훈이 고요를 깨며 입을 열었다.

"장 대좌 말이 맞아요. 난 자격이 없소. 난 채희의 부모를 죽인 살인자요."

박훈의 자신 없는 고백에 장성우가 뒤로 고개를 젖히며 껄껄 웃어

댔다. 비웃음이었다.

"동무, 정말 바보가 맞구만 기래."

"……?"

"고 에미나이, 동무 머리통에 바람구녕을 내겠다고 사고 친 날은 잊지 않았갔디. 그날 밤 그 에미나이 어땠는지나 아오? 잠자는 내내 동무 이름을 잠꼬대로 부릅디다. 젠장할."

박훈의 무릎이 덜덜 떨려 왔다. 감당 못할 이야기에 경련이 일었다.

"당신들이 벌이는 그 사랑놀음이란 거, 그기 도대체 뭐요? 내레 그 지랄맞은 거 도저히 요해 못하갔수다. 이 망할 놈의 편지 뭉치만 안 봤어도 내레 고 에미나이 머리끄댕이를 잡아끌고 평양으로 휙 날라버리는 건데……."

"……."

"아무튼 내레 송채희를 남겨 놓고 가겠소. 그 뒤는 동무가 알아서 하기요."

"장 대좌!"

"뭘 그리 놀란 토끼 눈을 하오? 동무가 원하던 거 아니오? 내레 두 사람 원하는 대로 해주고 싶어 그러오. 그리고 말이오. 평생 속죄하시오, 송채희에게 지은 죄를 모두, 알갔소? 두고두고 바보 같은 에미나이 행복하게 해 주란 말이오."

"장 대좌가 다칠 거요."

"거야 나도 잘 알디. 어차피 림 동지는 얼마 못 가. 평양까지 가더라도 가능성이 별로 없소. 그런데 알다시피 우리 공화국에선 누구든 책임을 지게 돼 있디. 그러니 굳이 두 사람이 나설 게 뭐 있네? 그게 한 사람이면 뒷모습도 더 아름답지 않갔네? 박훈 동무가 송채희를 행복하게 해 준다면 뒷감당은 내가 기꺼이 하갔어."

"……!"

"참, 아이 걱정은 하지 말기요. 내 방도를 따로 마련할 테니까니."

그날 밤 부서진 식당의 수리를 포기한 리 씨가 먼저 퇴근했다. 자정을 훨씬 넘긴 시각까지 박훈은 리 씨의 가게 벽에 등을 기댄 채 어둠 속에 망연자실 혼자 남아 있었다. 장성우의 말대로라면 이틀 안에, 그러니까 림진수를 헬기로 이송하기 전에 채희를 몰래 내보내 겠다고 했다. 그리고 박훈이 할 일은 탈출한 그녀를 안전하게 숨길 계획을 마련하는 것이었다.

술에 잔뜩 취해 건들건들 어둠 속으로 사라지며 던진 장성우의 마지막 말이 시계추처럼 머리 안을 울리며 왕복했다.

"정말 그녀를 사랑해서 이러는 거요?"

밤늦은 거리 어둠 속 한가운데 선 장성우가 뒤도 돌아보지 않고 대답했다.

"사랑이 어드런 거요? 내레 잘 모르갔지만, 아무튼 수용소로 끌려가는 송채희는 내가 살렸디. 이제 박 동무 차례요. 고 에미나이 간수 잘하기요."

장성우는 등 뒤로 손을 휘저어 작별 인사를 한 뒤 신기루처럼 모습을 감췄다.

한동안 고개를 주억거리던 박훈은 장성우가 앉았던 빈 의자를 물끄러미 바라보았다. 장성우는 그의 7년 동안의 일편단심을 가볍게 비웃고 가 버렸다. 박훈이 머리를 뒷벽에 쾅쾅 부딪혔다. 수치와 부끄러움에 몸서리가 쳐지며 왈칵 눈물이 쏟아졌다.

43

림진수는 이틀 뒤 가까스로 의식을 찾았다. 덩달아 대표단 수행진도 바빠졌다. 장성우는 일찌감치 헬기 지원을 요청해 놓았다. 헬기로 판문점까지 날아간 뒤 다시 차량 편으로 평양에 돌아갈 계획이었다.

병원 전체가 아침 식사를 하느라 분주해진 시각, 주위 시선을 피해 장성우가 은밀히 박훈을 찾아왔다. 군복 차림의 장성우는 무뚝뚝한 눈빛을 하고서 박훈을 비상계단으로 데리고 갔다. 화재 발생에 대비해 탈출할 수 있도록 설계된 내부 계단은 본관 옥상으로 이어져 있었다.

장성우의 난데없는 행동에 박훈이 당황하며 물었다.

"어딜 가는 거요?"

장성우가 날카로운 눈으로 주변을 경계하며 대답했다.

"약속한 날이오. 입 다물고 따르기만 하기오."

환자들을 위해 개방된 정원형 옥상은 아침이라 그런지 인적이 뜸했다. 아니다, 문을 열자마자 박훈은 맞은편 빌딩을 뚫고 비스듬히 내리비치는 햇볕을 등지고 선 한 여인을 발견하고 딱딱하게 몸이 굳어 버렸다. 여인 역시 박훈을 발견하자 흠칫 놀란 표정을 짓고서 장성우를 뚫어지게 쳐다보았다.

"뭐하는 짓이요?"

송채희였다. 그녀 역시 영문을 모르는 얼굴로 갑자기 나타난 박훈을 보고는 어리둥절해했다. 오히려 장성우에게 미간을 찡그리며 항의했다.

"저 남자 다시 얼굴 마주 볼 준비 안 됐어요. 나."

"송채희, 내숭은 그만 떨라우, 이젠 기럴 필요 없으니끼니."

그러고는 이번에는 박훈을 향해 급박한 목소리로 속삭였다.

"시간이 됐소. 얼떤 데리고 가기요. 밑에 있는 우리 요원들은 내레 어드러케 해볼 테니까니."

장성우가 옥상 서쪽 외벽을 따라 내려가는 나선형 계단을 가리켰다. 이 사내는 이미 건물 구조를 모두 머릿속에 집어넣고 있었던 것일까.

"가다니요, 어딜요?"

"박훈, 이 동무 따라가라우, 날래!"

"뭐라고요?"

장성우는 채희에게 사전에 귀띔조차 해주지 않은 듯했다.

"장 대좌, 이건 미친 짓이오."

"동무가 망설일 일 아니오. 뒷일은 내레 알아 처리하갔으니 날래 가시오."

그러나 박훈은 선뜻 채희의 손을 잡고 계단으로 달려갈 수 없었다. 머뭇머뭇 망설이는 박훈의 태도에 장성우가 짜증 나는 목소리로 다그쳤다.

"이보라우, 내레 몇 번을 말해야 알아 듣갔네? 네놈이 형편없는 자식인 건 잘 알디만, 그래도 이 에미나이가 진심으로 원하는 건 너야. 그래서 같이 가라는 기야, 알간?"

그리고 이번엔 시선을 돌려 채희를 닦아세웠다.

"기럼 이번엔 송채희가 대답해 보라우. 내 말이 틀리네?"

당황한 채희가 두 사람을 번갈아 쳐다보았다. 그러고는 박훈의 얼굴에 시선을 멈췄다.

"채희는 나를 증오해."

"맞아요, 사실이에요."

하지만 장성우는 믿지 못하겠다며 코웃음을 쳤다.

"거짓말 말라, 에미나이야."

"그렇지 않아요."

채희가 울먹이며 장성우의 품에 달려가 안겼다.

"나한테 왜 이래요, 왜?"

"요망 그만 떨고 조용히 안 하갔네? 나는 말이디. 요 에미나이랑은 여생을 보낼 생각이 추호도 없어. 그러니 어디든 데리고 꺼지라우. 공화국 요원들은 내레 어카든 따돌리갔어."

"당신, 죽을지도 몰라요!"

장성우를 향해 채희가 절규했다.

"임자들 걱정이나 하라우."

그렁그렁하던 채희의 눈에서 왈칵 눈물이 쏟아졌다. 그녀의 오열에 긴장했던 장성우의 표정이 풀어지면서 착잡한 빛이 얼굴에 가득 돌았다.

"글쎄, 지금은 채희 니가 박훈이를 증오하갔지. 하지만 세상에는 말이디, 증오를 이길 수 있는 것도 있다."

그는 독백하듯 읊으며 솥뚜껑 같은 손바닥으로 채희의 머리를 달래듯 부드럽게 쓰다듬었다. 그리고 천천히 채희를 자신의 품에서 떼어놓았다.

"두 사람, 잘 살기요."

말을 마친 장성우는 붙잡을 새도 없이 옥상 출입문 쪽으로 뛰어갔다. 그리고 문을 닫으며 엄포를 놓으며 거칠게 외쳤다.

"지금부터 딱 10분 시간을 주갔어. 그 안에 쥐새끼처럼 사라지라우. 10분 후에 우리 애들 눈에 띄면 공화국을 배신한 반동으로 네 에미나이 머리통엔 바람구멍이 날 테니까니, 명심하라우!"

유언처럼 경고를 남기고 장성우는 안으로 사라졌다. 박훈이 달려 들어 문을 두드렸지만 안으로 굳게 잠긴 철문은 끄덕도 하지 않았 다. 외부 계단을 이용해 밖으로 빠져나가는 길밖에 없었다. 채희는 여전히 울먹이며 온몸을 부들부들 떨고 있었다.

"내가 어쩌면 좋겠어?"

"저분, 한다면 하는 사람이에요. 하지만 제가 이대로 사라져 버리 면 저분은⋯⋯."

무슨 끔찍한 상상을 했는지 채희는 더 이상 말을 잇지 못하고 더 욱 떨기만 했다. 결국 다리에 힘이 풀린 그녀는 몸을 가누지 못하고 자리에 털썩 주저앉고 말았다.

3시간 뒤인 오전 10시. 동우의료원 야외 주차장에 마련된 임시 헬 기 착륙장에 적십자사의 헬기 2대가 무거운 엔진 소리와 함께 사뿐 히 내려앉았다. 병원 주차장 주위는 일찍부터 몰려든 내외신 기자들 로 발 디딜 틈 없이 혼잡했다.

11시가 가까워지자 이송 침대에 실린 림진수가 신관을 나와 주차 장에 모습을 드러냈다. 경찰과 안전요원들이 인원을 통제했지만 사 방에서 막무가내로 달려드는 기자들을 막기에는 역부족이었다. 카 메라 플래시가 연신 어지럽게 터졌고 아우성 같은 질문 세례가 폭우 처럼 쏟아졌다.

이윽고 헬기 착륙장 옆에 마련된 임시 연단에서 간략한 환송식이 시작됐다. 연단 앞의 좌석에는 정부 주요 인사와 관계부처 고위 공무원들, 그리고 병원 이사장을 비롯한 경영진과 보직교수들이 모두 나와 자리를 지켰다. 대통령의 송사가 대독되고 관례적인 식순이 이어졌다.

그러는 동안 장성우는 전혀 흐트러짐 없는 자세로 침대에 누운 림진수 옆을 묵묵히 지켰다. 그러나 휘하 호위요원들의 표정은 눈에 띄게 어두웠다. 그들은 어딘지 모르게 허둥대는 분위기였으며 요원들 각자의 시선은 잃어버린 누군가를 수색하듯 쉴 새 없이 주변을 더듬었다.

"대좌 동지, 출발 일정을 잠시 늦추는 게 어떻갔시오?"

림진수의 전담 간호사가 조심스레 다가와 장성우에게 귀엣말을 했다.

"간호사 동무는 동무 일이나 똑바로 하시오."

장성우는 단호한 어조로 간호사의 참견을 끊었다.

사실 2시간 전부터 북한 대표단 내부에는 긴급비상이 걸렸다. 출발 시간이 가까워졌지만 채희의 행방이 묘연했기 때문이었다. 그녀의 모습은 병원 어디에도 보이지 않았고 연락도 닿지 않았다. 장성우는 권총까지 휘두르며 요원들에게 불호령을 내렸다. 채희와 동선을 맞추지 못한 간호사는 서너 차례 뺨까지 얻어맞았다. 요원들이 병원 내 곳곳에 흩어져 샅샅이 뒤졌지만 이미 그녀는 밖으로 빠져나갔는지 자취조차 찾을 수 없었다.

장성우는 자신의 어색한 연기가 오래지 않아 들통 날 것임을 각오한 터였다. 자신과 채희의 사적인 관계는 이미 공공연한 사실이었고, 남조선 체류 내내 채희와 사이에 오갔던 이상기류를 부하들이 감지하지 못했을 리 없었다. 채희의 실종을 두고 평양의 안전부에서 제일 먼저 그를 노리고 치고 들어올 것은 뻔했다.

하지만 지금은 자신의 안위보다 채희의 안전을 신경 쓸 때였다. 대표단이 판문점을 넘어갈 때까지만이라도 발각되지 않고 무사하기를 간절히 바랐다. 장성우의 핀잔을 들어 풀이 죽었던 간호사 얼굴이 갑자기 환하게 밝아졌다.

"앗! 저기 보라요, 대좌 동지! 송 선생, 저기 옵네다."

그녀가 손을 뻗어 대표단 일행이 빠져나왔던 신관 현관 쪽을 가리켰다.

"뭬이야?"

장성우가 깜짝 놀라 쳐다봤다. 채희였다. 흰 가운을 단정하게 입은 그녀가 인파를 헤치며 대표단 쪽으로 걸어오고 있었다. 장성우의 머릿속이 하얘졌다.

"오데 있다 왔시요? 을마나 눈알 빠지게 찾았는지 아십네까? 겁이 나 아주 죽는 줄 알았습네다."

일행에 합류한 채희를 간호사가 반갑게 맞으며 호들갑을 떨었다.

"미안해요 다들, 쓸데없는 심려 끼쳐서……."

"하마터면 큰일 날 뻔했습네다. 대좌 동지한테 날래 사과하시라요. 성미가 을마나 불같으신지 원."

간호사가 장성우에게 맞은 뺨이 아직도 아리고 쓰린지 제 볼을 두 손으로 감싸 쥐며 말했다.

채희는 도대체 무슨 일이 있었냐는 듯 얌전히 장성우 옆으로 다가갔다. 그리고 그 옆에 나란히 섰다.

'고저 요 잔망스런 에미나이 참 드럽게 말귀 안 들어처먹누만.'

그가 들릴 듯 말 듯 작은 소리로 그녀를 책망했다.

"기러믄 박훈이는?"

"글쎄요."

대답은 그렇게 건성으로 넘기듯 하면서도 그녀의 시선은 왼편 본관 건물 3층 창문을 향했다. 세이버 수술팀 아지트였다. 그곳에서 박훈이 창문을 활짝 열고 채희를 내다보고 있었다. 박훈은 채희와 눈이 마주치자 그녀에게 보이도록 양팔을 크게 흔들어 보였다. 채희도 그를 향해 손을 크게 흔들었다. 그 바람에 장성우의 눈길도 자연스럽게 그쪽을 향했다.

"아니, 저 종간나 새끼가!"

장성우는 본관 3층 창문가의 박훈을 발견하고는 채희 쪽으로 슬며시 상체를 기울였다. 그리고 호기심 가득한 얼굴로 조용히 물었다.

"여태 저기 숨어 있었소?"

"요원들 야단 좀 맞아야겠던데요. 휠체어에 앉아 있었더니 환자인 줄 알았는지 몇 번을 그냥 지나치더라고요."

의외의 대답에 장성우가 기가 막힌 듯 헛 하는 신음 소리를 냈다. 그와 동시에 박훈이 서 있는 창가 쪽을 다시 쳐다봤다. 박훈은 얼굴 가득 미소를 머금고 있었다. 장성우의 시선이 자신에게 머무는 것을 발견한 박훈이 문득 팔을 들고 손바닥을 쭉 펴서 오른쪽 눈썹 끝에 갖다 댔다. 장성우에게 보내는 거수경례였다.

장성우는 흠칫했다.

"저 병원 아바이, 아주 못 말리갔구만 기래."

다문 입술 사이로 들릴 듯 말 듯 나직이 혼잣말을 내뱉었다. 그리고 다음 순간 그는 복숭아뼈에서 착 소리가 나도록 양 발목을 빠르게 바짝 맞갖다 붙였다. 이어 손날을 죽 펴 자신의 군모 챙 끝에 절도 있게 갖다 댔다. 그 역시 박훈에게 정중한 답례를 보내는 것이다.

"지금 뭐하는 거예요, 두 사람?"

어리둥절해 양쪽을 번갈아 보던 채희가 눈을 동그랗게 뜨며 물었다.

"박훈이가 송채희 동무를 잘 부탁한다고 해서리, 내레 꼭 그러겠다고 약속했소."

"진짜요?"

여전히 믿기 어렵다는 눈을 하며 채희가 되묻자 장성우는 그런 그녀의 눈동자를 잠시 동안 응시했다. 여러 가지 의미가 담긴 눈빛이었다.

"부끄럽게 왜 그런 눈으로 봐요?"

"고저 요 에미나이, 이 서방님 말을 옳게 들어 먹어야 내레 오랫동안 잘 데리고 살 텐데 말이디."

장성우가 싱거운 웃음을 지으며 채희의 동그스름한 앞이마를 톡 하고 쥐어박았다.

그러는 사이 환송식의 공식 식순이 모두 끝났다. 림진수의 침대는 헬기 안으로 옮겨졌다. 대표단 일행은 마중 나온 남쪽 관계자 및 병원 인사들과 일일이 짧은 인사를 교환했다. 그 와중에도 채희는 아지트 창문가에서 여전히 꼼짝 않고 자신을 바라보는 사내에게서 시선을 떼지 않았다. 그곳에서 영원처럼 손을 흔들던 사내는 그러나 그녀가 악수하느라 잠깐 한눈을 파는 사이 연기처럼 시야에서 사라져 버렸다.

박훈은 옥상 위로 단숨에 뛰어 올라갔다. 턱밑까지 숨이 차올라왔다. 헬기는 이제 막 떠오르기 직전이었다. 저 아래에서 채희는 병원 관계자들과 마지막 악수를 하며 지난 일주일의 시간을 마무리하고 있었다. 민수현과 최동찬, 금봉현, 은민세의 모습이 차례로 보였다.

하얀 가운을 깨끗하게 차려입은 채희는 마치 봄볕에 나온 한 마리 송장나비 같았다. 단지 7년의 세월을 점프했을 뿐이었다. 조선족 오 씨네 앞마당에서 만두 사 오기를 기다리며 서 있던 그 모습 그대로다.

"채희야!"

박훈은 이제는 영영 품에 안을 수 없는 아내의 이름을 다정하게 불러 보았다. 저 아래까지 소리가 닿지 않는 거리라는 게 참으로 다행스럽다.

'잘 가라, 채희야! 안녕. 잘 가라.'

헬기가 은빛 동체를 반짝이며 하늘로 솟구쳤다. 병원 옥상이 발아래에 내려다보일 만큼 헬기의 고도가 올라갔을 때, 채희는 저 아래 스쳐가듯 누군가를 본 것도 같았다. 잘못 본 것일까. 텅 빈 옥상 한가운데 우뚝 서서 한 사내가 그녀를 향해 열심히 손을 흔들고 있다. 마치 잘 가라는 듯이, 언제나 당신을 응원하겠다는 듯이. 사내가 까맣게 하나의 점으로 멀어지고, 마침내 병원 건물 전체가 작은 점이 되어 시야에서 사라질 때까지 채희의 시선은 오래도록 동체 밖을 향했다.

44

일곱 번째 세이버 수술의 성공은 동우의료원의 입지를 단박에 바꾸어 놓았다. 언론은 이를 남북한 의료진의 합작 수술로 부풀려 보도했고 북한에서는 제1위원장 명의의 감사패를 동우의료원 측에 보내왔다. 이는 전례 없는 일이었다. 이로써 남북관계는 보다 화기애애해졌고, 예상대로 개성의료센터의 주축병원으로 동우의료원이 최종 선정되었다.

그즈음 흉부외과 문성주의 퇴임을 앞두고 의국에서는 조촐한 파티가 열렸다. 병원 내 식당을 빌려 진행된 그날 파티에서 문성주는 박훈에게 개성에 들어가 큰 그림을 함께 그려 보는 게 어떻겠냐고 제안했는데 무안하게도 일언지하에 거절당했다. 덕분에 파티는 내내 초상집 분위기였고, 예정보다 일찍 파했다.

그날 파티에 참석했던 사람들은 병원 근처 호프집에서 따로 2차 술자리를 갖기로 했다. 은민세가 박훈에게 편지 봉투를 건넨 건 파티가 끝나고 삼삼오오 흩어져 호프집에 몰려갈 즈음이었다.

"이게 뭐지?"

뜻밖의 편지 봉투에 낯설어하는 박훈에게 민세가 눈을 찡긋했다.

"왜, 사랑 고백이라도 넣었을까 봐 그러세요?"

"아니 그게 아니라, 갑자기 이런 걸 왜?"

"에구, 박 선생님 수줍어하는 거 좀 봐. 저기요, 누가 긴히 꼭 전해주랬다고요."

그녀는 박훈의 커다란 등을 장난스럽게 툭 때리더니 총총히 멀어졌다.

박훈은 당직이었다. 그는 복도 의자에 앉아 민세가 주고 간 편지 봉투를 살펴보았다. 봉투의 겉면에는 아무것도 쓰여 있지 않았다.

풀로 여물게 봉해진 봉투 머리를 가로로 찢어 안을 열었다. 거꾸로 톡톡 털자 봉투 안쪽에서 손바닥 반 크기의 사진 한 장이 미끄러져 나왔다. 사진 속에는 초등학교 저학년쯤 되어 보이는 소년이 이를 하얗게 드러낸 채 활짝 웃고 있었다. 그리고 뒤에는 소년의 양어깨에 손을 얹고 다정한 웃음을 짓는 송채희가 서 있었다.

'설마……!'

박훈의 심장이 쿵쾅쿵쾅 두방망이질치기 시작했다. 뒤집어 뒷장을 보았다. 한쪽 귀퉁이에 볼펜으로 흘려 쓴 메모가 보인다.

'엄마랑 민호랑. 2012년 6월 21일'

민호라고? 민호……, 박민호……. 박훈의 입술이 떨리며 움직였다. 소년의 이름을 가슴속에 단단히 각인하려는 듯 끝없이 되뇌었다. 붉어진 눈가에 맺혔던 굵은 눈물 방울이 소년의 얼굴 위로 떨어졌다.

휴대폰이 주머니 속을 긁어대며 소리를 냈다. 응급실 긴급 호출이었다. 만취한 승용차에 들이받힌 교통사고 환자로 장기 손상으로 인한 내부 출혈이 의심된다고 했다. 박훈은 사진을 셔츠 윗주머니에 넣었다. 그리고 두 손으로 얼굴을 감싸듯이 닦은 뒤 계단을 향해 빠르게 뛰었다.

제5부
구원(救援)

그러고는 아무 말 없이 그저 흐느끼기만 했다.
박훈은 어찌할 바를 몰라 하며 잠자코
기다릴 수밖에 없었다.
그녀가 모두 쏟아낼 때까지 그대로 있어야 했다.
10분쯤 시간이 흘렀을까. 흐느낌이 점차
잦아들더니 이윽고 멎었다. 수현이 흐트러진
매무새를 추스르며 몸을 일으켰다.
"박 선생 먼저 내려가 줘요. 난 혼자 더 있다가 갈게요."
박훈은 고개를 천천히 끄덕였다. 올라왔던
옥상 문을 열고 아래층으로 내려가는 계단을
막 밟으려는 찰나 그녀가 그의 등에 대고
외치는 소리가 들렸다.
"메스는 심장에 대도록 하세요, 마음이 아니라."

45

맞춰 놓은 알람이 울리지 않았는데도 새벽 일찍 저절로 눈이 떠졌다. 창문 너머 밖은 아직 어둠의 잔기가 남아 푸르스름했다.

박훈은 침대에 멍하니 앉아 간밤에 스쳤던 꿈들을 더듬어 보았다. 밤새 뒤척이며 잠을 이루지 못한 기억이 났다. 누군가 계속 문을 두드리는 것 같았다. 문을 열어 보면 찬바람이 휘청거리며 지나갈 뿐이었다. 누군가 밖에서 서성이는 소리도 났고, 또 누군가 침대 옆에 앉아 그의 머리카락을 다정히 쓸어 올려 주던 기억도 났다. 상대의 얼굴을 확인하고 싶었지만 환영이 순식간에 달아나 버릴까 두려워 눈을 뜰 수가 없었다.

세면을 마치고 깨끗한 빈 종이를 꺼내 책상 위에 똑바로 올려놓았다. 그리고 펜을 들어 사직서를 쓰기 시작했다. 송채희 일행이 떠난 뒤부터 줄곧 생각해 왔던 일이다. 악착같이 매달렸던 열 번의 수술은 더는 의미가 없어졌다. 생사를 걱정했던 채희는 건강하게 잘 살고 있었고 그녀 옆에는 평생 그녀의 행복을 지켜 줄 남자도 있었다.

러시아워가 시작되려면 아직 멀었다. 시내 거리는 꽤 한산했다. 인도에서는 형광 띠를 두른 청소원들이 곧 닥칠 봄 준비를 하느라 보도블록 구석구석 시커먼 때처럼 처박한 작년 치 낙엽들을 자루에 쓸어 담고 있었다.

병원을 향해 걷는 박훈의 발걸음은 홀가분했다. 실로 수년 만에 느껴보는 기분이었다. 상의 안쪽 호주머니에 넣은 사직서 탓일까. 자꾸 웃음이 새어 나왔다. 특히나 지난 한 달은 마치 천 년 같았다. 모든 시간이 수십, 수백 년의 세월처럼 아득했다. 그 길고 아득한 세월 속에서 박훈은 꿈처럼 채희를 만났고, 꿈처럼 이별했다. 분명 꿈일 것이다. 간밤 내내 숙소 밖을 서성이던 알 수 없는 그림자의 존재처럼. 박훈은 그저 꿈을 꾼 것이라고 생각했다. 꿈이 아니라면 결코 설명될 수 없는 이야기의 시작이며 결말이었다.

라지에이터가 돌지 않아 냉기가 도는 복도를 지나 수술팀의 아지트 문 앞에 다다랐다. 아직 안에 아무도 없는지 손잡이가 굳게 잠겨 있었다. 열쇠로 문을 따고 방 안으로 들어갔다.

먼저 창문들을 활짝 열어젖혀 환기부터 시킨 다음 보관하던 수술 관련 자료를 차근차근 정리하기 시작했다. 책자와 종이 자료는 주제별로 모아 일일이 포스트잇을 달았다. 컴퓨터 하드 디스크에 흩어 놓았던 파일들은 이동식 저장장치에 따로 옮겨 담았고, 그 위에 '민수현 선생 앞'이라고 쓴 포스트잇을 붙였다.

한쪽 구석에 포개 놓은 중국집 빈 그릇들도 현관 밖으로 옮겼다. 그러고도 시간이 남아 병원 후문으로 걸어가 보았다가 응급실까지 휘익 한 바퀴 돌아보았다. 그곳에서 전날 당직으로 눈이 시뻘게진 강인규에게 커피를 얻어 마셨다. 그런 다음 천천히 신관에 있는 부원장실로 걸음을 옮겼다.

노크를 하자 안에서 짐을 정리하던 문성주가 문을 열었다. 벚꽃과 개나리가 흐드러지고 신록이 올라올 때쯤 그녀는 이곳을 떠날 예정이었다.

"이런 거라면 민 선생에게 주지 그래? 난 곧 여길 뜰 몸이야."

"그러고 싶은데 민 선생이 출장을 갔다는군요."

문성주는 사직서를 읽던 안경테를 고쳐 잡으며 뻔한 소릴 했다.

"아, 맞아. 그랬어. 그런데 왜? 나로선 박 선생이 이해가 안 가네. 여기서 한창 주가가 올랐는데 왜 떠나게? 혹시 다른 병원 스카우트 제의에 응하기라도 한 건가?"

"다른 계획이 있습니다."

"사정이 정 그렇다면 어쩔 수 없지. 그간 수고가 많았는데 이렇게 훌쩍 떠난다니 정말 아쉬워. 혹 나와 같이 일해 볼 생각이 들면 언제든 연락해."

문성주가 책상 서랍을 열어 새로 인쇄한 명함을 꺼냈다.

'남북합작 개성의료센터, 센터장 문성주'

이 할망구, 벌써부터 어지간히도 들떴구나…….

"그럼 안녕히 계십시오."

박훈이 짧게 목례를 한 뒤 출입문 손잡이를 당겼다.

"아 참, 박 선생 자네 말이야."

눈을 가느다랗게 뜬 문성주가 그의 사직서를 흔들어 보이며 물었다.

"이 사직서, 우리 병원과 했던 계약을 깨끗이 포기한다, 그런 의미로 받아들여도 되는 거겠지?"

깜빡 잊고 있었다. 그렇지, 이 병원은 나와 엄청난 판돈이 걸린 도박판을 벌였었지. 그런데 이 여자가 말하는 포기란 무슨 의미일까. 그는 최동찬이나 금봉현 등 다른 팀원들이 노태수로부터 어떤 약속을 보장받고 세이버 수술에 합류했는지 알지 못했다. 섣불리 대답을 주었다가는 이 교활하고 노회한 여자한테 괜한 빌미를 줄 수도 있다.

"어떤 의미로 물어보시는 건지 모르겠습니다만, 저는 노태수 선생님과 계약했습니다. 그러니 제 계약과 관련해선 그분과 상의를 하시지요."

"아니, 실종되어 나타나지도 않는 사람하고 무슨……. 박 선생도 알고 있겠지만 이 병원은 노태수란 인간한테 속아 말도 안 되는 약속을 했어. 세이버 수술을 단 한 번의 실패 없이 열 차례 모두 성공시킨다, 그러면 병원은 수십 억 원에 이르는 성공 보수를 지급한다, 박 선생은 그게 이 사회가 가진 상식과 통념에 맞는다고 생각해?"

"병원과 노 선생님 간에 맺은 약속이라면 제가 끼어들 사안이 아닙니다."

"어차피 박 선생이 없으면 그 약속은 지키지도 못할 걸?"

"당사자의 직접 해지 요구가 없는 이상 계약은 유효한 거겠죠. 안녕히 계십시오."

뭐라고 더 말을 덧붙이려던 문성주를 뒤로하고 박훈은 부원장실 방문을 닫았다. 왕궁 복도 같은 이곳 카펫을 밟을 일은 더 이상 없겠다 싶었다.

터벅터벅 병원 정문을 향해 천천히 걸어갔다. 이제 저 문만 통과하면 이곳과의 인연도 끝이다. 딛는 걸음마다 동고동락했던 세이버 수술팀원들 얼굴이 가슴에 아려 왔다. 민수현, 금봉현, 최동찬 그리고 미국에 가 있는 윤하영까지……. 앞으로 이만한 실력을 갖춘 팀원들을 만나 함께 호흡 맞출 기회는 없으리라.

"박 선생님, 대체 뭐예요?"

뒤통수로 급히 뛰어오는 발소리. 아, 은민세도 있었지.

민세가 헐레벌떡 뛰어와 그의 걸음을 잡아 세웠다. 이어 그녀는 상체를 허리 아래로 숙여 헉헉 차오르는 가쁜 숨을 가다듬었다.

"병원 그만두신다고요? 진짜 무슨 사람이 이래요? 온다 간다 아무 말씀도 없이."

"강인규한테만 슬쩍 흘렸는데 그게 벌써 민세 씨한테까지 돌았나?"

"와, 진짜……. 못됐어!"

그녀가 스스럼없이 박훈의 등을 때렸다.

"조용히 가는 게 나을 것 같았어, 다들 바쁜데 뭘."

"일단 저랑 같이 가요. 사람들 모여서 기다리고 있어요."

"뭐?"

"사발통문 쫙 돌렸단 말이에요. 다들 박 선생님 얼굴 보고 싶어 할 거예요. 어서 같이 가요."

그녀가 팔짱을 끼면서 왔던 길로 그를 다시 잡아끌었다.

"짜잔, 주인공 등장입니다."

세이버 수술팀 사무실 안으로 토끼처럼 폴짝 뛰어든 민세가 박수를 치며 박훈의 도착을 알렸다. 박수 소리와 동시에 아지트에서 그를 기다리던 팀원들의 고개가 일제히 문 쪽을 향했다. 시선들이 막 문턱을 넘어서는 박훈에게 모두 모였다.

"킬킬킬, 말끔하게 싹 다 정리해서 올려놨네. 꼭 한강 다리에 투신하러 갈 것처럼."

차곡하게 쌓아 놓은 정리물을 들춰 보던 금봉현이 박훈의 얼굴을 마주하자마자 다정한 인사 대신 짓궂은 놀림부터 시작하고 들었다.

"떠나는 분한테 무슨 흉한 말을 그렇게 해요, 덕담은 못할망정."

민세가 입을 삐죽이며 핀잔주었지만 금봉현은 예의 그 심술궂음을 쉽게 포기하지 않았다.

"왜, 자살할 땐 신발하고 옷 모두 가지런히 벗어 놓는다잖아. 근데 민 선생 줄 건 있고 나 줄 건 없어?"

금봉현이 박훈이 민 선생에게 쓴 포스트잇을 떼어 눈앞에 흔들어 보였다.

"아, 참, 이걸 깜빡했네."

박훈이 호주머니에서 아지트 열쇠를 꺼내 뭔가 아쉬워하는 금봉현에게 던져 주었다.

"받아요, 여기 내 아지트 열쇠! 금 선생 열쇠 없죠? 이제 맨날 열쇠 잃어버렸다는 타령은 그만하깁니다. 더 늦기 전에 치매 검사도 한 번 받아 보시고."

박훈의 우스개에 일제히 웃었다. 유독 혼자만 웃지 않고 심각해 있던 최동찬이 걱정스레 물었다.

"근데 말이야, 이렇게 박 선생이 가버리면 세이버 수술은 누가 하지? 미리 나하고 상의 좀 하고 결정하지 그랬어?"

"그렇게 생각하면 끝이 없지. 내가 없어도 다들 잘해 낼 거예요. 최 선생도 있고 또 민 선생, 강 선생, 금 선생 거기에 은민세 씨까지. 나 하나 빠진다고 쉽게 흔들릴 팀워크가 절대 아니지."

"형, 그 얘긴 자기 볼일 다 봤단 소리로밖에 안 들려. 팀을 꾸리네

뭐네, 변죽만 울려 놓고 혼자 도망치겠다 그거 아냐, 남은 사람들은 죽든 말든?"

응급실에서 꼴딱 밤을 새운 강인규가 반쯤 감긴 눈으로 볼멘소리를 했다. 서운함이 역력한 얼굴이었다. 방 안에 있는 사람들 모두가 같은 기분이리라. 분위기가 가라앉는 듯싶자 민세가 얼른 쾌활한 목소리로 제안했다.

"아무튼 이렇게 박 선생님을 쉽게 보내 줄 순 없어요. 저녁때 송별회는 거하게 하고 가야죠. 다들 시간 어때요? 안 되는 사람은 배신자, 어때요?"

"아냐, 난 이렇게 가는 게 딱 좋다. 이게 내 이별 방식이야."

박훈이 민세의 어깨를 가볍게 감쌌다. 그녀 두 눈에 물기가 반짝했다.

"쳇, 이렇게 가면 누가 멋있다 그럴 줄 알고?"

"둘이 연애라도 할 것처럼 왜 이래?"

금봉현이 주머니에 손을 집어넣은 채 어슬렁 다가왔다.

"연애는요 무슨, 전 이런 남자 싫거든요."

"박 선생이 왜 싫어? 키 크겠다, 잘 생겼겠다, 그리고 실력 좋겠다, 아주 왓따지."

"그럼 뭐해요? 사람이 의리가 없잖아요. 혼자만 도망치고."

"그렇지. 의리 하면 최동찬 선생이지, 아마?"

멀찍이 지켜보던 최동찬이 공연한 뒤통수를 긁었다.

"가만있는 사람은 또 왜 거기 끼워요?"

금봉현이 박훈에 손을 내밀어 악수를 청했다. 그는 박훈의 손을 꼭 부여잡더니 차마 놓지를 못했다.

"그동안 금 선생 계셔서 참 많이 배웠습니다."

"거자필반(去者必返), 때가 되면 또 만나겠지. 그래, 갈 곳은 정해 놓은 거야?"

"조만간 시리아로 떠날까 합니다."

사람들의 눈이 휘둥그레졌다.

"시리아, 거긴 내전이 한창일 텐데?"

"그래서 그쪽으로 갑니다. '국경없는 의사회'에서 초대장을 받았거든요. 당분간 의료 봉사를 하면서 머리와 가슴을 텅 비워 볼 요량입니다."

"봉사라……. 자네답군 그래."

사람들이 정문까지 따라나와 박훈을 배웅했다. 박훈은 손을 번쩍 들어 보였고 곧 등을 보였다. 그들은 박훈의 모습이 거리 인파 속으로 섞여 완전히 보이지 않게 될 때까지 뒷모습을 지켰다. 2월 말인데도 큰 눈이 한바탕 쏟아지려는지 하늘이 희끗희끗했다.

민수현은 제주의 한 호텔에서 열린 학회에 참석 중이었다.

출장에서 돌아와서야 박훈이 사직서를 내고 떠났다는 소식을 들었다. 이미 흉부외과 전체에 소문이 파다하게 퍼져 있었다. 그녀는 사무실에 가방을 내려놓자마자 수술팀 아지트로 뛰어갔다.

문을 열고 들어서자 숨이 턱 막혀 왔다. 방 안은 그의 부재를 증명하듯 말끔히 정리돼 있었다. 컴퓨터 책상 밑에 그가 늘 벗어 두던 운동화와 슬리퍼, 빌려온 곳을 알 수 없던 수십 권의 책들과 잡지들, 무질서하게 널려 있던 신문 스크랩 따위가 거짓말처럼 사라지고 없었다.

수현은 방 한가운데 한참 동안 멍하니 서 있었다. 수술실 기억들이 주마등처럼 스쳤다. 첫 수술을 성공시키고 우리는 얼마나 기뻐했던가. 두 번, 세 번, 네 번, 일곱 번의 수술에 이르기까지 우린 단 한 차례도 실패하지 않았지, 그런데 갑자기 왜……

그날 수현은 출장 결과만을 간략히 보고하고 오후 일찍 퇴근했다. 여독이 남아 피곤했지만 귀가하는 길에 꼭 들를 데가 있었다.

가리봉동에 갔다. 그곳은 박훈을 처음 만난 곳이기도 했고, 또 몇 번인가 그와 데이트 아닌 데이트를 즐겼던 식당도 있었다. 리 씨의 가게는 간판이 바뀌어 있었다. 가게 문을 열고 맞는 주인도 전혀 본 적 없는 낯선 남자였다. 수현은 곧바로 그 가게를 나왔다. 아무래도 박훈의 부재를 현실로 받아들이려면 적지 않은 시간이 걸릴 것 같았다.

46

문성주의 영전이 가까워져 오면서 덩달아 민수현도 바빠졌다. 과장 발령이 정식으로 나려면 문성주 퇴임식 이후까지 기다려야 했지만 어쨌든 현재 흉부외과의 실질적 책임자는 수현이었다. 게다가 박훈이 없는 자리를 대신해 각종 인터뷰와 세미나에 불려다니느라 눈코 뜰 새가 없었다.

한편 병원 내에서는 세이버 수술팀을 두고 의견이 분분했다. 아직 팀원들이 건재한 만큼 계속 팀을 유지하자는 육성론과, 박훈 같은 천재 외과의가 빠진 마당에 자칫하면 대형의료사고가 터질 수도 있다는 신중론이 팽팽히 맞서 연일 갑론을박했다.

박훈이 사직서를 내고 사라진 지 보름쯤 지나서였다. 봄이 다 온 것처럼 환호작약하던 도시는 꽃샘추위에 놀라 찔끔 움츠러들었다. 그날 밤 은민세는 자판기 커피를 뽑아 응급실 의자에 앉아 쉬고 있었다. 갑자기 어디선가 사이렌 소리가 귀청을 찢듯이 들려왔다. 본능적으로 몸을 발딱 일으켰다.

응급실 입구에는 사전 연락도 없이 무작정 밀고 들어온 구급차가 경광등을 번뜩이며 막 멈춰서고 있었다. 다행히 사고 환자는 아니었다. 인근 노인 요양 병원에서 이송 보낸 환자였다.

"웃기는 사람들이네, 전화 한 통도 없이."

그녀는 환자를 인계받은 뒤 가볍게 맥을 체크했다. 60대 후반쯤 되었을까. 영양공급에 문제가 있어 보이는 초췌하고 깡마른 노인네였다.

'쯧쯧, 드실 건 좀 드시게 하지. 자식 없이 혼자 사시는 분인가?'

무심코 노인의 얼굴을 쳐다보던 그녀는 캭, 비명을 질렀다. 몇 달 전 감쪽같이 사라진 노태수였다.

"노오, 태수?"

민세의 다급한 연락을 받자마자 수현이 병원으로 날듯이 달려왔다.

"어떻게 된 일이에요? 노 선생이 왜 여기 이렇게 누워 있어요?"

그러나 그녀의 질문에 대답할 수 있는 사람은 아무도 없었다. 도리어 여태 성명 미상이던 환자의 이름이 이제야 밝혀진 것을 두고 요양 병원 측에서 더 신기하게 여겼다.

"심장에 이상이 있는 모양이에요."

검사 결과를 신중히 살피던 수현이 착잡한 표정으로 입을 열었다. 노태수의 병은 좌심실 비대증이었다. 긴급한 수술을 요하지는 않지만 오랜 알코올 중독과 불규칙한 생활로 몸이 심히 망가졌고, 갖가지 합병증까지 겹쳐 상태는 몹시 비관적이었다. 심장 이식을 하거나 좌심실 축소술을 실시하지 않을 경우 남은 시간은 길어야 6개월이었다.

"대단한 아이러니야, 평생 연구에 매달렸던 좌심실 비대증을 바로 자신이 앓고 있었다니. 민세 씨, 내일 아침 일찍 팀원들 아지트로 소집시켜요."

"수술하시게요?"

"당연하죠. 반드시 쾌유시켜 드립시다. 그게 우리 할 일이에요."

"그래도 박 선생님이 안 계셔……."

민세가 기어들어가는 목소리로 말했다.

"민세 씨, 걱정되요?"

"죄송합니다, 민 선생님."

실은 수현도 불안하기는 마찬가지였다. 하지만 이대로 가만있을
수는 없었다. 무언가 해야만 했다.

인천공항 출국장. 간소한 배낭 차림의 박훈이 공항 검색대로 들어
섰다. 신발을 벗고 주머니에서 소지품을 꺼내 검색대 바구니에 담는
동안 그는 출국장 유리 너머 보이는 비행기 동체와 좌우로 시원하게
뻗은 날개에 눈길을 뺏겼다.

'느긋하게 한숨 푹 자고 나면 내일 아침은 뜨거운 모래바람 속에
서 눈을 뜨겠지.'

그의 목적지는 하루에도 몇 번씩 모래폭풍이 휩쓸고 지나간다는
열사의 땅, 그 가운데서도 기독교도를 박해하던 사울이 신비스러운
예수님의 모습을 목격하고 독실한 사도가 되었다는 곳, 시리아였다.
하지만 지금은 정부군과 저항군의 전투로 하루에도 수십 명씩 아까
운 생명이 희생되는 곳. 박훈은 그곳에서 국경없는 의사회에 합류,

병자와 부상자들을 치료하고 봉사할 계획이었다.

국경없는 의사회의 존재는 진작부터 알고 있었다. 그래서 수용소의 기억이 떠오를 때마다 NGO 봉사를 통한 속죄를 생각해 왔다. 그는 국경없는 의사회에 편지를 보냈고 간단한 면접을 거쳐 파견을 허락 받았다.

시리아는 박훈 본인의 선택이었다. 기왕이면 가장 위험한 곳에서 가장 값진 도움을 베풀고 싶었다. 귀국 일정조차 잡지 않은 채 무작정 기약 없이 떠나는 봉사활동이었다.

"바구니를 이쪽에 올려놓고 통과해 주세요."

검색요원이 그의 배낭과 소지품을 담은 바구니를 스캐너 입구 안으로 밀어 넣었다. 그때 드르륵 소리를 내며 바구니에 넣어 놓은 휴대폰의 진동이 울렸다. 수현이었다. 박훈은 양해를 구하고 길게 늘어선 줄에서 빠져나왔다.

"무슨 일이오?"

"아, 진짜 굼뜨다. 무슨 전화를 이렇게 늦게 받아요?"

그러고 보니 부재중 전화가 여러 통 와 있었다.

"출국 수속 하느라 정신없었어. 주위도 시끄럽고."

"출국이요? 설마 벌써 비행기 탔어요?"

"아니, 막 출국장으로 나가기 직전인데."

전화기 너머 수현이 잠시 뜸을 들였다.

"작별 인사 없이 사라진 거 따지려면 나중으로 미룹시다, 탑승 시간 얼마 안 남았으니까."

"노태수 선생이 돌아왔어요."

박훈은 순간 자신의 귀를 의심했다. 하마터면 들었던 휴대폰을 바닥에 떨어뜨릴 뻔했다.

"만우절은 아직 다음 달이야. 장난치려면 그때 하든지."

"좌심실 비대증이에요. 노 선생님 살 날, 반년도 안 남았어요."

"지금 뭐라는 거야?"

박훈의 목소리가 높아졌다. 큰 소리에 놀란 검색대 주위 승객들이 쭈뼛쭈뼛 물러섰다.

"세이버 수술을 해야 하는데 당신이 필요해요."

"……!"

"당신 솜씨가 아니면 노태수 선생님은 죽고 말 거예요."

"젠장할 늙은이!"

바구니에 넣었던 배낭과 소지품을 갈퀴 긁듯 챙겨 나와 곧바로 공항을 빠져나왔다. 자초지종은 택시 안에서 듣기로 했다.

"세이버 수술을 창안한 영감한테 바로 그 세이버 수술을 해야 한다니……."

이런 어처구니없는 상황을 어떻게 받아들여야 할지 박훈은 도무지 감이 서지 않았다.

박훈을 태운 택시가 동우의료원에 도착했을 때 이미 팀원들은 현관에 나와 그를 기다리고 있었다.

"어때, 돌아온 기분이?"

"꼭 탈옥하다 다시 잡혀 온 죄수 같은데요."

"킬킬킬, 이번엔 종신형일세."

금봉현이 박훈의 어깨를 툭 치면서 법관처럼 짐짓 엄한 표정을 지어 보였다.

"아예 지하 감옥에 처넣고 평생 썩게 합시다, 땅땅땅."

민세가 입으로 판결봉 소리를 흉내 냈다.

"자, 인사들 마쳤으면 노 선생님 상태부터 직접 확인하러 가실까요?"

수현의 재촉에 그들은 빠른 걸음으로 노태수가 누워 있는 중환자실로 향했다. 이동하는 중간에 박훈이 그간의 사정을 물었다.

"어젯밤 이송되어 왔다고?"

"응급실에서 민세 씨가 받았어요."

"어떻게 된 거야? 오면서 대충 들었지만 자세히 다시 설명해 보쇼."

사연인즉 이랬다. 첫 세이버 수술을 성공한 지난해 초여름, 그날 밤 자축연에서 노태수는 몸을 가누지 못할 정도로 만취했었다. 중간에 자리를 잠시 비웠고 아주 잠깐 사이에 사라져 버렸다. 거기까진 박훈의 기억에도 남아 있다.

"맞아, 그때 그 영감 화가 많이 났었지. 술김에 옛날 생각이 났는지 문성주 교수를 찾아가 당장 따져 봐야 한다고 했어."

"그러다가 큰길에서 뺑소니 사고를 당해 머리를 다치신 모양이에요. 당시 경찰 기록이 없던 걸 보면 큰 부상은 아니었던 것 같고……. 암튼 계시던 요양 병원 말로는 노 선생님이 처음 왔을 때 자기 이름조차 기억 못했다는군요."

"그럼 1년 내내 그곳에 계셨던 건가?"

"기억이 돌아오면 내보낸다, 내보낸다 하다가 이 지경까지 온 거죠."

"여태 우리와 그리 멀지 않은 곳에 계셨던 거군."

박훈과 보폭을 맞추며 일행보다 앞서 걷던 수현이 넌지시 옷자락을 끌어당겼다.

"왜, 내가 더 들어야 할 이야기가 있나?"

"당연하죠. 박 선생은 원래 그래요? 한 팀이 돼서 생사고락을 같이 했으면 최소한 예의란 거, 그런 거 있는 거 몰라요? 암튼 다시는 나한테서 도망칠 생각일랑은 마세요."

"뭐라고?"

박훈이 흠칫 놀라 수현을 쳐다보았다. 수현 역시 무의식 중 튀어나온 말이라 얼굴이 빨갛게 달아올랐다. 하지만 이내 새침한 표정을 짓고는 빠른 걸음으로 박훈을 앞질러갔다. 여전히 어리둥절한 박훈이 뒤에서 머뭇댔다.

"뭐해요, 빨리 따라오지 않고?"

수현이 고개를 돌려 큰 소리로 핀잔을 날렸다. 남들 들으라는 속내가 뻔히 보였다.

박훈의 일행이 신관 중환자실로 이동하던 그 시각, 문성주는 그들보다 몇 분 먼저 중환자실 안으로 들어서고 있었다. 그녀는 눈으로 직접 노태수의 상태를 확인하고자 했다. 아직까지 문성주는 이곳 동우의료원의 부원장이자 흉부외과 과장이었다. 그녀는 이 병원을 떠나는 마지막 순간까지 타이틀이 주는 권력을 만끽하고 싶었고 결코 손에서 놓을 생각이 없었다. 특히 노태수에 대한 처분은 더욱 그랬다. 그녀의 손으로 마무리 짓고 싶었다.

수술에 대한 결론은 이미 정해져 있었다. 수술 불가! 설령 기억상실증에 걸려 아무것도 기억 못한다지만 노태수가 병원과 벌인 수십억 원대의 도박은 현재 진행형이었다. 만에 하나 기억이 돌아오거나 그래서 남은 세 차례의 세이버 수술이 성공하게 되면 병원은 엄청난 거액을 성공 보수 명목으로 빼앗겨야 했다.

'늙은이 호주머니에 그런 거액을 채워줄 순 없지.'

노태수의 침대로 다가서던 문성주는 움찔 놀랐다. 노태수가 갑자기 시선을 틀며 그녀를 똑바로 쳐다본 것이다. 그녀가 짐짓 아무렇지 않은 척 인사를 건넸다.

"기분은 어때요?"

노태수는 문성주, 그녀를 알아보지 못했다. 더 말을 붙여 봤지만 멍하니 벽을 쳐다보며 알 수 없는 말을 두서없이 횡설수설할 뿐이었다.

문성주는 그런 노태수를 한동안 망연히 바라보았다. 한때는 이곳 흉부외과 수장 자리를 두고 치열한 싸움을 벌이던 난적(難敵)이었다. 재기를 꿈꾸며 19년 만에 돌아왔지만 리턴 매치도 제대로 한 번 해 보지 못한 채 만신창이가 되어 중환자실 침대에 시체처럼 누워 있다니…….

"어머, 문 교수님?"

등 뒤에서 들려 온 수현의 목소리에 퍼뜩 제정신이 들었다.

"자네들이 여긴 죄다 웬일이야?"

"웬일이라뇨? 세이버 수술 준비해야죠."

최동찬이 일행 앞으로 쓰으 나서며 어깨를 으쓱했다. 당연한 것을 왜 묻느냐는 눈치였다.

"저도 이 수술팀에 낄 겁니다."

뒷줄에서 서 있던 박훈이 팀원들 사이에서 모습을 드러냈다.

"이미 떠난 줄 알았는데?"

"불이 났다고 해서 급하게 달려왔습죠. 와, 이거 진짜 큰불이 났네요."

박훈의 농담에 뭇웃음이 터졌다. 하지만 문성주는 웃지 않았다. 권위를 도전받아 몹시 불쾌한 기색이었다.

"수술을 한다고? 음, 난 아직 그런 결정 내리지 않았는데."

"이제 그쯤은 우리한테 맡겨 주셔도 되지 않습니까? 벌써 일곱 번을 성공했는데, 안 그래요?"

최동찬이 둘러보며 주위의 동의를 구하자 모두 수긍하는 눈치였다. 하지만 정작 문성주는 끄떡도 하지 않았다.

"노령인 데다가 사고 후유증까지 겹쳐 있어. 성공도 장담할 수 없고."

"킬킬, 그냥 수술을 허락할 수 없다, 뭐 그런 소리로 들립니다요."

"말 잘했군 그래. 솔직히 나라면 금 선생 같은 술주정뱅이한테는 수술을 허락할 것 같지 않아. 자, 내 이야긴 끝났으니 나가게 길 좀 비켜 주실까?"

문성주가 홀연히 자리를 뜨자 수현을 비롯한 팀원들은 앞으로 벌어질 상황이 슬슬 걱정되기 시작했다. 조금 전 태도로 보아서는 문성주가 수술을 허락할 가능성이란 제로에 가까웠다. 또 한 번의 도둑 수술 외에는 다른 방법이 없는 걸까. 그러나 숨어서 몰래 수술하기에는 세이버 수술팀의 존재감은 이미 너무 커져 버렸다.

47

노태수가 나타났고, 또 박훈까지 돌아왔다는 소문은 삽시간에 병원 전체로 퍼졌다. 이들의 재등장은 병원 경영진으로서는 결코 달갑지 않았다. 어떻게 해서든 노태수의 수술을 막으려 했다. 그러나 세이버 수술팀은 굴복할 수 없었다.

"꼭 우리의 늙은 영웅을 살려냅시다."

"맞아요. 세이버 수술팀의 명예를 걸고 이 세상으로 다시 소환하자고요."

그들은 도둑 수술을 감행해서라도 노태수를 살려내기로 결의를 다졌다.

민수현은 매우 난처했다. 그녀는 다른 팀원들과 입장이 달랐다. 동우의료원이 개성의료센터 주축병원으로 선정되고 문성주가 초대 센터장으로 영전되는 마당이다. 이러한 때에 수현이 병원 정책에 정면으로 반기를 드는 것은 거의 확실시 되던 차기 흉부외과 과장 자리를 제 발로 걷어차는 것과 다를 바 없었다. 병원 경영진은 벌써 그녀에게 노태수의 트랜스퍼를 은밀히 지시해 놓은 터였다. 그 때문에 수현은 세이버 수술팀 회의에서 어떤 말도 꺼낼 수가 없었다.

"민 선생, 나랑 얘기 좀 하지."

팀원들에 불편한 속내를 들킬까봐 아지트를 도망치듯 빠져나가는 수현을 박훈이 불러 세웠다.

"우리 맑은 공기 좀 같이 마십시다."

박훈이 수현을 끌고 간 곳은 건물 옥상이었다.

"난 좋은데 드라이브 가자는 줄 알고 잔뜩 기대했네."

옥상에 오른 수현이 눈을 흘기며 투정 섞인 지청구를 던졌다. 박훈은 들은 척 만 척 휘휘 양팔을 내저으며 심호흡을 했다. 이어 난간을 짚고는 하늘을 향해 아득한 시선을 던졌다.

"채희를 태운 헬기가 사라져 가는 걸 여기서 바라봤소. 그때 이름

모를 새 한 마리가 어디선가 나타나더니 헬기를 따라 북쪽으로 날아가더군. 마치 그 헬기를 따라잡을 것처럼, 온 힘을 다해 푸드덕푸드덕 날갯짓하며 말이야. 그때 난 무척이나 부러웠소."

"송채희 씨 이야기는 나 질투하라고 일부러 꺼내는 거죠? 그렇게 넉넉한 여자 못 돼요, 나."

수현이 장난스럽게 그의 말을 받았다.

"누구에게나 가지고 싶고, 이루고 싶은 꿈이 있지. 그러나 결국 난 잡지 못했어. 민 선생, 난 민 선생이 이루고 싶은 꿈이 무엇인지 잘 알아. 이룰 수 있다면, 잡을 수 있다면 그것을 잡도록 해. 움켜쥐고 절대 놓치지 말란 말이오."

"무슨 말을 하고 싶은 거예요, 대체?"

"흉부외과 과장, 그 자리 원하던 거 아니오?"

몰래 나쁜 짓을 저지르다 들킨 것처럼 수현의 얼굴이 화끈 달아올랐다.

"걱정하지 말아요. 그리고 이번 일, 피해 갈 생각 따윈 추호도 없으니까."

"아니, 민 선생은 이번 일에서 빠져. 그게 좋겠어. 처음부터 끝까지 내가 시작하고 내가 책임질게."

"착각하지 말아요. 엄연히 세이버 수술팀의 책임자는 나예요. 빠지고 안 빠지고는 내가 결정해요."

"괜한 고집이군. 마음에 없는 거짓말할 거 없어. 난 민 선생이 다

302

치는 걸 원하지 않아."

"됐거든요. 다치든 넘어지든 그건 민수현 나의 문제지, 박훈 선생이 이래라저래라 훈장질하며 상관할 바 아녜요. 그러니까 주제넘은 충고는 이제 그만 사양하도록 하죠."

말은 그렇게 사납게 뱉었어도, 수현은 끝까지 그녀를 위해 입장을 배려하려는 박훈의 진정이 마음 깊이 와 닿고 있음을 이미 느끼는 중이었다. 한편으론 너무 고맙기도 했다. 그러나 이런 식은 아니었다. 당당하지 못해 밖으로 드러내 보일 수는 없지만, 그러나 꼭 이루고 싶은 내밀한 그녀의 욕망, 그것을 지금 박훈은 날카로운 메스와 뾰족한 핀셋으로 가르고 헤집어 놓고 있었다. 쥔 패를 꿰고 있으니 넌 어서 백기 들고 항복하라는, 잔인하고 매몰찬 협박과 다름없는 식이다.

그렇게 두 사람의 대화는 계속 평행선을 달렸고, 마침내 견디다 못한 수현이 악쓰듯 유리창 깨지는 소리를 내질렀다.

"그만요!"

수현은 두 손으로 귀를 틀어막고는 바닥에 쪼그려 앉았다. 잔뜩 겁에 질린 어린아이처럼 몸을 새우등처럼 웅크렸다.

"제발 그만해 줘요, 부탁할게요."

그녀는 어느새 울고 있었다. 굵은 눈물방울을 떨어뜨리며 서럽게 흐느꼈다. 좀처럼 보기 힘든 수현의 모습이었다.

"흉부외과 과장 자리라고 했죠? 그 말 하고 나니까 시원하세요?

그렇게 남김없이 발가벗기고 나니까 박 선생 속이 시원하냐고요? 정말 너무 하는군요. 나도 숨기고 싶고, 그래서 또 지키고 싶은 자존심이란 게 있는 여자예요."

그러고는 아무 말 없이 그저 흐느끼기만 했다. 박훈은 어찌할 바를 몰라 하며 잠자코 기다릴 수밖에 없었다. 그녀가 모두 쏟아낼 때까지 그대로 있어야 했다.

10분쯤 시간이 흘렀을까. 흐느낌이 점차 잦아들더니 이윽고 멎었다. 수현이 흐트러진 매무새를 추스르며 몸을 일으켰다.

"박 선생 먼저 내려가 줘요. 난 혼자 더 있다가 갈게요."

박훈은 고개를 천천히 끄덕였다. 올라왔던 옥상 문을 열고 아래층으로 내려가는 계단을 막 밟으려는 찰나 그녀가 그의 등에 대고 외치는 소리가 들렸다.

"메스는 심장에 대도록 하세요, 마음이 아니라."

다음 날 아침, 수현은 출근과 동시에 문성주를 찾아갔다.

"내일 당장 수술 들어가겠습니다."

수현은 정면 승부를 선택했다.

"충분히 검토하고 생각하고 판단한 결과겠지, 너?"

문성주가 비릿한 웃음을 지으며 안경테 너머로 노려봤다.

"수술의 성공 가능성을 두고 말씀하시는 거라면……."

"아니, 그만 됐어."

설명을 덧붙이려 했지만 문성주는 손을 휘휘 내저으며 말을 막았다.

"그나저나 일전에 지시했던 노태수 그 양반 트랜스퍼 준비는 어떻게 되어 가? 그거나 보고해 봐."

수현은 대답을 망설였다. 답변 여하에 차기 흉부외과 과장 자리가 달려 있다는 생각이 잠시 그녀를 머뭇거리게 했다. 그러나 어차피 내친걸음, 눈을 질끈 감았다.

"저, 죄송합니다만, 진행된 바가 없습니다."

"진행된 바가 없다? 일부러 진행하지 않은 건 아니고?"

"죄송합니다."

"이거 난처한데? 대체 나더러 어쩌라는 거지, 민수현 선생?"

"수술을 허락해 주십시오. 교수님."

"아하, 그러니까 대놓고 병원에 반기를 들겠다, 처음부터 그럴 심산이었니? 혹시 박훈, 그 녀석이 착한 우리 민 선생을 뒤에서 조종한 건 아니고?"

"아, 아닙니다."

"민수현 선생의 처리는 이사장님과 병원장님께 진지하게 상의 드려야겠어. 더 할 말 없으니까 그만 나가 봐."

문성주가 턱으로 문을 가리켰다. 그러나 수현이 선 자리에서 꼼짝하지 않자 안경알 너머 문성주의 눈동자가 살모사처럼 냉기를 뿜었다.

"무슨 짓이야 이게? 민 선생, 그만 나가래도."

"대체 수술을 왜 반대하시는 겁니까?"

"그럴 만한 이유가 있겠지."

"노태수 선생님 이대로 두면 어떻게 될지 뻔히 아시면서……."

"그래서 서둘러 다른 병원으로 보내라는 거잖아, 안 그래?"

"어느 병원요? 여기 말고 대한민국 어느 병원이 노 선생님 병을 수술할 수 있죠? 아니면 그냥 계시던 요양 병원으로 돌려보내라는 건가요, 이대로 돌아가시게?"

울컥 북받치면서 울대가 떨렸다. 그러나 상대는 전혀 동요하지 않았다. 오히려 너무 철없고 세상 물정 몰라 물컹한 제자를 딱하고 안타깝게 여기는 기색이었다.

"그걸 왜 민 선생이 상관하고 애달파하는 걸까? 흉부외과 과장자리 차고앉는 거, 그게 네 꿈이고 목표 아니야? 그런데 그깟 퇴물 늙은이 하나 때문에 자기 미래를 망치겠다고? 좀 영리해질 수 없어, 너?"

"교수님, 그건 영리한 게 아니라 비겁한 겁니다."

"뭐, 너 지금 뭐라는 거니?"

"혹시 실패할까 봐 그러시는 거라면 걱정 마세요. 박훈 선생이라면 이번 여덟 번째 세이버 수술, 반드시 성공시킬 테니까."

"그 녀석 실력은 나도 인정해, 믿어. 오죽하면 개성에 같이 가자고까지 제안했겠어?"

"그럼 무엇 때문에 반대하시는 건데요?"

"수술 실패에 대한 걱정은 두 번째야. 오히려 성공이 문제지. 아니, 노태수 그 본인이 문제이기도 하지. 우리 병원은 그 늙은이한테 사기를 당한 거나 마찬가지야. 그래서 그걸 바로잡는 게 내가 할 일이고. 자칫했다간 수십 억 돈이 그 늙은이한테 나가게 돼. 그건 너도 알 거야."

수현도 일찍부터 짐작하고 있었다. 처음 노태수를 끌어들이면서 이사장과 병원장이 세이버 수술의 성공보수 조로 수십 억 원 가까운 거금을 약속했다는 것. 그러나 막상 얘기를 듣고 보니 화가 치밀었다.

"야비하군요. 다들 정말 더럽고 비열해요."

"야비? 그리고 비열? 제발 철없는 소리 하지 마, 민수현. 너 개성 의료센터 주축병원이란 게 말로만 되는 건지 알아? 앞으로 들어갈 자금이 얼마나 될지는 짐작도 못해. 건축이니 설비니 또 그 수많은 의료장비들까지 죄 들여와야 하는데 그보다 먼저 노태수의 개인 호주머니부터 채워 주자고? 미친 거 아냐, 그거?"

문성주의 논리는 반박할 여지없이 정연했다. 의사로서 환자의 생명을 구하는 게 최우선이라는 진부하고 원론적인 호소를 강변해 봤자 그녀에게 씨알도 안 먹힐 게 뻔했다. 문성주는 긴 세월 동안 굳은살이 박일 대로 박인 여자였다.

"세이버 수술, 이쯤이면 됐어. 굳이 안 해도 되는 수술을 강행해서 노태수와 벌인 도박판을 계속 이어갈 이유는 없으니까."

"노 선생님은 지금 기억상실증이세요. 병원하고 한 계약 같은 거 전혀 기억 못하신다고요."

"그래, 또 기억이 영영 안 돌아올 수도 있어. 하지만 그 계약을 아는 사람들이 너무 많아. 그래, 박훈이 알겠지. 다른 누군가도 알 거야. 벌써 이 방 안에 나도 알고 너도 알고 벌써 두 사람이 알잖니? 참, 세이버 수술 증례를 묶어 책 내기로 했다면서? 출판사 계약 때문에 수술을 고집하는 거면 그건 처리해 줄게. 그 정도 힘은 있으니까."

"이젠 제 뒷조사까지, 치사하군요."

"내 후임을 추천하는데 최소한 이 정도는 알아봐야지."

"하긴 교수님은 처음이 아니시죠. 예전에도 한 번 그러셨으니까 그리 놀랄만한 일은 아닌 것 같네요."

이제까지 주도권을 잡으며 상대를 막다른 구석에 몰던 문성주가 비로소 흠칫했다.

"너 옛날 일을 아직 마음에 담고 있던 모양이구나. 이름이 뭐였더라? 맞아, 서인재. 그 일은 지금도 미안하게 생각해. 그런 끔찍한 결과로 이어질 줄은 생각도 못했어. 그때 네 뒤를 캔 건 다 너를 잘 되게 하고 싶은 내 욕심 때문이었다. 그래서 끝까지 널 버릴 수 없던 거고. 잘 생각해 봐, 지금 이 위치에 오기까지 네가 어떤 대가를 치렀는지. 난 네가 강해지길 바랐고 넌 그 역할을 훌륭히 해냈어. 넌 민수현이면서 동시에 문성주이기도 하니까."

"뭐라고요?"

"싫든 좋든 우린 같은 족속이야."

말도 안 되는 궤변이었다. 문성주의 얼굴에서 숙주의 껍데기를 바꿔 가며 비루한 삶을 이어가는 연가시가 떠올랐다.

"틀렸어요, 전 교수님 젊은 날의 자화상이 아니예요. 그렇게 되고 싶은 생각 조금도 없고요."

매정하리 만큼 분명한 수현의 거절에 문성주의 얼굴이 흉하게 일그러졌다. 하지만 상관없었다. 이 방에 발을 들인 순간부터 이미 서로 각자의 길을 걷겠다고 선언한 것이니까.

"여기를 나가 엘리베이터를 타고 내려가면, 전 바로 수술 준비를 시작할 겁니다. 설령 사표를 쓰는 한이 있더라도요."

"후회할 거야, 민수현 선생."

"후회요?"

잠시 멈춰 생각했다. 정말 이것이 나의 진심일까.

"꼭 후회해야 한다면 한 번 해 보죠, 까짓것. 그럼 가보겠습니다."

목례를 하고 문 쪽으로 몸을 돌렸다.

"수현이 네가 이렇게까지 하는 이유를 난 모르겠구나."

이유를 모른다니 기가 막혔다. 바로 다음 순간 저 여자가 정말 모를 수도 있구나 싶은 생각이 들었다. 정말 모른다면 알려 줘야지.

"그렇게 살고 싶지 않아서요, 민수현이니까, 문성주가 아니라. 대답이 됐는지 모르겠네요."

손잡이를 잡고 문을 열었다. 열린 틈으로 방 안의 더운 공기가 빠져나갔다. 대신 복도의 찬 공기가 시원스레 얼굴에 닿았다. 끝으로 묻고 싶은 게 있었다.

"살릴 수 있는 생명조차 포기하는 병원에 과연 희망이란 게 있을까요?"

수현의 질문에 문성주는 대답 대신 가죽 의자에서 일어나 물끄러미 창밖을 내다보았다. 그녀의 발아래 병원 전경이 한눈에 들어왔다. 저 아래로 개미처럼 꼬물거리는 사람들의 모습이 보였다. 산책하는 환자, 휠체어를 미는 보호자 그리고 의사와 간호사, 많은 사람들이 병원 건물 사이로 각자 선을 그리며 분주하게 움직이고 있었다. 설핏 중환자실에 누워 외로운 죽음을 기다리는 노태수의 늙고 주름진 몰골이 떠올랐다. 어쩌면 문성주 그녀 자신도 이곳 14층에서 서서히 죽어가고 있는 건지도 몰랐다. 그녀의 중환자실은 바로 이곳일 수도 있다는 불길한 생각이 어깨를 차갑게 내리눌렀다.

"난 노태수 그이가 죽도록 방치하겠다고 이야기한 적 없어."

창밖에서 시선을 거두지 않은 채 문성주가 마른 목소리로 입을 열었다.

"수술하지 않으면 살 수 없는 분이에요."

"꼭 수술하지 말란 건 아니었지."

마치 선문답 같은 화두다.

"그게 무슨 말씀이세요? 이해가 안 돼요."

"꼭 살려야겠다면 우리 동우의료원을 고집해야 할 이유는 없지 않을까?"

문성주는 바로 전화기를 들더니 세종의료원의 흉부외과 과장실을 연결했다. 어깨와 턱 사이에 수화기를 눌러 받치고는, 사전에 할 말을 정리하려는 듯 종이에 부지런히 메모를 시작했다.

"이번 세이버 수술은 동우가 아니라 원칙적으로 세종이 하는 걸로 제안할 생각이야. 박훈 선생은 사직서가 수리됐으니 이미 동우 사람이 아니고 이를테면 프리랜서라고 할 수 있겠지. 그러니까 이번에 한해서 세종과 단발 계약을 하면 될 거야. 그렇게 되면 세이버 수술이 성공하더라도 노태수 그 영감이 걸어 놓은 내기하고는 아무 상관없는 게 되겠지. 아, 물론 수술은 민수현 선생을 비롯한 우리 세이버 수술팀이 가서 하겠지만 말이야."

어안이 벙벙했다. 저런 꾀는 대체 어디서 나오는 걸까. 여자의 몸으로 개성의료센터 초대 수장자리를 꿰찬 게 그저 운 때문만은 아니란 생각이 들었다.

이윽고 세종의료원 흉부외과 과장이 전화를 받자 문성주는 대뜸 수술실을 빌려 달라는 요청부터 쏟아냈다. 이어 메모지에 정리했던 자신의 계획을 조근조근 설명하며 수화기 너머 상대를 설득해 나가기 시작했다. 통화는 한참 동안 이어졌다. 시간이 열 배는 천천히 흐르는 것 같았다.

'이럴 바엔 차라리 그에게 직접 부탁하는 건 어떨까?'

수현의 뇌리에 막 한재준의 이름이 떠오를 무렵 문성주가 득의만

만한 미소를 얼굴 가득 머금은 채 수화기를 내려놓았다.

"대신 내가 개성의료센터로 가게 되면 세종 쪽 의사들 파견받는 거 긍정적으로 검토하겠다고 했어. 그 정도면 쇼부칠 만하지?"

"잘됐네요. 하지만 그 약속 어떻게 지키시게요?"

"민 선생, 거기 센터장이 누구지? 내가 결정하면 그대로 법인 거야. 누가 문제 삼겠어?"

부원장실 문을 닫고 나오며 수현은 시계를 보았다. 시침은 벌써 9시를 넘어가고 있었다. 거울처럼 깨끗이 닦아 놓은 엘리베이터 금속 문에 그녀의 얼굴이 반사되어 비쳤다. 언제 눈물이 흘렀는지 마스카라가 살짝 아래로 번져 있었다. 이러니저러니 화장을 고쳐야 할 일이 요즘 들어 부쩍 늘었다.

"세종의료원 수술실을 빌리기로 했어요."

수현은 자세한 내막에 대한 설명은 생략하고 곧바로 수술 계획부터 팀원들에게 통보하듯 전했다. 사실 어디서 수술하든 그들로서는 굳이 반대할 까닭이 없었다.

이튿날, 세이버 수술팀은 동우의료원이 아닌 세종의료원 건물로 모였다. 로비에서 기다리던 한재준이 함박웃음을 터트리며 수현을 반겼다.

"핫라인 잊었어? 진작 나한테 직접 전화하지 않고?"

너스레를 떨었지만 그 역시 과정이 순조롭지만은 않았다. 하마터면 수술이 무산될 뻔한 위기도 있었다. 세종의 전체 의국 회의에서 이번 수술에 세종 측 의사가 참여하지 않는다는 점을 문제 삼았기 때문이었다. 그때 한재준이 나서서 반대하는 의사들을 일일이 설득, 이견을 봉합했다.

"고마워요. 애 많이 써 줘서."

"고맙긴. 세이버 수술 창시자, 노태수 선생을 살릴 수 있다면 흉부외과의로서 당연히 힘을 보태야지."

이번엔 수현의 뒤에 있던 박훈이 한 발 앞으로 다가서며 한재준에게 악수를 청했다.

"이 빚 곧 갚도록 하겠소, 꼭."

"나 박 선생한테 못 받은 빚, 아직 많은 걸로 아는데?"

"그럼 이왕 쌓인 거 그 위에 하나 더 얹는 걸로 치면 어떻겠소?"

이윽고 세이버 수술팀원들이 수술실로 이동했다. 세종의 수술방은 세이버 수술을 위한 모든 세팅이 완료된 그야말로 완벽한 상태였다. 환자는 이미 수술대 위로 옮겨져 선잠을 자고 있었다.

"힘에 부치면 언제든 사인을 줘요, 밖에서 스탠바이하고 있을 테니까."

한재준이 윙크하며 수술방 문을 닫았다. 박훈이 손을 들어 손뼉을 짝짝 쳤다.

"자, 지금부터 잠든 우리의 영웅을 깨워 봅시다."

민세로부터 메스를 받아 쥐는 박훈의 얼굴에 묘한 미소가 어렸다. 10개월 전, 허름한 의원에서 겪었던 일이 어렴풋하게 스쳐 지나갔다. 딱딱 소리 나게 껌을 씹던 필리핀 간호사, 그리고 냉장고에서 거리낌 없이 심장을 꺼내 쥐어 주던 늙은 의사, 박훈의 세이버 수술은 거기서부터 시작됐다.

지금 수술대 위에 누워 있는 이 노인, 세이버 수술을 무대에 올리기 위해 인고의 세월을 빈주먹으로 버티며 최고의 수술팀을 만들기 위해 엄청난 도박을 벌였던 인물이다. 그가 평생 동안 흘렸던 땀과 눈물은 이제 자신의 목숨을 살리는 자구(自求)의 길을 닦은 셈이 된다.

"결국 당신 목숨을 위한 도박이었군요."

피가 배어나는 가슴을 쳐다보며 박훈이 중얼거렸다.

에필로그 : 2년 후

　햇볕이 따스하게 봄꽃들을 부추기는 5월의 어느 날 오후, 신문사
와 방송사 로고를 단 차량이 속속 동우의료원으로 모여들었다. 이
미 동우의료원 신관 12층에 자리한 대회의실은 내외신 기자들로 만
원이었고 주변 복도 곳곳이 취재진들로 북적였다.

　이날 오전 10시, 동우의료원 흉부외과는 스무 번째 세이버 수술을
화려하게 성공시켰다. 이는 로봇을 이용하여 정확도를 획기적으로
높이고 수술 시간 역시 대폭 단축시킨 세계 최초의 성공 사례였다.
그야말로 세이버 수술의 안정성과 신뢰성을 한층 높인 쾌거였다.

　그 중심에는 흉부외과 과장 민수현 교수가 있었다. 수현은 작년
이맘때 미국 심장학회(AHA)에 세이버 수술 증례를 바탕으로 한 최
신 논문을 발표, 이미 한 차례 세계 의학계의 뜨거운 관심과 주목

을 받은 바 있었다. 따라서 이번 성과는 수현이 심장 수술계의 글로벌 트랜드 리더로서 명실상부 공인받을 수 있는 확실한 계기이며 기회였다.

"피곤해. 2시간이라도 좋으니 눈 좀 붙였으면……."

장시간 기자회견을 마치고 신관 14층 흉부외과 과장실로 돌아온 수현은 녹초가 되어 있었다. 언론의 주목을 받는 것은 무척 신나고 흥분되는 일이지만 동시에 고된 일이기도 했다. 가죽 의자에 등을 묻고 목덜미를 살살 주무르던 그녀의 눈이 책상 위에 가 닿았다. 하얀색 사각 편지 봉투가 수현을 기다리고 있었다. 처음엔 최동찬과 은민세가 보내온 청첩장인 줄로 알았다. 그러나 찍힌 소인을 보니 시리아로부터 날아온 국제우편이다.

"국제우편?"

수현은 원두커피를 한 잔 내려 천천히 마시며 편지 봉투를 열었다. 살짝 빛이 바랜 컬러 사진 한 장과 몹시 눈에 익은 필체.

사진은 거대한 천막촌이 펼쳐진 시리아의 어느 곳이었다. 건장한 사내가 펄럭이는 국경없는 의사회 깃발을 배경으로 햇볕에 까맣게 그을린 아이들과 활짝 웃으며 함께 포즈를 취하고 있다. 아이들 손엔 나무로 깎은 고무동력기가 들려 있다.

3년 전인가 가리봉동 어느 초등학교 후문에서 고무동력기를 하늘 높이 날리던 사내의 모습이 설핏 떠올랐다. 고무줄이 풀리며 펠펠펠

프로펠러가 돌던 경쾌한 소리, 그리고 맨드라미 화단을 따라 어린아이처럼 비행기를 쫓던 그녀의 뜀박질까지, 마치 모두가 어제 있었던 일처럼 눈앞에 생생하게 되살아났다.

"그 동네, 아직 여전한가 몰라."

그런데 유독 눈길을 잡아끄는 것이 있었다. 사내의 어깨 뒤로 넓게 펼쳐진 천막촌, 그 누런 배경 한편에 찍힌 동양 여자였다. 여자는 다친 소년의 까진 무릎 상처에 소독약을 발라주고 있었다. 그러면서 중지와 약지로 그녀 이마 위로 쏟아진 머리카락을 단숨에 쓸어 올리는 모습이다. 예쁘장한 옆얼굴이 왠지 낯익었다.

"이상해. 어디서 많이 본 얼굴인데……."

수현이 고개를 갸웃했다. 사막의 뜨거운 태양이 사진을 달구고 있었다.

2014년 5월 여의도, 그리고 오랜 끝맺음

탈고하면서 울컥 가슴이 메어올 때가 있었다. 촬영과 편집에 몰두하던 이전에도 몇 번 겪었던 그런 몸살이다. 무의식중에 스스로가 창조한 이야기 공간 속으로 불쑥 내동댕이쳐졌을 때 경험하게 되는 심한 감정이입 현상인데, 이번 역시 예외는 아니었다. 작품 안에서 겨울이 찾아오면 추위에 몸서리를 쳤고, 봄을 맞으면 더불어 봄꽃의 싱그러운 향기를 맡았다. 주인공이 북녘 하늘로 멀어지는 헬기 속 연인을 향해 아린 작별을 고하는 때에 이르러서는 나 역시 그 울적함을 가누지 못해 그날 하루 끼니를 꼬박 걸러야 했다.

이야기의 발아는 어느 인터넷 기사에서 비롯했다. 북한 이탈 주민이 늘어나면서 보건 의료인의 숫자 역시 증가 추세로 그들에게 의사 자격을 부여하는 문제가 의료계 현안이라는 짧은 분석 기사였다. 설핏 이야기 얼개가 뇌리에 스쳤고, 《소설 북의》는 그렇게 시작됐다.

그러나 스토리를 카메라로만 찍어낼 줄 알았던 '문외한'에게 미묘하고 섬세한 단어와 문장으로 이야기를 촘촘히 담아내는 작업이란 몹시 생소하고 지난한 과정일 수밖에 없었다. 때문에 주위의 많은 분들이 건네는 도움을 도저히 피할 길이 없었다.

우선 집필과정에 큰 도움을 주신 권정현 님, 방유진 님, 서우석 님, 박광현 님, 이영민 님 그리고 의학감수를 맡아 주신 변천성 님께 진심으로 감사드린다. 그리고 주저 없이 출판을 단안한 북이십일의 김영곤 사장님, 윤군석 실장님, 편집과 교정에 밤낮으로 수고한 정지은 팀장님 외 여러 직원에게도 고마움을 전하고 싶다. 또 흔쾌히 추천사를 수락한 표민수 님, 문채원 님, 이종석 님께도 인사를 빼서는 안 될 것 같고, 심장 수술의 영감을 던져 준 만화 《의룡》의 저자 노기자카 타로 님께는 본 면을 빌어 특별하고도 심심한 존경과 감사를 표하고 싶다. 아울러 주요 인물과 사건들의 메인 모티브를 얻을 수 있었던 심장수술의 '최고 명의' 송명근 교수님과 '카바수술(CARVAR, 종합적 대동맥 근부 및 판막 성형술)'에도 안타까움과 더불어 깊은 존경을 보낸다. 끝으로 탁월한 이야기 소재가 되어준 북한이탈 주민 여러분께 깊이 고개 숙여 정중한 감사의 뜻을 올리는 바이다.

집필 내내 이런 생각을 했다. 우리 사회가 휴전선 너머 사랑하는 가족을 남겨두고 온 분들의 슬픔과 아픔을 덜어주는, 그들의 눈물을 닦아 주고 등을 토닥여 주는 따뜻한 품이 되어 주면 좋겠다는 생각……. 탈북민에 대한 차별과 편견이 없는, 새 출발을 위한 희망과 용기를 주는 대한민국이 되기를 오늘도 간절히 꿈꾸어 본다.

의학감수 변천성
    연세대학교 원주세브란스기독병원 흉부외과

KI신서 5589

소설 북의 2

1판 1쇄 발행 2014년 5월 20일
1판 4쇄 발행 2014년 7월 30일

지은이 최지영
펴낸이 김영곤 **펴낸곳** (주)북이십일 21세기북스
부사장 임병주 **이사** 이유남
미디어콘텐츠기획실장 윤군석
책임편집 정지은 **디자인 표지** 디자인원 **본문** 곽유리
영업본부장 안형태 **영업** 권장규 정병철
출판등록 2000년 5월 6일 제10-1965호
주소 (413-120) 경기도 파주시 회동길 201(문발동)
대표전화 031-955-2100 **팩스** 031-955-2151 **이메일** book21@book21.co.kr
홈페이지 www.book21.com **블로그** b.book21.com
트위터 @21cbook **페이스북** facebook.com/21cbook

ⓒ 최지영, 2014

ISBN 978-89-509-5531-1 03810
책값은 뒤표지에 있습니다.